Encuéntrame

André Aciman

Encuéntrame

Traducción del inglés de Inmaculada C. Pérez Parra

Papel certificado por el Forest Stewardship Council®

Título original: *Find Me*
Primera edición en castellano: junio de 2020
Octava reimpresión: diciembre de 2023

© 2019, André Aciman
© 2020, Penguin Random House Grupo Editorial, S. A. U.
Travessera de Gràcia, 47-49. 08021 Barcelona
© 2020, Inmaculada C. Pérez Parra, por la traducción

© Diseño: Penguin Random House Grupo Editorial, inspirado en un diseño original de Enric Satué

Printed in Spain – Impreso en España

ISBN: 978-84-204-3940-2
Depósito legal: B-6444-2020

Compuesto en MT Color & Diseño, S. L.
Impreso en Unigraf, Móstoles (Madrid)

AL3940B

Para mis tres hijos

Tempo

¿Por qué tan sombría?

La observé mientras subía en la estación de Florencia. Deslizó la puerta de cristal para abrirla y, una vez dentro del vagón, miró a su alrededor y tiró inmediatamente la mochila en el asiento vacío al lado del mío. Se quitó la chaqueta de cuero, soltó el libro en inglés que estaba leyendo, colocó una caja blanca cuadrada en el portaequipajes y se dejó caer en el asiento en diagonal frente a mí con lo que parecía un nervioso mal genio. Me hizo pensar en alguien que acabara de tener una discusión acalorada segundos antes de montarse en el tren y siguiera rumiando las palabras hirientes que ella u otra persona había dicho antes de colgar. Su perra, a la que intentaba mantener sujeta entre los tobillos al tiempo que agarraba la correa roja que llevaba enrollada en la muñeca, parecía no menos alterada que ella.

—*Buona,* buena chica —dijo confiando en calmarla—, *buona* —repitió, mientras la perra seguía moviéndose inquieta e intentaba liberarse de su agarre firme.

La presencia de la perra me molestaba y, por instinto, me negué a descruzar las piernas o a moverme para cederle el sitio, pero ella no reparó en mí o en mi lenguaje corporal. En cambio, empezó a rebuscar en la mochila, encontró una bolsa de plástico y sacó dos chucherías minúsculas con forma de hueso, se las puso en la mano y miró cómo las lamía la perra.

—*Brava.*

Con la perra apaciguada por el momento, se medio levantó para arreglarse la camisa, se removió en el asiento una o dos veces, después se desplomó y cayó en una especie de estupor molesto y miró Florencia con apatía a través de la ventanilla mientras el tren salía de la estación Santa Maria Novella. Seguía inquieta, y quizá sin darse cuenta negó con la cabeza una, dos veces, claramente maldiciendo todavía a quienquiera que hubiese discutido con ella antes de que abordase el tren. Durante un instante, pareció tan desamparada que, con la vista aún clavada en mi libro abierto, me sorprendí haciendo un esfuerzo para que se me ocurriera algo que decir, aunque solo fuese para ayudar a distender lo que tenía toda la pinta de ser una tormenta a punto de estallar en nuestro rinconcito al final del vagón. Luego me lo pensé dos veces. Mejor dejarla tranquila y seguir con mi lectura. Sin embargo, la pesqué mirándome y no pude contenerme.

—¿Por qué tan sombría? —pregunté.

Solo entonces caí en la cuenta de lo inapropiado que debió de sonarle mi pregunta a una completa desconocida en un tren, por no hablar de que parecía a punto de explotar a la más mínima provocación. Lo único que hizo fue quedarse mirándome, con un destello perplejo y hostil en la mirada que presagiaba las palabras exactas que me bajarían los humos y me pondrían en mi lugar. *Ocúpese de sus asuntos, viejo,* o *¿A usted qué le importa?* O a lo mejor torcía el gesto y me soltaba un insulto fulminante: *¡Imbécil!*

—No, sombría no, solo pensativa —dijo.

Me dejó tan atónito el tono amable y casi atribulado de su respuesta, que me quedé más anonadado que si me hubiese dicho que me fuera a la mierda.

—Puede que pensar me haga parecer sombría.

—Entonces, ¿en realidad estás pensando en algo alegre?

—No, alegre tampoco —contestó.

Sonreí, pero no dije nada, arrepentido ya de mi broma frívola y condescendiente.

—Quizá sean pensamientos un poco sombríos, después de todo —añadió, dándome la razón con una risa sutil.

Me disculpé por mi falta de tacto.

—No pasa nada —dijo, ojeando ya el comienzo del campo por la ventanilla.

Le pregunté si era estadounidense. Lo era.

—Yo también —dije.

—Me he dado cuenta por el acento —añadió sonriente.

Le expliqué que llevaba viviendo en Italia casi treinta años, pero que no podía deshacerme del acento por más que lo intentara. Cuando le pregunté, respondió que se había instalado en Italia con sus padres a los doce años. Los dos nos dirigíamos a Roma.

—¿Por trabajo? —pregunté.

—No, por trabajo no. Es por mi padre. No está bien —luego, levantando la mirada hacia mí, dijo—: Supongo que por eso se me ve sombría.

—¿Es grave?

—Creo que sí.

—Lo siento —dije.

Se encogió de hombros.

—¡Así es la vida!

Luego, cambiando de tono, dijo:

—¿Y tú? ¿Placer o negocios?

El tópico me hizo sonreír, y le expliqué que me habían invitado a dar una conferencia en la universidad, pero que también iba a encontrarme con mi hijo, que vivía en Roma y me iba a recoger en la estación.

—Seguro que es un chico encantador.

Comprendí que intentaba ser ingeniosa, pero me gustaba aquella actitud relajada y despreocupada que transitaba entre lo hosco y lo vivaz y asumía que la mía lo hacía también. Su tono cuadraba con su ropa informal: botas de montaña gastadas, pantalones vaqueros, una camisa rojiza desteñida a medio desabotonar sobre una camiseta negra, y nada de maquillaje. Y sin embargo, a pesar del aspecto desaliñado, tenía los ojos verdes y las cejas oscuras. Lo sabe, pensé, lo sabe. Es probable que sepa por qué he hecho ese comentario bobo sobre su melancolía. Estaba seguro de que los desconocidos siempre encontraban algún pretexto para empezar una conversación con ella, lo que explicaba la mirada de fastidio de *ni lo intentes* que proyectaba donde quiera que fuese.

Después de sus palabras irónicas sobre mi hijo, no me sorprendió que la conversación decayera. Hora de volver a nuestros respectivos libros. Pero, entonces, se volvió hacia mí y me preguntó a bocajarro:

—¿Estás emocionado por ver a tu hijo?

De nuevo, me pareció que de alguna manera me estaba provocando, aunque su tono no era frívolo. Su forma de abordar temas íntimos y encarar con franqueza las barreras entre extraños en un tren resultaba seductora al tiempo que desarmaba. Me gustó. Quizá quería saber lo que sentía un hombre que le doblaba la edad antes de ver a su hijo. O quizá simplemente no le apetecía leer. Estaba esperando que le respondiera.

—Entonces, ¿estás contento... tal vez? ¿Nervioso... tal vez?

—Nervioso no, o a lo mejor un poco —dije—. A un padre siempre le asusta ser una imposición, por no decir una molestia.

—¿Crees ser una molestia?

Me encantó que mi respuesta la hubiese pillado por sorpresa.

—Puede que lo sea. Por otra parte, reconozcámoslo, quién no lo es.

—No me parece que mi padre sea una molestia.

¿La habría ofendido, quizá?

—Entonces lo retiro —dije.

Me miró y sonrió.

—No tan rápido.

Te espolea y luego te taladra por la mitad. En eso me recordó a mi hijo; ella era un poco mayor, pero tenía la misma habilidad para desafiar todos mis deslices y pequeñas estratagemas y dejar que me escabullera después de discutir y reconciliarnos.

¿Qué clase de persona eres cuando se llega a conocerte? —quería preguntarle—. *¿Eres divertida, jovial, bromista, o te corre por las venas un suero sombrío y malhumorado que nubla tus rasgos y oculta todas las carcajadas que prometen esa sonrisa y esos ojos verdes?* Quería saberlo porque no era capaz de adivinarlo.

Estaba a punto de halagar su capacidad de comprender tan bien a la gente cuando le sonó el teléfono. *El novio, claro. Quién si no.* Me había acostumbrado ya a las interrupciones constantes de los móviles, a que fuese imposible tomar un café con los estudiantes o charlar con mis compañeros o con mi hijo sin que se colara una sola llamada; salvado por el teléfono, acallado por el teléfono, desplazado por el teléfono.

—Hola, papá —dijo en cuanto descolgó.

Creí que había contestado enseguida para evitar que el volumen del sonido molestase a los demás pasajeros, pero me sorprendió lo mucho que gritaba.

—Es el maldito tren. Se ha parado, no tengo ni idea de cuánto tiempo, pero no deberían ser más de dos horas. Nos vemos pronto —el padre le preguntó algo—. Por supuesto que sí, viejo bobo, cómo me iba a olvidar —luego le preguntó algo más—. Eso también —silencio—. Yo también. Mucho mucho.

Colgó y tiró el móvil dentro de la mochila, como diciendo: *Ya no nos van a interrumpir más.* Me sonrió incómoda.

—Padres —dijo después, como queriendo decir: *Son todos iguales, ¿no es verdad?,* pero luego se explicó—: Lo veo todos los fines de semana, soy la encargada del fin de semana. Mis hermanos y su cuidador se encargan de él entre semana —antes de dejarme decir algo, me preguntó—: Entonces, ¿te has engalanado para el acontecimiento de esta noche?

¡Qué manera de describir lo que llevaba puesto!

—¿Parezco engalanado? —respondí, devolviéndole el término con sorna para que no pensara que andaba en busca de cumplidos.

—Bueno, ¿el pañuelo en el bolsillo, la camisa bien planchada, sin corbata pero con gemelos? Yo diría que te lo has pensado un poco. Una pizca tradicional, pero sofisticado.

Sonreímos los dos.

—De hecho, también llevo esto —dije, medio sacando del bolsillo de la chaqueta una corbata colorida y volviendo a guardarla; quería que viese que tenía suficiente sentido del humor como para burlarme de mí mismo.

—Justo lo que pensaba —dijo—. ¡Engalanado! No como un profesor jubilado vestido de domingo, pero casi. Y ¿qué hacéis los dos en Roma?

¿Iba a parar en algún momento? ¿Había desencadenado algo con mi pregunta inicial que le hiciera pensar que podía ser así de informal?

—Nos vemos cada cinco o seis semanas. Hace un tiempo que vive en Roma, pero dentro de poco se mudará a París. Ya lo echo de menos. Me gusta pasar el día con él; no hacemos nada, en realidad, sobre todo caminamos, aunque casi siempre termina siendo el mismo paseo: su Roma, cerca del conservatorio, y mi Roma, donde solía vivir de joven cuando era profesor. Al final siempre almorzamos en Armando. Me aguanta o, a lo mejor, disfruta de mi compañía, todavía no lo sé, quizá ambas cosas, pero hemos convertido en un rito esas visitas: Via Vittoria, Via Belsiana, Via del Babuino. A veces nos perdemos hasta el cementerio protestante. Son como jalones de nuestras vidas. Los llamamos nuestras vigilias, igual que las de los devotos que se detienen en las capillas de la calle, las *madonnelle,* para rendir homenaje a la *Madonna.* Ninguno de los dos se olvida: almuerzo, paseo, vigilias. Tengo suerte. Pasear por Roma con él es una vigilia en sí misma. Por donde vas, te topas con los recuerdos; los tuyos, los de otra persona, los de la ciudad. Me gusta Roma en el crepúsculo, a él le gusta por la tarde, algunas veces nos tomamos un té por la tarde en cualquier parte solo para alargar un poco las cosas, hasta que cae la noche y vamos a tomar una copa.

—¿Y eso es todo?

—Eso es todo. Caminamos por Via Margutta por mí, luego por Via Belsiana por él, antiguos amores en ambos casos.

—¿Vigilias de vigilias pasadas? —bromeó la joven del tren—. ¿Está casado?

—No.

—¿Sale con alguien?

—No lo sé. Sospecho que debe de haber alguien, pero estoy preocupado por él. Salió con alguien hace bastante tiempo y le he preguntado si estaba con alguien ahora, pero lo único que hace es negar con la cabeza y decir: «No preguntes, papá, no preguntes».

Eso puede significar que no está con nadie o que está con todo el mundo, no sabría decir qué es peor. Antes era tan abierto conmigo...

—Creo que estaba siendo sincero contigo.

—Sí, en cierta forma.

—Me gusta —dijo la joven sentada en diagonal frente a mí—. Quizá porque yo también soy así. A veces me acusan de ser demasiado franca, demasiado directa, y luego de ser comedida e introvertida.

—No creo que él sea introvertido con los demás, pero tampoco lo veo muy feliz.

—Sé cómo se siente.

—¿Sales con alguien tú?

—Si supieras...

—¡¿Qué?! —pregunté.

La palabra me brotó como un suspiro sorprendido y lúgubre. ¿Qué quería decir? ¿Que no estaba con nadie, que salía con muchos, o que el hombre de su vida la había abandonado y dejado destrozada con nada más que el ansia de desquitarse consigo misma o con una serie de pretendientes? ¿Acaso la gente iba y venía sin más, como me temía que hacían muchos con mi propio hijo, o era ella de las que entraban y salían de la vida de las personas sin dejar rastro ni recuerdos?

—Ni siquiera sé si me gusta la gente, y mucho menos si soy de las que se enamoran.

Podía advertirlo en los dos: el mismo corazón amargado, impasible, herido.

—¿Es que no te gusta la gente o es que te cansas de ella y no eres capaz de acordarte de por qué te pareció interesante alguna vez?

De pronto se quedó callada, parecía asustadísima y no pronunciaba ni una palabra. Se me quedó mirando fijamente a los ojos. ¿Había vuelto a ofenderla?

—¿Cómo puedes saber eso? —terminó preguntando.

Aquella fue la primera vez que la vi ponerse seria y torcer el gesto. Noté que estaba amolando alguna palabra afilada con la que cortar mi presuntuoso entrometimiento en su vida privada. No tendría que haber dicho nada.

—¡No hace más de quince minutos que nos conocemos y ya sabes quién soy! ¿Cómo podías saber eso de mí? —luego, conteniéndose, añadió—: ¿Cuánto cobras por hora?

—Invita la casa. Pero si sé algo es porque creo que todos somos así. Además, eres joven y guapa y estoy seguro de que los hombres se sienten atraídos por ti todo el tiempo, así que no te costará trabajo conocer a alguien.

¿Había vuelto a hablar cuando no me tocaba y a pasarme de la raya?

Para retirar el cumplido, añadí:

—Es solo que la magia de alguien nuevo nunca dura lo suficiente. Deseamos solo a quien no podemos tener. Aquellos que perdimos o que nunca supieron que existíamos son los que nos dejan huella. Los demás apenas tienen repercusión.

—¿Es el caso de la señorita Margutta? —preguntó.

A esta mujer no se le escapa una, pensé. Me gustó el nombre *señorita Margutta*. Proyectaba sobre lo que fuese que hubo años atrás entre aquella mujer y yo una luz suave y mansa, casi ridícula.

—Nunca lo sabré. Estuvimos juntos muy poco tiempo y pasó muy rápido.

—¿Cuánto tiempo hace?

Me quedé pensando un momento.

—Me da vergüenza decirlo.

—¡Ay, dilo!

—Por lo menos dos décadas. Bueno, casi tres.

—¿Y?

—Nos conocimos en una fiesta, yo era entonces profesor en Roma. Ella estaba con alguien, yo estaba con alguien, nos pusimos a hablar y los dos queríamos seguir hablando. Al final, su novio y ella se fueron de la fiesta y, poco después, nos fuimos también nosotros. No nos habíamos dado los teléfonos, pero no podía quitármela de la cabeza, así que llamé al amigo que me había invitado a la fiesta y le pregunté si tenía su número. La gracia fue que el día antes ella le había llamado para pedirle el mío. «He oído que me andas buscando», le dije cuando por fin la llamé. Ni siquiera me presenté, no podía pensar con claridad, estaba nervioso. Ella reconoció mi voz enseguida, o quizá nuestro amigo la había avisado. «Iba a llamarte», dijo. «Pero no me has llamado», repliqué. «No, no te he llamado.» Entonces dijo algo que demostraba que era más valiente que yo y que me aceleró el pulso, porque no me lo esperaba y nunca lo olvidaré. «Y bien, ¿qué hacemos?», preguntó. *¿Qué hacemos?* Con esa sola frase supe que mi vida se estaba saliendo de su órbita conocida. Nadie que yo conociera me había dirigido jamás palabras tan francas, casi salvajes.

—Me gusta.

—Cómo no te iba a gustar. Terminante y directa y tan al grano que tuve que tomar una decisión en el acto. «Vayamos a comer», dije. «Porque cenar es difícil, ¿no?», me preguntó. Me encantó su atrevimiento, la ironía implícita en su respuesta. «Vamos a comer hoy mismo», dije. «Hoy mismo entonces.» Nos reímos por la velocidad a la que estaba pasando todo. Aquel día, faltaba apenas una hora para el almuerzo.

—¿Te molestaba que tuviese la intención de engañar a su novio?

—No. Ni me molestaba que yo estuviese haciendo lo mismo. El almuerzo se alargó mucho. La acompañé hasta su casa en Via Margutta, luego ella me acompañó de vuelta hasta donde habíamos almorzado, y luego la volví a acompañar a su casa. «¿Mañana?», pregunté, todavía sin estar seguro de no estar forzando las cosas. «Por supuesto, mañana.» Era la semana antes de Navidad. El jueves por la tarde hicimos algo completamente descabellado: compramos dos billetes de avión y volamos a Londres.

—¡Qué romántico!

—Todo iba tan rápido y parecía tan natural que ninguno vio la necesidad de hablar del tema con su pareja o de pensárselo dos veces. Nos deshicimos sin más de todas nuestras inhibiciones. En aquellos tiempos todavía teníamos inhibiciones.

—¿Quieres decir no como ahora?

—No puedo saberlo.

—No, supongo que no.

Su burla sesgada me hizo saber que se suponía que tenía que irritarme un poco. Me reí por lo bajo. Ella también lo hizo, era su forma de señalar que sabía que yo no estaba siendo sincero.

—En cualquier caso, terminó enseguida. Ella volvió con su novio y yo con mi novia. No seguimos siendo amigos, pero fui a su boda y después los invité a la nuestra. Ellos siguieron casados, nosotros no. *Voilà*.

—¿Por qué dejaste que volviera con su novio?

—¿Por qué? Quizá porque nunca estuve del todo convencido de mis sentimientos. No luché por seguir con ella, lo que ella ya sabía que no haría. A lo mejor quería enamorarme y temía no estar enamorado y preferí nuestro pequeño limbo en Londres a enfrentarme a lo que no sentía por ella. A lo mejor preferí dudar a saber. Bueno, ¿y cuánto cobras tú por hora?

21

—*Touchée!*

¿Cuándo era la última vez que había hablado así con alguien?

—Háblame de la persona con la que estás —dije—. Estoy seguro de que ahora mismo estás con alguien especial.

—Estoy con alguien, sí.

—¿Hace cuánto? —me refrené—, si puedo preguntar.

—Puedes preguntar. Hace apenas cuatro meses —después se encogió de hombros y dijo—: No merece la pena que lo anuncie en casa.

—¿Te gusta?

—Me gusta mucho. Nos llevamos bien. Y nos gustan las mismas cosas, pero solo somos compañeros de piso que fingen tener una vida juntos. No la tenemos.

—Qué forma de decirlo. *Compañeros de piso que fingen tener una vida juntos.* Suena triste.

—Es triste, pero también es triste que en este último rato haya compartido contigo más que con él en una semana entera.

—Puede que no seas de las que se abren a los demás.

—Pero si estoy hablando contigo.

—Soy un desconocido, y con los desconocidos es fácil sincerarse.

—Los únicos con los que puedo hablar con franqueza son mi padre y Pavlova, mi perra, y ninguno de los dos seguirá vivo mucho tiempo. Además, mi padre odia a mi novio de ahora.

—Lo que no es poco habitual en los padres.

—En realidad, adoraba a mi novio anterior.

—¿Y tú?

Sonrió, anticipándose a la respuesta que me daría de carrerilla con una pizca de humor.

—No, yo no —se quedó pensando un momento—. Mi novio anterior quería casarse conmigo. Fue un alivio enorme que no montase un escándalo cuando rompimos. Seis meses después, me enteré de que se iba a casar. Me quedé lívida. Si alguna vez he sufrido y llorado por amor, fue el día en que supe que se iba a casar con una mujer de la que nos habíamos reído horas durante meses cuando estábamos juntos.

Silencio.

—Celosa sin estar enamorada en lo más mínimo... Eres complicada —dije al final.

Me echó una mirada que era a la vez un reproche velado por atreverme a hablar así de ella y una perpleja curiosidad por querer saber más.

—Te he conocido en un tren hace menos de una hora y aun así me comprendes perfectamente. Me gusta. Aunque podría contarte otro defecto terrible.

—¿Qué pasa ahora?

Nos reímos los dos.

—Nunca mantengo una relación cercana con la gente con la que he salido. A casi nadie le gusta quemar las naves. En mi caso es como si las volara, seguramente porque no habría mucha nave, para empezar. A veces lo abandono todo en casa de ellos y desaparezco sin más. Odio el proceso eterno de recogerlo todo y mudarse y todas esas conversaciones *post mortem* que se convierten en súplicas llorosas para seguir juntos; sobre todo, odio fingir prolongar una relación cuando ya ni siquiera queremos que nos toque la persona con la que ni recordamos haber querido acostarnos. Tienes razón: no sé por qué empiezo con nadie. Una relación nueva es pura molestia. Además de las pequeñas costumbres domésticas que tengo que aguantar. El olor de la jaula del pájaro. La forma en que le gusta apilar los CD. El ruido del radiador antiguo en mitad de la noche, que me despierta siempre a mí y nunca a él. Él quiere cerrar las ventanas. A mí me gustan abiertas. Yo dejo la ropa por cualquier parte. Él quiere las toallas dobladas y guardadas. Le gusta apretar el tubo de la pasta de dientes con cuidado, de abajo arriba; yo lo aprieto como sea y siempre pierdo el tapón, que él encuentra luego en el suelo detrás del inodoro. El mando tiene su lugar, la leche tiene que estar a mano, pero no demasiado cerca del congelador, la ropa interior y los calcetines van en este cajón, no en ese otro. Y sin embargo, no soy complicada. En realidad soy buena persona, solo que un poco terca, aunque es solo fachada. Soporto a todo el mundo y lo soporto todo. Por lo menos un tiempo. Luego, un día, el impacto: no quiero estar con este tipo, no lo quiero tener cerca, necesito irme. Combato ese sentimiento, pero en cuanto un hombre lo nota te acosa con ojos desesperados de cachorrito. Una vez que veo esa mirada, uf, me voy y encuentro a otro inmediatamente. ¡Hombres! —dijo por último, como si aquella palabra resumiera todos los defectos que la mayoría de las mujeres está dispuesta a pasar por alto y aprender a soportar, y en última instancia a perdonar en los hombres a quienes esperan amar el resto de su vida, hasta que saben que no lo harán—. Odio que la gente salga herida.

Se le ensombrecieron los rasgos. Me habría gustado acariciarle la cara con delicadeza. Ella se percató de mi mirada y bajé los ojos.

De nuevo, me fijé en sus botas. Botas feroces, indómitas, como si las hubiese arrastrado en caminatas abruptas y así hubiesen adquirido su aspecto envejecido y desgastado, lo que significaba que confiaba en ellas. Le gustaba que sus cosas estuvieran gastadas y hechas a ella. Le gustaba la comodidad. Sus calcetines gruesos de lana azul marino eran calcetines de hombre, probablemente los habría sacado del cajón del hombre al que aseguraba no querer, pero la cazadora motera de piel de entretiempo parecía muy cara. De Prada, seguramente. ¿Se había largado de casa hemos su novio y con las prisas se había puesto lo que tenía más a mano con un apresurado *me voy a casa de mi padre, te llamo esta noche*? Llevaba puesto un reloj masculino. ¿También de él? ¿O simplemente prefería los relojes de hombre? Todo lo suyo parecía descarnado, tosco, incompleto. Vislumbré después una franja de piel entre los calcetines y el bajo de los vaqueros; tenía los tobillos delicadísimos.

—Háblame de tu padre —dije.

—¿De mi padre? No está bien y nos vamos a quedar sin él —entonces se interrumpió—: ¿Sigues cobrando por hora?

—Como ya te he dicho, es más fácil hacer confidencias a los desconocidos a los que no vamos a volver a ver.

—¿Eso crees?

—¿Qué, lo de las confidencias en el tren?

—No, que no nos volveremos a ver.

—¿Qué probabilidades hay?

—Cierto, muy cierto.

Intercambiamos sonrisas.

—Sigue hablando de tu padre.

—He estado pensando en una cosa. Mi amor por él ha cambiado. Ya no es un amor espontáneo, sino un amor reflexivo, precavido, de cuidadora. No es auténtico. Aun así, somos muy sinceros el uno con el otro y no me da vergüenza contarle nada. Mi madre se fue hace casi veinte años, y desde entonces hemos estado solos él y yo. Tuvo una novia un tiempo, pero ahora vive solo. Una persona cuida de él, cocina, hace la colada, limpia y ordena. Hoy cumple setenta y seis años. Por eso llevo una tarta —dijo, señalando la caja blanca colocada en la rejilla superior. Parecía avergonzada de ella, quizá por eso soltó una risita cuando la señaló—. Me ha dicho que ha invitado a dos amigos a comer, pero todavía no le han contestado y me imagino que no aparecerán, ahora nadie aparece. Ni mis hermanos tampoco. Le gustan los profiteroles de una tienda antigua de Florencia que no queda lejos de donde vivo. Le recuerdan a tiempos mejores, cuando enseñaba allí. No debería comer dulces, claro, pero...

No tuvo que terminar la frase.

El silencio entre nosotros duró un rato. De nuevo hice ademán de volver a mi libro, convencido de que aquella vez habíamos terminado de hablar. Un poco después, con el libro todavía abierto, me puse a mirar por la ventanilla el ondulado paisaje toscano y mi pensamiento empezó a vagar. Me rondaba la mente la extraña e informe idea de ella cambiándose de asiento y sentándose a mi lado. Era consciente de que me estaba quedando dormido.

—No estás leyendo —dijo ella entonces. Después, al ver que podía haberme molestado, añadió de inmediato—: Yo tampoco puedo.

—Estoy cansado de leer —dije—, soy incapaz de concentrarme.

—¿Es interesante? —preguntó, echando un vistazo a la portada de mi libro.

—No está mal. Releer a Dostoievski muchos años después puede ser un poco decepcionante.

—¿Por qué?

—¿Has leído a Dostoievski?

—Sí. Me encantaba cuando tenía quince años.

—A mí también. Un adolescente capta de inmediato su visión de la vida: atormentada, llena de contradicciones, con grandes cantidades de bilis, veneno, vergüenza, amor, lástima, pena y resentimiento y encantadoras muestras de amabilidad y autosacrificio, todo entrelazado de forma muy dispar. Para el adolescente que fui, Dostoievski fue una introducción a la psicología compleja. Yo creía ser una persona completamente confundida, pero todos sus personajes estaban igual de confusos que yo. Me sentía en casa. En mi opinión, se aprende más de la estructura escabrosa de la psicología humana en Dostoievski que en Freud, o en cualquier otro psiquiatra si vamos al caso.

Ella estaba callada.

—Yo voy al psiquiatra —dijo un instante después, alzando de forma casi audible una protesta en la voz.

¿La había vuelto a desairar sin querer?

—Yo también... —repliqué, quizá para disculpar lo que podría haber parecido un desprecio no deliberado.

Nos miramos el uno al otro. Me gustó su sonrisa cálida y confiada; evocaba algo frágil y auténtico, incluso vulnerable. No era de extrañar que los hombres de su vida la asediaran. Sabían lo que estaban perdiendo en el momento en que ella se ponía a mirar para otro lado. Adiós a la sonrisa o a la languidez cuando hacía preguntas íntimas mientras te miraba con aquellos ojos verdes y penetrantes que no aflojaban nunca, adiós a la necesidad inquietante de cercanía que su mirada nos arrancaba a todos los hombres cuando quedábamos prendados de ella en un lugar público y sabíamos que teníamos que despedirnos de nuestra vida. Lo estaba haciendo en aquel preciso instante.

Provocaba la intimidad, la facilitaba, como si siempre hubiera estado en ti y hubieses estado deseando compartirla y te dieras cuenta de que no habrías sido capaz de hacerlo a menos que fuera con ella. Quería abrazarla, tocarle la mano, recorrerle la frente con el dedo.

—¿Y por qué vas al psiquiatra? —preguntó, como si hubiese sopesado la idea y le hubiese parecido completamente desconcertante—. Si puedo preguntar —añadió con una sonrisa, parodiando mis palabras.

Era obvio que no estaba acostumbrada al acercamiento suave y amigable cuando hablaba con un desconocido. Le pregunté por qué le sorprendía que yo viera a un psiquiatra.

—Porque pareces tan estable, tan... engalanado.

—Es difícil de explicar. Quizá porque, de alguna forma, nunca he llenado los espacios vacíos de la adolescencia, cuando descubrí a Dostoievski. Creí que, en algún momento, los llenaría. Ahora no estoy seguro de que esos espacios se lleguen a completar. De todas maneras, quiero comprenderlo. Algunos de nosotros no pasamos nunca al siguiente nivel. Perdemos la pista de hacia dónde nos dirigíamos y, en consecuencia, nos quedamos donde empezamos.

—¿Por eso estás releyendo a Dostoievski?

Lo acertado de la pregunta me hizo sonreír.

—Quizá porque siempre ando intentando desandar mis pasos hasta el punto en el que debería haber cogido el barco que iba a la orilla llamada vida pero terminé entreteniéndome en el muelle equivocado o, con la suerte que tengo, me subí al barco que no era. Es un juego de hombre mayor, ya sabes.

—No pareces el tipo de persona que se subiría al barco que no es. ¿Lo hiciste?

¿Me estaría tomando el pelo?

—Pensé en eso esta mañana al subir al tren en Génova, se me ocurrió que quizá una o dos veces debería haberme embarcado y no lo hice.

—¿Por qué no?

Negué con la cabeza y me encogí de hombros para sugerir que no sabía por qué o no quería decirlo.

—¿No son esos los peores casos: las cosas que podrían haber sucedido pero nunca lo hicieron y que podrían suceder todavía, aunque hayamos renunciado a esperar que ocurran?

La miré completamente desconcertado.

—¿Dónde has aprendido a pensar así?

—Leo mucho —y añadió con aire cohibido—: Me gusta hablar contigo —hizo una pausa—. Entonces, ¿tu matrimonio fue el barco equivocado?

Aquella mujer era brillante. Y preciosa. Y pensaba siguiendo los mismos caminos retorcidos y llenos de digresiones que seguía yo a veces.

—Al principio no —contesté—, o al menos no quise verlo así, pero cuando nuestro hijo se fue a Estados Unidos quedaba tan poco entre nosotros que parecía que su infancia no había sido más que el ensayo general de una separación inevitable. Apenas hablábamos y, cuando hablábamos, rara vez lo hacíamos en el mismo idioma. Éramos extraordinariamente cordiales y amables, pero hasta cuando estábamos en la misma habitación nos sentíamos muy solos juntos. Nos sentábamos a la misma mesa del comedor, pero no comíamos juntos; dormíamos en la misma cama, pero no juntos; veíamos los mismos programas, viajábamos a las mismas ciudades, compartíamos el mismo profesor de yoga, nos reíamos de las mismas bromas, pero nunca juntos; nos sentábamos uno al lado del otro en los cines abarrotados sin rozarnos siquiera el codo. Llegó un momento en que veía a dos amantes besándose en la calle o simplemente abrazándose y no entendía por qué lo hacían. Estábamos a solas juntos, hasta que un día uno de los dos rompió la rabanera.

—¿La rabanera?

—Perdona, es una referencia a Edith Wharton. Me dejó por alguien que era mi mejor amigo y que sigue siendo mi amigo. Lo irónico es que no lamenté en absoluto que hubiese encontrado a alguien.

—Quizá porque eso te dejaba libre para conocer a otra persona.

—No he conocido a nadie. Seguimos siendo buenos amigos y sé que se preocupa por mí.

—¿Debería preocuparse?

—No. Y bien, ¿por qué vas al psiquiatra? —pregunté, ansioso por cambiar de tema.

—¿Yo? La soledad. No soporto estar sola y al mismo tiempo ansío estar sola. Mírame. Estoy sola en un tren, feliz con mi libro, lejos del hombre que nunca querré, pero prefiero hablar con un desconocido. No te ofendas.

Le sonreí para que supiera que no me ofendía.

—Últimamente tiendo a hablar con todo el mundo, empiezo conversaciones con el cartero solo para charlar un poco, pero nunca le cuento a mi novio lo que siento, lo que leo, lo que quiero, lo que odio. En cualquier caso, no me escucharía, y mucho menos me entendería. No tiene sentido del humor. Tengo que explicarle todas las gracias.

Seguimos charlando hasta que pasó el revisor a comprobar los billetes. Miró a la perra, declaró que los perros no estaban permitidos en el tren si no iban en transportín.

—¿Y qué se supone que debo hacer? —replicó ella—, ¿tirarla por la ventanilla? ¿Fingir que soy ciega? ¿O me bajo ahora y me pierdo la fiesta del setenta y seis cumpleaños de mi padre, que no será una fiesta en realidad, sino su último cumpleaños porque se está muriendo? Dígame.

El revisor le deseó un buen día.

—*Anche a Lei* —murmuró ella. Luego se dirigió a la perra y dijo—: ¡Y deja de llamar la atención!

Entonces me sonó el teléfono. Estuve tentado de levantarme y contestar en el espacio vacío entre los vagones, pero decidí quedarme quieto. La perra, agitada por el sonido, me miraba fijamente con los ojos muy abiertos y burlones, como diciendo: *¿Ahora tú también con el teléfono?*

«Mi hijo», vocalicé en silencio para mi acompañante, que me sonrió y aprovechó la interrupción repentina para indicarme por gestos que iba al baño. Sin preguntar, me alargó la correa y susurró:

—No te dará problemas.

La observé mientras se levantaba, y por primera vez me di cuenta de que su estilo tosco no era tan informal como había pensado al principio y de que ella era, una vez en pie, todavía más atractiva. ¿Lo había notado antes y había intentado apartar la idea de mi mente? ¿O había estado ciego de verdad? Me habría encantado que mi hijo me viese salir del tren en su compañía. Sabía que hablaríamos de ella de camino a Armando. Hasta podía predecir cómo empezaría la conversación: *¿Quién era esa chica con pinta de modelo con la que estabas charlando en Termini?*

Pero entonces, justo cuando estaba fantaseando con su reacción, la llamada lo cambió todo. Me llamaba para decirme que no iba a poder verme ese día. Le pregunté por qué con un susurro quejumbroso. Tenía que sustituir a un pianista que se había puesto enfermo y tenía un concierto en Nápoles ese mismo día. ¿Cuándo volvería? Al día siguiente, me dijo.

Me encantó escuchar su voz. ¿Qué iba a tocar? Mozart, todo Mozart. Mientras, mi acompañante volvió del baño y en silencio se sentó de nuevo frente a mí, inclinándose hacia delante como si pretendiera seguir hablando en cuanto yo colgase. La miré con más intensidad de lo que la había mirado en todo el viaje, en parte porque estaba ocupado con otra persona al teléfono, lo que daba a mi mirada un aire ligeramente distraído, ingenuo, vago, pero también porque así podía seguir escrutando aquellos ojos tan acostumbrados a que los mirasen y que gustaban de ser mirados y que quizá no habrían adivinado que si encontraba el valor para devolverle la mirada con tanta fiereza como ella hacía en aquel momento era porque, al mirarla, había empezado a albergar la impresión de que a sus ojos los míos les parecían igual de bonitos.

Definitivamente, era la fantasía de un hombre mayor.

Hubo una pausa en la conversación con mi hijo.

—Pero contaba con ir a dar un paseo largo contigo. Por eso cogí el primer tren. Voy por ti, no por esa insignificante conferencia —estaba decepcionado, pero es posible que sobreactuara un poco al saber que ella estaba escuchando. Luego, al darme cuenta de que había ido demasiado lejos con mi queja, me refrené—: Pero lo entiendo. De verdad.

La chica sentada en diagonal frente a mí me echó una mirada ansiosa. Luego se encogió de hombros, no para mostrar indiferencia por lo que pasaba entre mi hijo y yo, sino para decirme, o eso creí, que dejase al pobre chico tranquilo. *No lo hagas sentirse culpable.* Al encogimiento de hombros añadió un gesto de la mano izquierda que sugería que lo dejara estar, que lo olvidara.

—Entonces, ¿mañana? —pregunté—. ¿Vendrás a buscarme al hotel?

—A media tarde —contestó—. ¿Sobre las cuatro?

—Sobre las cuatro —dije.

—Vigilias —dijo.

—Vigilias —contesté—. Ya lo has oído —dije al final, dirigiéndome a ella.

—Te he oído.

Se estaba burlando otra vez. Y sonreía. Una parte de mí creyó que se inclinaba todavía más hacia mí y pensaba en levantarse para sentarse a mi lado y poner sus manos en las mías. ¿Se le había pasado la idea por la cabeza y yo estaba intuyendo su deseo, o estaba inventándomelo sin más porque aquel era mi deseo?

—Tenía ganas de que almorzáramos juntos. Quería reírme con él y que me hablara de su vida, sus conciertos, su carrera. Esperaba incluso divisarlo antes de que él me divisara a mí y que tuviera un momento para conocerte.

—No es el fin del mundo. Lo verás mañana a eso de las cuatro.

Una vez más, capté la burla en su voz. Y me encantó.

—La ironía, sin embargo... —empecé a decir, pero luego cambié de opinión.

—¿La ironía, sin embargo? —inquirió.

No deja pasar nada, pensé.

Me quedé callado un momento.

—La ironía es que no siento que no esté hoy. Tengo bastante que hacer antes de la conferencia y quizá me vendría bien descansar en el hotel, en vez de andar por la ciudad como solemos hacer cuando voy solamente a visitarlo.

—¿Por qué te sorprende? Lleváis vidas independientes, a pesar de cómo interaccionen o de cuántas vigilias compartáis.

Me gustó lo que acababa de decir. No revelaba nada que yo no supier ya, pero demostraba un grado de consideración y preocupación que me sorprendió y que no parecía casar con una persona que se había sentado resoplando al subir al tren.

—¿Cómo sabes tanto? —pregunté, sintiéndome envalentonado y mirándola fijamente.

Sonrió.

—Para citar a alguien que conocí una vez en un tren: «Somos todos iguales».

Le gustaba aquello tanto como a mí.

Conforme nos acercábamos a la estación de Roma, el tren fue ralentizando la marcha. Un poco después, volvió a acelerar.

—Cuando lleguemos a la estación, cogeré un taxi —dijo.

—Es lo que iba a hacer yo también.

Resultó que la casa de su padre estaba a cinco minutos de mi hotel. Él vivía en el Lungotevere, y yo me quedaba en Via Garibaldi, a unos pocos pasos de donde había vivido hacía años.

—Compartamos el taxi entonces —dijo.

Oímos el anuncio de Roma Termini y, a medida que el tren iba arrastrándose hacia la estación, vimos aparecer una tras otra las filas de edificios deslucidos y los almacenes de piedra caliza, que hacían gala de sus viejos carteles y sus colores sucios y desvaídos. No era la Roma que yo amaba. La vista me inquietó, y me provocó sentimientos encontrados sobre la visita, la conferencia y la perspectiva de regresar a un lugar que ya guardaba demasiados recuerdos, algunos buenos, la mayoría menos buenos. De pronto, decidí que daría la conferencia por la tarde, me tomaría el cóctel de rigor con mis antiguos colegas y luego encontraría la manera de esquivar la habitual invitación a cenar y me inventaría algo que hacer solo, quizá ver una película y después descansar en el hotel hasta el día siguiente, cuando mi hijo pasara a buscarme a las cuatro.

—Al menos espero que me hayan reservado la habitación con el balcón grande con vistas a las cúpulas —dije. Quería demostrar que, a pesar de la llamada de mi hijo, sabía ver el lado bueno de las cosas—. Me registraré, me lavaré las manos, encontraré un buen sitio para comer y luego descansaré.

—¿Por qué? ¿No te gustan las tartas? —preguntó.

—Me gustan mucho las tartas. ¿Me puedes recomendar algún sitio para comer?

—Sí.

—¿Dónde?

—En casa de mi padre. Ven a almorzar. Nuestra casa no podría estar más cerca del hotel.

Sonreí, sinceramente conmovido por la invitación espontánea. Le daba pena de mí.

—Eres muy amable, pero no debería, la verdad. Tu padre va a pasar unos momentos preciosos con la persona que más quiere, ¿pretendes que me cuele en su fiesta? Además, no me conoce de nada.

—Pero yo sí te conozco —dijo, como si eso fuese a hacerme cambiar de idea.

—Ni siquiera sabes mi nombre.

—Ni tú el mío.

Nos reímos los dos.

—Samuel.

—Ven, por favor. Será muy sencillo y discreto, te lo prometo.

—De todas formas, no puedo aceptar.

—Tú di que sí.

—No puedo.

El tren se detuvo por fin. Ella cogió su cazadora y su libro, se colocó la mochila, se enrolló la correa de la

35

perra en la mano y bajó la caja blanca de la rejilla de arriba.

—Aquí llevo la tarta —dijo—. Anda, di que sí.

Negué con la cabeza para expresar un no respetuoso pero decidido.

—Te propongo lo siguiente. Escogeré un pescado y verduras para ensalada en el mercado de Campo de' Fiori; siempre compro pescado, cocino pescado, como pescado. Y antes de que te des cuenta, improvisaré un almuerzo estupendo, en menos de veinte minutos. A él le alegrará ver a alguien distinto ante su puerta.

—¿Qué te hace pensar que tendremos algo que decirnos el uno al otro? Podría ser un tanto incómodo. Además, ¿qué crees que va a pensar?

Tardó un momento en entenderlo.

—No va a creer eso para nada —terminó diciendo. Estaba claro que ni se le había pasado por la cabeza—. Ya soy lo bastante mayor, y él es lo bastante mayor para pensar lo que quiera.

Nos quedamos en silencio mientras bajábamos del tren al andén abarrotado. No pude evitar mirar alrededor rápido y con discreción. Quizá mi hijo hubiese cambiado de opinión y hubiese querido sorprenderme después de todo, pero no me estaba esperando nadie en el andén.

—Escucha —se me ocurrió de pronto—, ni siquiera sé cómo te llamas...

—Miranda.

El nombre me afectó.

—Oye, Miranda, es muy amable por tu parte invitarme, pero...

—Somos extraños en un tren, Sami, y sé que hablar no cuesta nada —dijo, inventándose un apodo para mí—, pero yo me he sincerado contigo y tú te has sincerado conmigo. No creo que ninguno de los dos conozca mucha gente con la que haya podido ser honesto con tanta despreocupación. No convirtamos esto en el típico encuentro casual en un tren que luego se queda en el tren como un paraguas o un par de guantes olvidados. Sé que lo lamentaré. Además, me haría, a mí, Miranda, muy feliz.

Me encantó que lo dijera así.

Hubo un instante de silencio. Yo no estaba dudando, pero me di cuenta enseguida de que ella interpretaba mi silencio como aquiescencia. Antes de coger el teléfono para llamar a su padre, me preguntó si yo no tenía que llamar también, quizá. Su *quizá* me conmovió, pero no estaba seguro de por qué o qué insinuaba exactamente, ni quería especular y que me demostrase mi error. *Esta chica piensa en todo,* me dije. Negué con la cabeza. No tenía nadie a quien llamar.

—Pa. Llevo un invitado —le gritó al teléfono. Seguramente no la oía bien—. Un invitado —repitió. Luego, mientras intentaba que la perra no me saltara encima, dijo—: ¿Qué quieres decir con *qué clase de invitado*? Un invitado. Es profesor. Como tú —se volvió hacia mí para asegurarse de que había inferido bien. Asentí. Luego la respuesta a la pregunta obvia—: No, estás completamente equivocado. Llevaré pescado. Veinte minutos máximo, lo prometo.

Colgó y añadió en son de broma:

—Eso le dará tiempo a ponerse ropa limpia.

¿Sospecharía ella alguna vez que si yo había decidido ya anular la cena con mis compañeros esa noche era porque, sin confesármelo mucho a mí mismo, acariciaba la esperanza lejana de cenar con ella en su lugar? ¿Cómo se me habría ocurrido aquello?

Cuando llegamos a la esquina de Ponte Sisto, le pedí al conductor que parase.

—¿Por qué no suelto la bolsa en mi habitación y nos vemos en casa de tu padre, digamos, dentro de diez minutos?

Pero ella me agarró del brazo izquierdo cuando el coche estaba a punto de parar.

—Por supuesto que no. Si te pareces en algo a mí, te registrarás en el hotel, soltarás la bolsa, te lavarás las manos, que dijiste que estabas ansioso por lavártelas, y después de dejar pasar tus buenos quince minutos me llamarás para decir que has cambiado de opinión y has decidido no venir. O a lo mejor ni llamas. A lo mejor, si te pareces en algo a mí, hasta dirás las palabras adecuadas para desearle feliz cumpleaños a mi padre y hasta las dirás en serio. ¿Te pareces a mí?

Aquello también me conmovió.

—Puede.

—Entonces, si de verdad te pareces a mí, seguramente te gusta que te descifren, admítelo.

—Si te pareces en algo a mí ya te estarás preguntando por qué habrás invitado a este hombre.

—Entonces no soy como tú.

Nos reímos. *¿Cuándo había sido la última vez?*

—¿Qué? —preguntó.

—Nada.

—¡Exacto!

¿Había adivinado aquello también?

Salimos del taxi y corrimos a Campo de' Fiori, donde estaba el puesto de su pescadero. Antes de pedir, quiso que le sujetara la correa. Yo era reacio a acercarme al puesto con la perra, pero allí ya la conocían y dijo que no había problema.

—¿Qué pescado te gusta?

—El que sea más fácil de cocinar —contesté.

—¿Te apetecen también unas vieiras? Parece que hay muchas hoy. ¿Son frescas? —preguntó.

—De esta madrugada —contestó el vendedor.

—¿Estás seguro?

—Por supuesto que estoy seguro.

Llevaban años haciendo lo mismo. Cuando se inclinó a inspeccionar las vieiras, le atisbé la espalda. Sentí el impulso de rodearle la cintura y los hombros con el brazo, de besarle el cuello y la cara. Aparté la mirada y eché un vistazo a la tienda de licores de enfrente de la pescadería.

—¿Le gustaría a tu padre un blanco seco de Friuli?

—No debe beber, pero a mí me encantaría un blanco seco de donde fuera.

—Llevaré un Sancerre también.

—No estarás planeando matar a mi padre, ¿verdad?

Cuando el pescado y las vieiras estuvieron envueltos, se acordó de las verduras. De camino a una tienda cercana, no pude contenerme:

—¿Por qué a mí?

—¿Por qué a ti qué?

—¿Por qué me invitas?

—Porque te gustan los trenes, porque te han dejado plantado, porque haces muchas preguntas, porque quiero conocerte mejor. ¿Tan extraño es? —dijo.

No la presioné para que se explicara. Quizá yo no quisiera oír que le gustaba ni más ni menos que las vieiras o las verduras para la ensalada.

Compró espinacas; yo vi unos caquis pequeños, los toqué, los olí y los noté maduros. Era, dije, la primera vez que comería caquis ese año.

—Entonces tienes que pedir un deseo.

—¿Qué quieres decir?

Fingió exasperarse.

—Cuando comes una fruta por primera vez en el año, tienes que pedir un deseo. Me sorprende que no lo sepas.

Me quedé pensando un momento.

—No se me ocurre ningún deseo.

—Qué vida la tuya —dijo, como queriendo decir que mi vida estaba tan envidiablemente montada que no me quedaba nada por desear, o tan desesperadamente despojada de felicidad que desear algo era un lujo que ya no merecía la pena sopesar—. Tienes que desear algo. Piensa.

—¿Te puedo ceder el deseo a ti?

—A mí ya se me ha cumplido el deseo.

—¿Cuándo?

—En el taxi.

—¿Qué era?

—Qué rápido nos olvidamos: que vinieras a comer.

—¿Quieres decir que has malgastado un deseo entero para que yo fuera a comer?

—Sí. Y no hagas que me arrepienta.

No dije nada. Me apretó el brazo de camino a la tienda de vinos. Decidí detenerme en la floristería cercana.

—Le van a encantar las flores.

—Hace años que no compro flores.

Ella asintió con indiferencia.

—No son solo para él —dije.

—Lo sé —dijo muy a la ligera, simulando que pasaba por alto lo que había dicho yo.

Su padre vivía en un ático que daba al Tíber. Había oído subir el ascensor y ya estaba esperando en la puerta. Solo estaba abierta una de las hojas, de modo que fue difícil entrar con la perra, la tarta, el pescado, las vieiras y las espinacas, las dos botellas de vino, mi bolsa de lona, su mochila, el paquete de caquis y las flores; parecía querer abrirse paso todo a la vez. El padre intentó liberar a su hija de algunos bultos, pero ella solo le entregó la perra, que lo conocía y empezó enseguida a saltarle encima y a acariciarle con el hocico.

—Quiere más a la perra que a mí —dijo ella.

—No la quiero más que a ti. La perra es más fácil de querer, eso es todo.

—Demasiado sutil para mí, papá —le contestó, y luego, mientras seguía sujetando los paquetes, se echó sobre él con todo el cuerpo y le dio dos besos. Así, supuse, amaba ella: con fiereza, sin limitaciones.

Una vez dentro, soltó las bolsas de la compra, cogió mi chaqueta y la puso con cuidado sobre el brazo de un sofá del salón. También me quitó la bolsa de viaje para dejarla en la alfombra, al lado del sofá; después ahuecó un cojín grande que parecía llevar la marca de la cabeza que seguramente había estado apoyada en él momentos antes. De camino a la cocina, enderezó también dos cuadros que colgaban levemente torcidos en la pared y, mientras abría los dos ventanales que daban a la azotea calcinada por el sol, se quejó de que el salón estaba muy cargado con el día tan bonito de otoño que hacía. En la cocina, cortó los cabos de los tallos de las flores, buscó un jarrón y colocó el ramo.

—Me encantan los gladiolos —dijo.

—Así que tú eres el invitado —dijo el padre a modo de bienvenida—. *Piacere* —añadió antes de volver al inglés.

Nos estrechamos la mano, vacilamos un instante a la puerta de la cocina y luego observamos a Miranda mientras desenvolvía el pescado, las vieiras y las espinacas. Ella rebuscó por los armarios, encontró las especias y encendió la cocina con el mechero.

—Nosotros vamos a tomar vino, papá, tú decide si quieres beber un poco ahora o con el pescado.

Él lo meditó unos segundos.

—Ahora y con el pescado.

—Ya empezamos —dijo ella con reprobación.

El viejo fingió sentirse humillado, no dijo nada y luego añadió exasperado:

—¡Hijas! Qué le vas a hacer.

Padre e hija hablaban igual. El padre me escoltó luego a lo largo de un pasillo revestido de fotos enmarcadas de miembros de la familia pasados y presentes, todos trajeados con tanta formalidad que no pude reconocer a Miranda en ninguno de ellos. El hombre llevaba un plastrón de colores anudado bajo la camisa de rayas rosa vivo; los vaqueros tenían la raya planchada de forma impecable, como si se los hubiese puesto un minuto antes. El pelo blanco y largo peinado hacia atrás le daba el aspecto delator de una estrella de cine envejecida, pero llevaba un par de zapatillas muy viejas y era obvio que no le había dado tiempo a afeitarse. Su hija había hecho bien al advertirle que tendría visita. El salón mostraba la elegancia sobria y duradera del estilo danés que había pasado de moda unas décadas antes, pero que estaba a punto de causar furor otra vez. La chimenea antigua había sido reformada para hacer juego con la decoración, aunque parecía un vestigio caduco de los tiempos en que había vida en el apartamento. En la pared, de un blanco impecable, colgaba una pequeña pintura abstracta al estilo de Nicolas de Staël.

—Me gusta ese —dije, intentando entablar conversación mientras miraba el paisaje de una playa en un día invernal.

—Ese me lo regaló mi mujer hace años. No me gustó mucho en su momento, pero ahora me doy cuenta de que es lo mejor que tengo.

El viejo caballero, deduje, no se había recuperado nunca del divorcio.

—Tenía buen gusto tu mujer —añadí, arrepintiéndome enseguida de haber usado el pasado sin saber si me estaba adentrando en terreno delicado—. Y estos de aquí —dije, señalando tres escenas de la vida romana de principios del siglo XIX en tonos sepias— parecen Pinellis, ¿verdad?

—Son Pinellis —dijo el hombre con orgullo, si bien podría haber interpretado mi comentario como un desprecio.

Había estado tentado de decir que eran imitaciones de Pinelli, pero me había contenido a tiempo.

—Los compré para mi mujer, pero a ella no le gustaron, así que ahora los tengo aquí conmigo. Después, quién sabe. A lo mejor se los vuelve a llevar. Tiene una galería muy conocida en Venecia.

—Gracias a ti, papá.

—No, gracias a ella y solo a ella.

Intenté que no se me escapara que ya sabía que su mujer le había dejado, pero entonces él debió de adivinar que Miranda me habría hablado de su matrimonio.

—Seguimos siendo amigos —añadió, como para aclarar la situación—, quizá incluso buenos amigos.

—Y tienen una hija —añadió Miranda mientras nos tendía a cada uno una copa de vino blanco— que anda constantemente en un tira y afloja entre ellos. A ti te doy menos vino que a nuestro invitado, papá —dijo al darle la copa.

—Ya lo sé —contestó el padre, poniéndose a un palmo de la cara de su hija con un gesto que transmitía todo el amor del mundo.

No había duda. Miranda era adorable.

—¿Y de qué la conoces? —preguntó el padre, dirigiéndose a mí.

—En realidad, no la conozco de nada —dije—. Hemos coincidido hoy en el tren, hace menos de tres horas.

El hombre pareció un poco desconcertado e intentó ocultarlo con torpeza.

—Y entonces...

—Y entonces nada, papá. Al pobre lo ha dejado plantado su hijo, y me ha dado tanta pena que he pensado en cocinarle un pescado, darle ensalada, quizá con un poco de la escarola mustia que he encontrado en tu frigorífico, y mandarlo empaquetado a su hotel, donde se muere por ir a dormir la siesta y lavarse las manos.

Los tres rompimos a reír.

—Así es ella. Cómo me las arreglé para traer al mundo a una pillina tan quisquillosa es algo que me supera.

—Lo mejor que has hecho, viejo. Pero deberías haberle visto la cara a Sami cuando se dio cuenta de que lo estaban dejando plantado.

—¿Tan mala cara puse? —pregunté.

—Exagera, como siempre —dijo el padre.

—Ha estado haciendo pucheros desde que me subí al tren en Florencia.

—No estaba haciendo pucheros cuando te subiste en Florencia —dije, copiándole las palabras.

—Claro que sí. Incluso antes de que empezáramos a hablar. Ni siquiera quisiste hacerle sitio a mi perra cuando llegué. ¿Te crees que no me di cuenta?

Nos volvimos a reír todos.

—No le hagas caso. Siempre está provocando. Es su manera de animarse.

Ella tenía los ojos clavados en mí. Me gustó que estuviese intentando leer mi reacción a lo que acababa de decir su padre. O a lo mejor solo me miraba, y eso también me gustaba.

¿Cuándo había sido la última vez, en serio?

En otra de las paredes del salón había una serie de fotografías enmarcadas de estatuas antiguas en blanco y negro, que revelaban una gama sorprendente de negros, grises, platas y blancos. Cuando me volví hacia Miranda, padre e hija habían advertido mi mirada.

—Son todas de Miranda. Las ha hecho ella.

—¿De verdad?, ¿a eso te dedicas?

—A eso me dedico —se disculpó, casi como diciendo: *Es lo único que sé hacer.*

Me arrepentí de cómo había expresado la pregunta.

—Solo en blanco y negro. Nunca en color —añadió su padre—. Viaja por el mundo. Se va a Camboya, Vietnam, a Laos y Tailandia, que le encanta, pero nunca está contenta con su trabajo.

No me pude resistir.

—¿Hay alguien que esté contento con su trabajo?

Miranda me dedicó una sonrisa cómplice para agradecerme que hubiera acudido en su ayuda, aunque su mirada también podía significar: *Buen intento, pero no necesito que me rescaten.*

—No tenía ni idea de que eras fotógrafa. Son increíbles —luego, cuando vi que no se daba por aludida, añadí—: Son impresionantes.

—¿Qué te había dicho? Nunca está contenta consigo misma. Te puedes dar de cabezazos y aun así no aceptará el cumplido. Tiene una oferta extraordinaria para trabajar con una agencia grande...

—Que no aceptaré —le cortó—. No vamos a hablar de eso, papá.

—¿Por qué? —preguntó el padre.

—Porque me gusta Florencia —dijo ella.

—Los dos sabemos que sus razones no tienen nada que ver con Florencia —añadió el padre, en tono de broma pero echándonos una mirada significativa primero a su hija y luego a mí—. Tienen que ver conmigo.

—Eres tan cabezota, papá, estás convencido de que eres el centro del universo y crees que sin tu aprobación las estrellas del cielo se apagarían y se volverían ceniza —dijo Miranda.

—Bueno, este cabezota necesita un poco más de vino antes de convertirse en ceniza. Y acuérdate, Mira, eso es lo que he especificado en mi testamento.

—No tan rápido —dijo ella, apartando la botella abierta de su padre.

—Lo que ella no entiende, debido a su edad, supongo, es que, una vez pasado cierto punto, hacer dieta y tener cuidado con lo que comes...

—O bebes...

—... no sirve de nada, y de hecho hace más mal que bien. Deberían permitir que la gente de cierta edad terminara su vida como quisiera. Privarnos de lo que deseamos cuando estamos a las puertas de la muerte carece de sentido, por no decir que es completamente diabólico, ¿no te parece?

—Creo que uno debería hacer siempre lo que quisiera —dije, lamentando que me metieran en el mismo rango de edad que al padre.

—Dice el hombre que sabe exactamente lo que quiere, ¿no? —fue el exabrupto irónico de la hija, que no se había olvidado de nuestra conversación en el tren.

—¿Cómo sabes si sé o no sé lo que quiero? —repliqué.

No contestó. Me miró sin más y no apartó la mirada. No iba a entrar en mi jueguecito del gato y el ratón.

—Porque yo soy igual —dijo al fin.

Me había calado. Y sabía que yo lo sabía. Lo que quizá no había adivinado es que me encantaban nuestras refriegas y su poca disposición a dejar escapar nada que procediera de mí. Me hacía sentir excepcionalmente importante, como si nos conociésemos desde siempre y nuestra familiaridad no disminuyera en nada nuestro aprecio mutuo. Necesitaba acariciarla, rodearla con mis brazos.

—La juventud de hoy es demasiado brillante para gente como nosotros —intervino el padre.

—Ninguno de los dos sabéis ni una palabra de la juventud de hoy —fue la rápida respuesta de la muchacha.

¿Me había vuelto a hacer miembro del universo anciano de su padre antes de que mi edad lo permitiera?

—Bueno, aquí tienes otra copa de vino, papá. Porque te quiero. Y para ti también, señor S.

—No sirven vino allá donde voy, mi amor, ni blanco ni tinto, ni siquiera rosado, y, francamente, quiero beber todo el que pueda antes de que me retiren en camilla. Colaré una botella o dos bajo las sábanas y así, cuando por fin consiga conocer a Su Señoría, le diré: «Mira qué chucherías te he traído del maldito planeta Tierra».

Miranda no replicó; volvió a la cocina para traer el almuerzo al comedor, pero luego cambió de opinión y dijo que el tiempo era bastante cálido para comer en la terraza. Cogimos cada uno nuestra copa y nuestro cubierto y nos dirigimos a la terraza. Mientras, Miranda abrió por la mitad la lubina que había asado en una sartén de hierro y le quitó las espinas, y en otra fuente trajo las espinacas y la escarola mustia, que aliñó, cuando ya estábamos sentados, con aceite y parmesano recién rallado.

—Cuéntanos qué haces —dijo el padre, dirigiéndose a mí.

Les conté que acababa de terminar mi libro y que no tardaría en volver a Liguria, donde vivía. Les hice un resumen muy rápido de mi carrera como profesor de lenguas clásicas y de mi proyecto sobre la trágica caída de Constantinopla de 1453. Les hablé un poco de mi vida, de mi exmujer que vivía en Milán, de mi hijo que tenía una carrera prometedora como pianista, y acabé confesándoles cuánto echaba de menos despertarme junto al mar cuando estaba de viaje.

La caída de Constantinopla le interesó a su padre.

—¿Sabían los habitantes que la ciudad estaba condenada? —preguntó.

—Lo sabían.

—Entonces, ¿por qué no huyeron antes de que la saquearan?

—¡Pregúntales eso a los judíos de Alemania!

Hubo un breve silencio.

—¿Quieres decir que les pregunte a mis padres y a mis abuelos y a la mayoría de mis tías y tíos, con quienes me encontraré pronto en el cielo?

No sabía si el padre de Miranda me estaba echando un jarro de agua fría por lo que acababa de decir o si era solo una nueva alusión no muy velada al declive de su salud. De cualquier manera, yo no estaba consiguiendo puntos.

—Saber que el fin está próximo es una cosa —añadí, intentando circunnavegar con cautela los escollos—, pero creerlo es otra muy distinta. Tirar por la borda tu vida entera para empezar desde cero en tierra extranjera puede ser un acto heroico, pero también temerario. No muchos son capaces de hacerlo. ¿Adónde acudes cuando te sientes atenazado, cuando no hay salida y la casa está en llamas y tu ventana está en el quinto piso y no hay posibilidad de saltar? No hay otra orilla. Algunos eligen quitarse la vida. La mayoría, sin embargo, prefiere taparse los ojos y vivir de esperanzas. La sangre de los esperanzados desbordó las calles de Constantinopla cuando los turcos entraron en la ciudad y la saquearon. Pero a mí me interesan los ciudadanos de Constantinopla que temieron el fin y huyeron, muchos de ellos a Venecia.

—¿Habrías dejado Berlín si hubieses vivido allí, digamos, en 1936? —preguntó Miranda.

—No lo sé. Pero me tendrían que haber empujado o amenazado con dejarme atrás si no estaba dispuesto a huir. Recuerdo a un violinista que se escondió en su piso del Marais, en París, sabiendo que la policía vendría a llamar a su puerta alguna noche. Y una noche llamaron. Se las arregló para convencerlos de que le dejaran llevarse su violín, y eso hicieron, pero después fue lo primero que le quitaron. Lo mataron, pero no en una cámara de gas, sino en los campos, lo golpearon hasta morir.

—¿Tu conferencia de esta noche trata entonces sobre Constantinopla? —preguntó Miranda, con una inflexión de incredulidad en la voz que casi la hizo sonar decepcionada.

No me quedaba claro si quería quitarle importancia a mi trabajo haciendo la misma clase de pregunta que yo acababa de hacer sobre el suyo o si la embargaba la admiración y quería decir: *¡Qué maravilla dedicarse a eso!* Terminé contestando, sumiso y evasivo:

—A eso me dedico. Pero hay días en que soy capaz de ver mi vocación como lo que es: trabajo de escritorio, solo trabajo de escritorio. No siempre me siento orgulloso de él.

—De modo que no te pasas la vida deambulando por las islas Eólicas, para asentarte luego en algún sitio como Panarea, nadar al amanecer, escribir todo el día, comer lo que sale del mar y beber vino siciliano por la noche con alguien la mitad de joven que tú.

¿A qué venía aquello? ¿Se estaba burlando del sueño de todos los hombres de mi edad?

Miranda soltó el tenedor y encendió un cigarrillo. Vi cómo sacudía la cerilla con mano firme antes de soltarla en el cenicero. Qué fuerte e invulnerable parecía de pronto. Estaba mostrando su otra cara, la que medía a las personas y hacía acusaciones apresuradas para después apartarlas y no permitirles volver, salvo cuando se ablandaba, solo para guardarles rencor por ello. Los hombres eran como cerillas: les prendía fuego y los sacudía para apagarlos y dejarlos caer en el primer cenicero que encontraba. La observé aspirar la primera calada. Sí, obstinada e inquebrantable. Fumaba volviéndonos la cara y eso la hacía parecer distante y sin corazón. De las que siempre se salen con la suya. No era exactamente la chica buena a la que no le gusta hacerle daño a nadie.

Me agradaba verla fumar. Era hermosa e inalcanzable, y una vez más me contuve para no rodearla con el brazo y dejar que mis labios rozaran su mejilla, el cuello, el hueco de detrás de la oreja. ¿Era ella consciente de que el deseo de abrazarla me estremecía y me consternaba al mismo tiempo porque sabía que no había sitio en su mundo para mí? Me había invitado por el bien de su padre.

¿Qué la había hecho fumar, sin embargo?

Al verla sujetar el cigarrillo, no pude evitar decir:

—Como dijo una vez un poeta francés, algunos fuman para meterse nicotina en las venas, otros para poner una nube entre ellos y los demás... —pero entonces pensé que podría interpretar aquello como un comentario cáustico, y rápidamente empleé el argumento contra mí mismo—. Todos ponemos barreras para mantener la vida a raya. Yo uso el papel.

—¿Crees que mantengo la vida a raya?

La suya era una pregunta franca y espontánea, no una broma encubierta para buscar conflicto.

—No lo sé. Puede que bregar con la vida cotidiana, con todas sus alegrías y tristezas insignificantes, sea la forma más segura de mantener la vida a raya.

—Entonces quizá no exista la vida real. Solo cosas burdas, ordinarias, cotidianas. ¿Eso crees?

No contesté.

—Bueno, espero que haya algo más que el día a día, aunque nunca lo he encontrado, quizá porque encontrarlo me asusta.

Tampoco contesté a aquello.

—Nunca le hablo a nadie de eso.

—Yo tampoco —contesté.

—Me pregunto por qué no lo hacemos ninguno de los dos.

Volvía a ser la chica del tren. Inflexible y decidida, aunque completamente a la deriva.

Nos sonreímos débilmente el uno al otro. Luego, al notar que la conversación estaba tomando un giro extraño e incómodo, Miranda señaló a su padre y dijo:

—A él también le gusta el trabajo de escritorio.

Su padre captó el mensaje enseguida. Hacían un buen equipo.

—Sí que me gusta el trabajo de escritorio. Fui un profesor dedicado. Luego, hace unos ocho años, me jubilé. Ayudo a escritores y a jóvenes académicos. Me dan sus tesis y yo las edito. Es una tarea solitaria, pero me gusta, es tranquila. Y siempre aprendo mucho. Paso así largas horas, a veces desde el amanecer hasta la medianoche. Por la noche veo la televisión para despejarme un poco.

—El problema es que se olvida de cobrarles.

—Sí, pero me quieren y yo he aprendido a quererlos, nos mandamos correos electrónicos todo el tiempo. Y, francamente, no lo hago por dinero.

—¡Está claro! —le reprochó su hija.

—¿En qué estás trabajando ahora? —pregunté.

—En una disertación muy abstracta sobre el tiempo. Empieza con la historia, o la parábola, como al autor le gusta llamarla, de un joven piloto estadounidense en la Segunda Guerra Mundial. Se casó con su novia del instituto en el pueblo en el que habían crecido. Pasaron unas dos semanas juntos en casa de los padres de ella antes de que él embarcara. Un año y un día después, derribaron su avión mientras sobrevolaba Alemania. Su joven esposa recibió una carta diciendo que se le daba por muerto. No había pruebas de la colisión ni se encontraron sus restos. No mucho después, la muchacha se inscribió en una universidad en la que terminó conociendo a un veterano de guerra que se parecía a su marido. Se casaron y tuvieron cinco hijas. Ella murió hace una década aproximadamente. Unos años después, localizaron el lugar del accidente y recuperaron por fin la placa de identificación y los restos del piloto, y confirmaron su identidad mediante una prueba de ADN a un primo lejano que ni siquiera había oído hablar de la pareja. Aun así, el primo había accedido a someterse a la prueba. Lo triste es que, para la fecha en que remitieron los restos a la ciudad natal para darles un entierro digno, la esposa y sus padres, así como los padres y hermanos del piloto, habían muerto. No quedaba nadie, ningún familiar que lo recordara, mucho menos que lo llorase. Su propia mujer no les había hablado nunca a sus hijas de él. Era como si jamás hubiese existido. Excepto un día, cuando la viuda sacó una caja de viejos recuerdos que contenía, entre otras cosas, una billetera que había pertenecido al piloto. Cuando las hijas preguntaron de quién era, la mujer fue hasta el salón y desmontó la fotografía enmarcada del padre de ellas para revelar una foto antigua que estaba oculta detrás. Era un retrato de su primer marido. Las chicas ni siquiera sabían que su madre había estado casada antes. Ella nunca volvió a sacar el tema.

»Para mí, esto demuestra que la vida y el tiempo no están en sincronía. Es como si el tiempo estuviese todo mal y la mujer hubiese vivido su vida en la orilla equivocada del río o, peor aún, en ambas orillas, sin que ninguna fuese la correcta. Ninguno de nosotros puede pretender vivir en dos vías paralelas, pero todos tenemos muchas vidas, unas debajo o justo al lado de las otras. Ciertas vidas esperan su turno porque no han sido vividas en absoluto, mientras que otras mueren antes de haber cumplido todo su tiempo y otras esperan ser revividas porque no han vivido lo suficiente. En el fondo, no sabemos cómo pensar en el tiempo, porque el tiempo no entiende el tiempo de la misma manera que nosotros, porque al tiempo no podría importarle menos lo que pensamos de él, porque no es más que una metáfora débil e inestable de lo que pensamos de la vida. Porque, en última instancia, no es el tiempo lo que está mal para nosotros, ni nosotros para el tiempo. A lo mejor es la vida misma lo que está mal.

—¿Por qué dices eso? —preguntó Miranda.

—Por la muerte. Porque la muerte, al contrario de lo que dice todo el mundo, no forma parte de la vida. La muerte es la gran metedura de pata de Dios, y el ocaso y el alba son su forma de ruborizarse de vergüenza y pedirnos perdón cada día. Sé una o dos cosas sobre el tema... —se quedó callado un momento—. Me encanta esta disertación... —terminó diciendo.

—Llevas meses hablando de ella, papá. ¿Alguna idea de cuándo la va a terminar?

—Bueno, creo que al joven le está costando mucho consolidarla, en parte porque no sabe cómo terminar, por eso sigue añadiendo ejemplos. Hay otro de una pareja casada que cayó en una grieta en un glaciar alpino en Suiza en 1942 y murió congelada. Recuperaron los cuerpos setenta y cinco años después, junto con el calzado, un libro, un reloj de bolsillo, una mochila y una botella. Tenían siete hijos, todos siguen vivos menos dos. La trágica desaparición de los progenitores ensombreció y perturbó las vidas de esos niños. Todos los años, en el aniversario de la desaparición de sus padres, subían al glaciar y rezaban en su memoria. La hija menor tenía cuatro años cuando desaparecieron. El examen de ADN confirmó la identidad de sus padres y les ofreció una especie de cierre.

—Odio esa palabra: *cierre* —dijo Miranda.

—Por eso vas dejando las puertas abiertas por todos lados —replicó el padre, lanzándole una mirada irónica de soslayo que quería decir: *Sabes exactamente a qué me refiero.*

Ella no respondió. Se instaló entre ambos un silencio incómodo. Fingí que no me daba cuenta.

—Otra de las historias de este ensayo —siguió el padre— se refiere a un soldado italiano a quien enviaron al frente ruso después de doce días de casado: allí se esfumó y se le dio por desaparecido. En Rusia, sin embargo, no muere, lo rescata una mujer que le da un hijo. Muchos años después vuelve a Italia, donde se siente perdido en una tierra natal que no reconoce como suya, al contrario que en su Rusia adoptiva, adonde termina volviendo en busca de un hogar mejor. ¿Veis? Dos vidas, dos vías, dos franjas horarias, sin que ninguna sea la correcta.

»Luego está la historia de un hombre de cuarenta años que un día decide visitar por fin la tumba de su padre, que había muerto durante la guerra, poco antes de que naciera su hijo. Lo que impresiona al hijo mientras se queda sin habla ante las fechas de la lápida es que su padre muriese con apenas veinte años, la mitad de su edad actual, y que por tanto sea lo bastante mayor para ser el padre de su padre. Lo raro es que no puede decidir si está triste porque su padre nunca lo conoció, o porque él mismo no conoció nunca a su padre, o porque está ante la tumba de alguien que le parece más un hijo muerto que un padre muerto.

Ni Miranda ni yo intentamos dar con la moraleja de la historia.

—Estos ejemplos me parecen emocionantes —dijo el padre—, pero sigo sin saber por qué, salvo que acepto la sugerencia de que, a pesar de las apariencias, la vida y el tiempo no están alineados y siguen itinerarios completamente distintos. Y Miranda tiene razón. El cierre, si existe, es para la otra vida o para los que quedan atrás. Al final, son los vivos los que cerrarán el libro de cuentas de mi vida, no yo. Les transmitimos nuestras sombras y les confiamos lo que hemos aprendido, vivido y conocido a los que vienen después. ¿Qué otra cosa podemos dejarles cuando muramos a quienes hemos querido que no sean fotos de quienes éramos de niños y todavía teníamos que convertirnos en el padre que llegaron a conocer? Quiero que los que me sobrevivan alarguen mi vida, no solo que la recuerden —viendo que los dos estábamos callados, el padre exclamó de pronto—: Trae la tarta. Ahora mismo quiero poner una tarta entre lo que me espera y yo. Quizá a Él también le guste la tarta, ¿no creéis?

—He comprado una tarta más pequeña porque sabía que si traía una grande te la habrías terminado para cuando me fuera el domingo.

—Como ves, quiere que siga vivo. Para qué, no tengo ni idea.

—Si no por ti, al menos por mí, viejo bobo. Además, no finjas: he visto cómo miras a las mujeres cuando paseamos a la perra.

—Es cierto, todavía me doy la vuelta cuando veo un par de piernas bonitas. Pero, si te digo la verdad, me he olvidado de por qué.

Nos reímos los tres.

—Estoy segura de que las enfermeras que vienen a casa te ayudarán a recordarlo.

—A lo mejor no quiero acordarme de lo que me estoy perdiendo.

—He oído decir que hay medicamentos para recordártelo.

Observé la parodia de riña entre padre e hija. Ella se levantó de la mesa y fue a la cocina a buscar más cubiertos.

—¿Crees que mi salud se puede permitir una taza minúscula de café? —preguntó él lo bastante alto para que ella lo oyera—. ¿Quizá también una para nuestro invitado?

—Dos manos, papá, dos manos —fingió quejarse ella, y un instante después apareció con la tarta y tres platitos que dejó apilados en un taburete antes de volver a la cocina.

La oímos trastear con la cafetera, tirar los posos del café de la mañana en el fregadero.

—En el fregadero no —gruñó el padre.

—Demasiado tarde —respondió ella.

Los dos nos miramos y sonreímos. No me pude contener.

—Te adora, ¿verdad?

—Me adora, sí. Aunque no debería. Tengo suerte, pero creo que no es bueno a su edad.

—¿Por qué?

—¿Por qué? Porque será difícil para ella. Además, no hace falta ser un genio para ver que me interpongo en su camino.

No había nada que decir a aquello.

La oímos meter los platos sucios en el fregadero.

—¿Qué estabais murmurando los dos? —dijo Miranda al volver a la terraza con el café.

—Nada —dijo el padre.

—No mientas.

—Hablábamos de ti —dije.

—Lo sabía. Quiere nietos, ¿a que sí? —preguntó ella.

—Quiero que seas feliz. Más feliz, por lo menos, y con alguien a quien quieras —apostilló el padre—. Y sí, quiero nietos. Es el maldito reloj. Otra de esas instancias en las que la vida y el tiempo no cuadran. Y no me digas que no lo entiendes.

Ella sonrió, dando a entender que lo entendía.

—Estoy llamando a las puertas de la muerte.

—¿Te han abierto ya? —preguntó Miranda.

—Todavía no. Pero he oído al viejo mayordomo gritar un larguísimo «¡Ya voy!», y cuando llamé otra vez, gruñó: «He dicho que ya voy». Antes de que descorran el cerrojo de la puerta para dejarme entrar, ¿podrías por lo menos enamorarte de alguien?

—Le sigo diciendo que no hay nadie, pero no me cree —dijo ella dirigiéndose a mí, como si yo mediara en la conversación.

—¿Cómo no va a haber nadie? —contestó él, volviéndose hacia mí también—. Siempre hay alguien. Cada vez que la llamo, hay alguien.

—Y sin embargo nunca es nadie. Mi padre no lo entiende —dijo Miranda, con la sensación de que era más probable que yo me pusiera de su parte—. Lo que me ofrecen esos hombres ya lo tengo. Y lo que quieren ellos no se lo merecen, o quizá no lo tenga yo. Eso es lo triste.

—Raro —dije.

—¿Raro por qué?

Estaba sentada a mi lado, apartada de su padre.

—Porque a mí me pasa justo lo contrario. A estas alturas, tengo muy poco que pueda querer nadie, y en cuanto a lo que yo quiero, no sabría siquiera cómo deletrearlo. Pero todo eso ya lo sabes.

Durante un instante, simplemente me miró.

—Puede que sí y puede que no —lo que quería decir: *No te voy a seguir el juego.*

Pero lo sabía, ella sabía lo que yo estaba haciendo antes de que yo mismo supiera lo que estaba haciendo.

—Puede que sí y puede que no —la remedó su padre—. Se te da muy bien encontrar paradojas, y una vez que has sacado una de tu saco de ideas fáciles te crees que tienes la respuesta. Pero una paradoja nunca es una respuesta, es solo una verdad fracturada, una brizna de significado sin pies ni cabeza. Estoy seguro de que nuestro invitado no ha venido a escuchar nuestra riña. Perdona nuestra pelea de padre e hija.

La miramos mientras inclinaba la cafetera y al mismo tiempo protegía la tapa con un paño para impedir que el café saliera a chorros. Ni el padre ni la hija tomaban azúcar con el café, pero ella de pronto se dio cuenta de que a lo mejor yo sí y, sin preguntarme, fue corriendo a la cocina a por el azucarero. Yo no solía tomar azúcar, pero me conmovió su gesto y me puse una cucharadita. Luego me pregunté por qué lo había hecho, cuando podría haber dicho que no perfectamente.

Nos tomamos el café en silencio. Después del café, me levanté.

—Creo que es hora de que me vaya al hotel a revisar mis notas para la conferencia de esta tarde.

Ella no pudo resistirse.

—¿De verdad necesitas revisar las notas? ¿No has dado la misma conferencia varias veces ya?

—Siempre me da miedo perder el hilo.

—No te imagino perdiendo el hilo, Sami.

—Si supieras lo que me pasa por la cabeza.

—Ah, cuéntanos —me desafió con un toque de astucia juguetona, lo que me sorprendió—. Estaba pensando en ir a la conferencia hoy, si me invitas, claro.

—Pues claro que te invito, y a tu padre también.

—¿Él? —preguntó—. Apenas sale.

—Sí que salgo —replicó su padre—. ¿Cómo vas a saber lo que hago si no estás?

Ella no se quedó a responder, sino que volvió a la cocina y regresó con un plato en el que había partido en cuatro un caqui. Los otros dos caquis no estaban bastante maduros todavía, dijo. Después salió de la terraza y volvió con un cuenco de nueces. Quizá fuese su manera de retenerme un poco más. Su padre alargó la mano y cogió una nuez del cuenco. Ella también, y luego rebuscó el cascanueces debajo de las nueces. Él no lo usó, sino que cascó la nuez con la mano.

—Odio que hagas eso —dijo Miranda.

—¿Qué, esto? —y cascó otra, le quitó la cáscara y me tendió la parte comestible.

Yo estaba perplejo.

—¿Cómo lo has hecho? —pregunté.

—Fácil —contestó él—. No hay que usar el puño, solo el dedo índice. Lo pones sobre la juntura de ambas mitades, así, y con la otra mano le das un golpe firme. *Voilà!* —dijo, ofreciéndole el contenido a su hija aquella vez—. Inténtalo tú —dijo, dándome otra nuez.

Y, efectivamente, la abrí cascándola igual que había hecho él.

—Siempre se aprende algo nuevo —sonrió—. Tengo que volver con mi piloto —añadió mientras se levantaba, empujaba la silla hacia la mesa y se iba de la terraza.

—Baño —explicó Miranda.

Se levantó de golpe y fue directa a la cocina. Yo me levanté y la seguí, no muy seguro de si quería que lo hiciese, así que me quedé en la puerta y la miré enjuagar los platos uno a uno y colocarlos al lado del fregadero con mucha rapidez; después me pidió que la ayudase a meterlos en el lavavajillas. Llenó la sartén de hierro con agua hirviendo y sal gorda y empezó a restregarla y rasparla con energía, como si le hubiese dado un ataque de rabia contra un pedazo de piel de pescado quemada que se había adherido a la sartén y no cedía al estropajo metálico. ¿Estaba enfadada? Cuando le llegó el turno a las copas de cristal, sin embargo, fue más suave, delicada, como si su antigüedad y su redondez le agradaran, la calmaran, y requirieran su atenta deferencia. Así que no estaba enfadada después de todo. Enjuagar le llevó solo unos instantes. Cuando terminó, noté que las palmas de las manos y los dedos se le habían puesto de color rosa intenso, casi morado. Tenía las manos bonitas. Me miró mientras se las secaba con un paño de cocina que colgaba del asa del frigorífico, el mismo que había usado para impedir que el café se vertiera. No dijo nada. Luego apretó un dispensador de crema de manos que había al lado del fregadero y se frotó las manos con la crema.

—Tienes las manos bonitas.

No contestó.

—Tengo las manos bonitas —fue lo único que dijo después de una pausa, repitiendo mis palabras, ya fuese para burlarse de ellas o para cuestionar el motivo por el que las decía.

—No usas esmalte de uñas —añadí.

—Lo sé.

Una vez más, no supe si se estaba disculpando por no usar esmalte o diciéndome que me ocupara de mis asuntos. Había querido sugerir que era diferente a muchas otras mujeres de su edad que se pintaban las uñas de todos los colores, pero probablemente ya lo sabía y no le hacía falta que se lo recordasen. Aburrida, aburrida charla la mía.

Cuando acabó en la cocina, volvió al comedor y después se encaminó al salón para recoger nuestras chaquetas. La seguí hasta allí, y entonces me preguntó sobre mi conferencia de esa tarde.

—Es sobre Focio —dije—, un antiguo patriarca bizantino que llevaba un catálogo muy valioso de los libros que leía, el *Myriobiblion,* que significa «diez mil libros». Sin su lista, no habríamos sabido nunca de la existencia de esos libros, porque muchos de ellos desaparecieron sin dejar rastro.

¿La estaba aburriendo? Quizá ni siquiera me estaba escuchando mientras ojeaba el correo sin abrir que había en la mesa de centro.

—Así que eso es lo que interpones entre la vida y tú, diez mil libros.

Me gustaba su humor irónico, sobre todo viniendo de alguien que, a pesar del evidente desencanto del mundo que había mostrado en el tren, al final prefería las cámaras, las motos, las chaquetas de cuero, el windsurf y los jóvenes esbeltos que hacían el amor por lo menos tres veces en una noche.

—Interpongo muchas cosas entre la vida y yo, no te haces una idea —dije—, pero seguramente todo eso te resulte confuso.

—No, sé algunas cosas al respecto.

—¿Ah, sí? ¿Como qué?

—Como... ¿De verdad quieres saberlo? —preguntó.

—Claro que quiero saberlo.

—Pues no creo que seas un hombre muy feliz. Aunque te pareces un poco a mí: hay gente con el corazón destrozado no porque les hayan hecho daño, sino porque no han conocido nunca a nadie que les importara lo suficiente como para que les hiciera daño —luego lo pensó mejor, quizá porque sintió que había ido demasiado lejos—. Considéralo otra de mis paradojas sacadas del saco desbordado de ideas que tengo. Se te puede partir el corazón sin que presentes síntomas. Incluso sin saberlo. Me recuerda a eso que se dice de los fetos que se comen a su gemelo antes de nacer. A lo mejor no queda ninguna huella del gemelo desaparecido, pero el niño crecerá sintiendo la ausencia del hermano toda la vida, su amor ausente. Salvo por mi padre y por lo que has contado de tu hijo, parece haber habido muy poco amor verdadero o intimidad en nuestras vidas. Pero qué sé yo —dudó un instante muy breve y, temiendo quizá que yo empezara a replicar o me tomara demasiado en serio lo que acababa de decir, añadió—: Me da la impresión, en cualquier caso, de que no te gusta que te digan que no eres feliz.

Hice el ademán de inclinar la cabeza educadamente, a modo de *voy a seguirte la corriente y no discutiré.*

—Lo bueno es... —añadió, luego se contuvo de nuevo.

—¿Lo bueno es? —pregunté.

—Lo bueno es que no creo que te hayas dado por vencido o que hayas renunciado a buscar. La felicidad, me refiero. Me gusta eso de ti.

No contesté, quizá mi silencio fuera la respuesta.

—Bien —me espetó mientras me tendía la chaqueta, que me puse. Luego, cambiando de tema de repente, dijo—: El cuello —y señaló mi chaqueta.

No me quedó claro qué quería decir.

—A ver, déjame a mí —dijo, poniéndose delante para enderezarme el cuello de la chaqueta.

Sin pensarlo siquiera, me vi agarrándole las manos contra mi pecho, sobre las solapas de la chaqueta.

No lo había planeado en absoluto, tan solo me dejé llevar y le toqué la frente con la palma de la mano. Rara vez había sido así de impulsivo, y para demostrar que no pretendía pasarme de la raya empecé a abrocharme la chaqueta.

—No tienes que irte todavía —dijo de pronto.

—Pero debería. Las notas, la charla, Focio el viejo difunto, las barreritas endebles que coloco entre el mundo real y yo me están esperando, ¿sabes?

—Esto ha sido especial. Para mí, quiero decir.

—¿Esto? —pregunté, sin terminar de creerme que sabía exactamente a qué se refería.

Quise separarme de ella, aunque volví a acariciarle la frente una última vez. Luego le di un beso. Cuando me quedé mirándola, no apartó la mirada. Con un gesto que me volvió a pillar totalmente por sorpresa y que provenía de quién sabía cuántos años atrás, le rocé la barbilla suavemente con la yema del dedo —como los adultos les sujetan la barbilla a los niños con el pulgar y el índice para que no lloren—, teniendo todo el tiempo la sensación, como le ocurría a ella, de que, si no se apartaba, aquella caricia en la barbilla sería probablemente el preludio de lo que hice a continuación, cuando con el dedo le recorrí el labio inferior, de un lado a otro, de un lado a otro. Ella no se movió, sino que siguió mirándome. Tampoco sabía si la había ofendido al tocarle la frente de aquella manera, o si, desconcertada, seguía dándole vueltas a cómo reaccionar. Y me sostuvo la mirada, descarada e inflexible. Terminé disculpándome.

—Está bien —dijo, amagando lo que pareció ser una risita reprimida.

Me convencí de que ella estaba dejándolo correr y comportándose con madurez. Se dio la vuelta bruscamente y, sin decir nada, cogió sin más su cazadora de cuero del sofá. El gesto fue tan abrupto y resuelto que finalmente supuse que la había molestado.

—Te acompaño a la conferencia.

Aquello me desorientó. Estaba seguro de que no quería tener nada que ver conmigo después de lo que acababa de hacer.

—¿Ahora?

—Pues claro, ahora —luego, quizá para suavizar su giro brusco, añadió—: Porque si no te vigilo y te persigo por la ciudad, sé que no te volveré a ver nunca.

—No confías en mí.

—No sabría decirte —y enseguida se dirigió a su padre, que estaba sentado en el salón—: Papá, me voy a escuchar su conferencia.

El padre se quedó sorprendido y probablemente decepcionado por que se fuese tan pronto.

—Pero si acabas de llegar. ¿No me ibas a leer?

—Mañana te leo. Te lo prometo.

Tenía la costumbre de leerle a su padre las *Memorias* de Chateaubriand. Él solía leérselas a ella cuando era una adolescente; ahora era su turno, decía Miranda.

—Tu padre no está muy contento —dije cuando estábamos a punto de irnos.

Miranda cerró los ventanales. La habitación se oscureció enseguida, y la oscuridad súbita proyectó un aire plomizo que reflejaba el final cercano del otoño y el ánimo de su padre.

—No está contento, pero da igual. Finge que va a trabajar, pero últimamente duerme unas siestas larguísimas. De todos modos, mientras él duerme yo suelo ir a comprar y le lleno el frigorífico con las cosas que le gustan. Lo haré mañana. El servicio de enfermería se ocupa de lo demás. La enfermera vendrá esta tarde y paseará a la perra, cocinará, verá la tele con él, lo acostará.

Bajamos las escaleras y salimos del edificio y, una vez frente al Lungotevere, se detuvo de pronto y respiró hondo el aire fresco de finales de octubre. Me sorprendió.

—¿A qué ha venido eso? —pregunté, refiriéndome por supuesto al sonido apenado que había salido de sus pulmones.

—Me pasa cada vez que me voy. Siento un alivio aplastante, como si me hubiese estado ahogando en aire viciado. Un día, pronto, echaré de menos estas visitas, lo sé. Solo espero no sentirme culpable ni olvidar por qué necesitaba irme tan desesperadamente y cerrar la puerta tras de mí.

—A veces me pregunto si mi hijo no siente lo mismo cada vez que nos separamos.

No contestó, simplemente siguió andando.

—Lo que necesito es una taza de café.

—¿No te acabas de tomar una? —pregunté.

—Era descafeinado —dijo—. Le compro descafeinado y dejo que crea que es café normal.

—¿Se lo cree?

—Bastante. A no ser que salga a comprar café de verdad y no me lo cuente, pero lo dudo. Como te he dicho, vengo todos los fines de semana. A veces, cuando tengo un día libre, me subo al tren y paso la noche aquí, y luego vuelvo a última hora de la mañana.

—¿Te gusta venir?

—Antes me gustaba.

De repente, me encontré haciendo una pregunta que nunca me habría atrevido a hacer.

—¿Lo quieres?

—Ahora mismo es difícil saberlo.

—Aun así, eres una hija increíble. Lo he visto con mis propios ojos.

No dijo nada. Una sonrisa desengañada que parecía significar que no tenía ni idea de lo que hablaba se traslució en sus rasgos.

—Creo que el amor que sentía ha seguido su curso. Lo que queda es solo un placebo, fácil de confundir con el amor real. Es posible que la edad, la enfermedad, el comienzo de la demencia sean los responsables. Cuidar de él y preocuparme por él y llamarlo todo el tiempo cuando no estoy aquí para asegurarme de que no le falta de nada..., todo eso ha agotado lo que tenía para darle. No se puede llamar amor a esto. Nadie lo llamaría así. Él no lo haría —luego, como ya había hecho antes, se interrumpió—: ¡Esta chica necesita café! —de repente apretó el paso—. Conozco un sitio bonito cerca.

Cuando nos dirigíamos al café, le pregunté si le importaba hacer una parada muy corta al otro lado del puente.

—Quiero llevarte a un sitio.

No preguntó por qué o de qué se trataba, simplemente me siguió.

—¿Estás seguro de que tienes tiempo? Tendrás que dejar la bolsa, lavarte las manos, revisar tus notas, quién sabe qué más —dijo con una risita perceptible en la voz.

—Hay tiempo. A lo mejor estaba exagerando antes.

—¡No me digas! Sabía que eras un cuentista —nos reímos, y luego, sin venir a cuento, dijo—: Está muy enfermo, ¿sabes? Y lo peor es que lo sabe, aunque no quiera hablar de ello. Todavía no sé si es porque le asusta mucho sacar el tema o simplemente intenta no asustarme a mí. Los dos alegamos que es para proteger al otro, pero creo que en el fondo no hemos descubierto la manera de hablar y preferimos posponerlo, hasta que sea demasiado tarde. Así que nos tomamos todo a la ligera y nos gastamos bromas. «¿Has traído la tarta?» «He traído la tarta.» «¿Puedo tomar más vino?» «Sí, pero solo una gota, papá.» Dentro de poco no podrá respirar, de modo que si el cáncer no lo mata, lo matará la neumonía. Por no hablar de la morfina que ha empezado a tomar y que al final le provocará otros efectos de los que no necesitamos hablar. Puede que acabe mudándome con él si no lo hace ninguno de mis hermanos. Todos decimos que nos turnaremos, pero quién sabe qué excusas encontraremos cuando llegue el momento.

Por el camino dimos un pequeño rodeo y paramos en mi hotel. Le dije que iba a dejar la bolsa en recepción. El recepcionista, que estaba viendo la televisión, me aseguró que uno de los botones la subiría a mi habitación. Miranda no entró en el vestíbulo, pero le echó un vistazo a la pequeña capilla que había dentro del hotel. Cuando salí, la vi jugueteando con la punta del zapato con un adoquín suelto que parecía interesarle.

—Dos minutos y verás lo que te quería enseñar —dije al advertir su nerviosismo.

Quería decirle algo sobre su padre o al menos terminar la conversación con unas palabras reconfortantes, pero no se me ocurría nada que no fuese un tópico y me alegraba de que hubiese dejado el tema.

—Más vale que valga la pena —dijo.

—Para mí la vale.

Unos minutos después llegamos al edificio que había en la esquina de la calle. Me detuve delante y me quedé callado.

—No me lo digas. ¡Vigilia!

Se acordaba.

—¿Dónde?

—Arriba. En el tercer piso, esos ventanales.

—¿Recuerdos felices?

—No especialmente. Solo vivía aquí.

—¿Y?

—La razón por la que vuelvo a ese hotel cada vez que vengo a Roma es que está a pocos pasos de este edificio —dije mientras señalaba las grandes ventanas del piso de arriba, que estaba claro que no se habían limpiado o cambiado en décadas—. Me encanta merodear por aquí. Es como si todavía estuviese ahí, leyendo griego clásico, evaluando los ejercicios de los alumnos. En este edificio aprendí a cocinar. Hasta aprendí a coser botones, a hacerme mi propio yogur, mi propio pan. Aprendí a interpretar el *I Ching*. Tuve mi primera mascota, porque abajo vivía una señora francesa mayor que ya no quería al gato y yo le caía bien al gato. Envidio al joven que vivía ahí arriba, aunque no fuese muy feliz. Me gusta venir a última hora de la tarde, cuando oscurece, a observar el apartamento. Entonces, si se enciende una luz en mis antiguas ventanas me explota el corazón.

—¿Por qué?

—Porque es probable que una parte de mí no haya renunciado a retroceder en el tiempo. O no haya aceptado que he seguido adelante, si es verdad que he seguido adelante. Quizá lo único que de verdad quiero es volver a conectar con la persona que solía ser, a la que le perdí el rastro y di la espalda sin más en cuanto me fui a otro sitio. No es que quiera ser el mismo de aquellos días, pero me gustaría verlo de nuevo, solo un instante, para averiguar quién es esa persona que aún no ha dejado a su mujer, a la que todavía no ha conocido, y que no se imagina que un día será padre. El joven de ahí arriba no sabe nada de eso, y una parte de mí quiere ponerlo al día y hacerle saber que sigo vivo, que no he cambiado y que estoy aquí fuera en este mismo momento...

—Conmigo —me interrumpió ella—. A lo mejor podemos subir y saludar. Me muero por conocerlo.

No tenía claro si estaba llevando la broma a otro nivel o hablaba extrañamente en serio.

—Estoy seguro de que nada le habría gustado más que abrir la puerta y encontrarte esperando en el descansillo —le dije.

—¿Me habrías dejado entrar? —preguntó.

—¡Ya sabes la respuesta!

Esperó a que añadiese algo más, quizá para aclararle lo que quería decir, pero no dije nada.

—Supongo.

—¿Habrías entrado? —le pregunté al final.

Se quedó pensando un momento.

—No —contestó.

—¿Por qué no?

—Me gustas más de mayor.

Un silencio súbito se hizo entre nosotros.

—¿Te parece bien esa respuesta? —preguntó, frotándome el brazo con un gesto que podría haber significado que, entre nosotros, hasta en la burla había una camaradería sincera y confiada.

—Soy mucho mayor que tú, Miranda —dije.

—La edad es lo que es. ¿Guay? —replicó antes casi de que yo hubiese terminado de pronunciar la frase.

—Guay —y sonreí; nunca había usado esa palabra de aquella manera.

—Entonces, ¿has entrado en el edificio, has subido?

Estaba cambiando de tema. No me extraña, pensé.

—No, nunca.

—¿Por qué no?

—No lo sé.

—¿Tanto daño te hizo la señorita Margutta?

—No creo. El edificio tiene poco que ver con ella. Aunque otras chicas sí que pasaron por aquí.

—¿Te gustaban?

—Me gustaban mucho. Recuerdo un día en concreto, tenía gripe y había cancelado todas mis clases y lecciones. Fue uno de los días más felices que pasé aquí. Tenía fiebre y no había comida en casa. Una estudiante mía supo que estaba enfermo y me trajo tres naranjas, se quedó un rato, terminamos besándonos y luego se fue. Un poco más tarde, otra chica me trajo caldo de pollo, y una tercera se presentó y preparó para los tres un ponche caliente, con tanto brandy que creo que fui el hombre con fiebre más feliz. Una de ellas terminó viviendo conmigo un tiempo.

—Y sin embargo, ahora soy yo la que está aquí contigo. ¿Se te ha ocurrido pensar eso?

Su voz sonaba extrañamente sofocada, y sabía por qué. Le estaba confiando mi pasado, como llevaba haciendo desde el tren. Entonces me reí un poco, dándome cuenta de que mi risa parecía un tanto forzada.

—¿Qué te hace gracia?

—No es que me haga gracia, es que cuando vivía aquí, tú ni siquiera habías nacido.

Ninguno de los dos preguntó por qué había surgido el tema.

Sacó una cámara pequeña del bolso.

—Le voy a pedir a alguien que nos haga una foto, así sabrás que existí y no quedaré reducida a un recuerdo fugaz, como esa muchacha con las tres naranjas de cuyo nombre y apellidos no te puedes acordar por mucho que te esfuerces.

¿Era aquello un ataque de vanidad femenina? Ella no era de esa clase.

Detuvo a un par de turistas estadounidenses que salían de una tienda, les alargó la cámara y le pidió a la chica rubia que nos hiciera una foto delante del edificio.

—Así no —me dijo—. Rodéame con el brazo. Y dame la otra mano. No te vas a morir por eso.

Le pidió a la muchacha que hiciera otra foto por si acaso. Cuando vio que había hecho unas cuantas más, le dio las gracias y recuperó la cámara.

—Te mandaré las fotos pronto para que no te olvides de Miranda. ¿Lo prometes?

Se lo prometí.

—¿Tanto le importa a Miranda?

—Todavía no lo entiendes, ¿verdad? ¿Cuándo fue la última vez que estuviste con una chica de mi edad que no es que sea fea precisamente y que intenta por todos los medios decirte algo que debería resultarte obvio a estas alturas?

Había sospechado que estaba a punto de decir algo así, ¿por qué me asustaba entonces y esperaba estar malinterpretándola?

Dilo claramente, Miranda, o dilo otra vez.

¿No ha quedado bastante claro?

Entonces dilo otra vez.

Nuestras palabras habían sido lo bastante vagas como para que no supiéramos lo que el otro, o uno mismo, quería decir. Sin embargo, los dos sentimos en el acto, sin saber por qué, que habíamos captado la intención del otro, precisamente porque no la habíamos expresado.

Justo en ese momento se me ocurrió una idea espléndida. Saqué el teléfono y le pregunté si tenía algo que hacer en las siguientes dos o tres horas.

—Estoy libre —contestó—, pero ¿no tienes cosas que hacer, notas que repasar, ropa que colgar, además de lavarte las manos?

No tenía tiempo para explicaciones y llamé inmediatamente a un amigo, un arqueólogo muy conocido en Roma. Cuando respondió, le dije:

—Necesito pedirte un favor y lo necesito hoy.

—Estoy muy bien, gracias por preguntar —contestó él con su humor habitual—. ¿En qué te puedo ayudar?

—Necesito dos pases para visitar Villa Albani.

Dudó un momento.

—¿Es guapa? —preguntó.

—Mucho.

—Nunca he estado en el interior de Villa Albani —dijo Miranda—. No dejan entrar a nadie.

—Ya verás —y mientras esperaba a que me volviese a llamar mi amigo, le expliqué—: El cardenal Albani construyó la villa en el siglo XVIII y amasó una colección enorme de estatuas romanas que estaba al cuidado de Winckelmann. Quiero que las veas.

—¿Por qué?

—Bueno, tú me has invitado a pescado y nueces y te encantan las estatuas, así que te enseñaré el bajorrelieve más bonito que vas a ver en tu vida. Representa a

72

Antínoo, el amante del emperador Adriano. Después te mostraré mi favorita, una estatua de Apolo matando a un lagarto, atribuida a Praxíteles, posiblemente el mejor escultor de todos los tiempos.

—¿Y mi taza de café?

—Tenemos tiempo de sobra.

Me sonó el teléfono. ¿Podíamos estar en la villa en menos de una hora? La visita no duraría más tiempo porque el guarda tenía que irse temprano.

—Es viernes —explicó mi amigo.

Encontramos un taxi justo al salir del puente, y poco después estábamos de camino a la villa. En el taxi, Miranda se giró hacia mí.

—¿De dónde ha salido esta idea? —preguntó.

—Es mi forma de demostrar que me alegra haberte hecho caso.

—¿A pesar de tus protestas?

—A pesar de mis protestas.

No dijo nada, miró por la ventanilla un momento, luego se volvió hacia mí otra vez.

—Me sorprendes.

—¿Por qué?

—No esperaba que fueras de los que se dejan llevar por sus impulsos.

—¿Por qué?

—Porque en ti hay algo muy meditado, sereno.

—Aburrido, quieres decir.

—Para nada. La gente confía en ti y quiere sincerarse contigo, a lo mejor porque les gusta cómo son en tu compañía, como justo ahora en este taxi.

Alargué la mano para agarrarle la suya, pero enseguida la solté.

Tardamos menos de veinte minutos. Habían avisado al guarda de nuestra llegada y estaba esperando de brazos cruzados fuera de la pequeña verja, casi perentorio y hostil. Terminó por reconocerme, y su actitud, desconfiada al principio, pasó a ser de cauteloso respeto. Entramos en la villa, nos dirigimos a la planta de arriba y recorrimos una serie de salas hasta que llegamos ante la estatua de Apolo.

—Lo llaman Apolo Sauróctono, asesino de serpientes. Pasearemos por la galería y, si hay tiempo, veremos los paneles etruscos.

Ella observó la estatua, dijo estar segura de haber visto antes una copia, aunque no aquella.

Recorrimos deprisa lo demás hasta que llegamos al bajorrelieve de Antínoo. Su belleza no pudo impresionarla más.

—Es asombroso.

—¿Qué te había dicho?

—*Sono senza parole* —dijo. Se había quedado sin palabras.

Los dos estábamos anonadados. Me rodeó con el brazo unos segundos, luego me acarició la espalda. Después nos separamos.

Un poco más tarde, mientras le señalaba un busto pequeño de un jorobado, le susurré al oído que podría sacar a escondidas unas cuantas fotos con la cámara si yo conseguía distraer al guarda, porque no estaba permitido hacer fotos. Me acordé de que una vez me había hablado de su madre enferma, así que lo llevé aparte y le pregunté cómo había ido la operación de su madre. Debía aparentar discreción mientras le preguntaba en voz baja, supuestamente para que Miranda no pudiera oírnos. Él apreció mi delicadeza y me explicó que *purtroppo era mancata.* Le di mis condolencias, y para entretenerlo un poco más y asegurarme de que le daba la espalda a Miranda, le conté que mi madre también había muerto.

—Madre solo hay una —dijo.

Asentimos y nos compadecimos el uno del otro.

Volvimos a echarle un último vistazo al Sauróctono, expliqué que en el Louvre y en los Museos Vaticanos había una estatua igual, pero que aquella y la de Cleveland eran las únicas de bronce.

—Pero esta no es de tamaño natural —dijo el guarda—. Me han dicho que la de Cleveland es más bonita.

—Lo es —dije.

Luego nos animó a dar un paseo por el jardín italiano, que conducía a otra galería llena de esculturas. En medio del jardín, nos dimos la vuelta para disfrutar de la fachada y la magnífica arcada del gran *palazzo* neoclásico, considerado en su momento el más hermoso de la época.

—Creo que no les va a dar tiempo a ver los paneles etruscos —anunció el guarda—, pero *in compenso* quizá la *signorina* quiera hacerles unas fotografías a las estatuas, visto que —añadió con una sonrisa traviesa y petulante— le gusta hacer fotos.

Nos sonreímos los unos a los otros. Luego nos condujo a través del jardín hasta la salida, señalando los que aseguró eran los siete pinos más viejos de Roma. Cuando apretó el botón para abrir la verja eléctrica, un caballero anciano que estaba en la acera se nos quedó mirando y no pudo evitar decirle al guarda:

—Mi familia lleva viviendo en Roma siete generaciones, pero nunca se nos ha permitido a ninguno entrar en esta villa.

El guarda volvió a adoptar su aire perentorio y respondió que estaba *vietato,* prohibido, dejar entrar a nadie. La verja se cerró detrás de nosotros.

Antes de parar un taxi, Miranda dijo que quería hacerme otra foto delante de la verja.

—¿Por qué? —pregunté.

—Porque sí —y después, al ver mi mueca sombría, añadió—: ¿Puedes dejar de fruncir el ceño? Y no pongas una sonrisa falsa de Hollywood, ¡por favor!

Hizo unas cuantas fotos, pero no estaba contenta.

—¿Por qué has fruncido el ceño?

Contesté que no lo sabía, aunque no era cierto.

—¡Y eso que esta mañana fuiste tú el que me acusaste de sombría!

Nos reímos.

No pareció esperar ningún comentario por mi parte, ni yo la insté a que se explicara, pero, mientras seguía haciendo fotos, una idea perturbadora empezó a crecer dentro de mí: algún día, esto también será una vigilia que se llamará «¡Deja de fruncir el ceño!». Había algo cálido e íntimo en su modo de reprenderme, era como una llamarada. Pensé en ella como en alguien que irrumpe en tu vida, justo como había hecho en casa de su padre, y se pone directamente a ahuecar los cojines, a abrir de par en par las ventanas, a enderezar dos viejos cuadros que has dejado de ver aunque nunca se han movido de la repisa de la chimenea y a alisar con pie hábil las arrugas de la alfombra antigua, para que seas consciente, una vez que ha puesto flores en el jarrón que llevaba vacío tanto tiempo, por si sigues empeñado en quitarle importancia a su presencia, de que no podrías desear nada mejor que una semana, un día, una hora de todo eso. Qué cerca había estado de alguien tan real, pensé. Qué cerca.

¿Era demasiado tarde?

¿Llego demasiado tarde?

—Deja de pensar —dijo.

Tendí la mano y alcancé la suya.

En el Caffè Trilussa que le gustaba, ostentoso y abarrotado, encontramos una mesa pequeña y desvencijada en un rincón y nos sentamos el uno frente al otro. Detrás de ella había una estufa de exterior calentando a toda potencia.

—Me gusta el calor —dijo, y añadió—: Qué raro, hace solo unas horas hacía calor suficiente para comer en la terraza de mi padre. Ahora quiero tomar algo caliente.

Cuando llegó el camarero, pidió dos americanos dobles.

¿Qué es un americano?, iba a preguntar, pero me contuve y decidí no hacerlo. Tardé unos segundos en darme cuenta de por qué no había preguntado.

—Un americano es una taza de expreso a la que le añaden agua caliente. Un americano doble es agua caliente con dos expresos.

Bajó la mirada y se fijó en la mesa, mientras intentaba reprimir una sonrisa.

—¿Cómo te has dado cuenta de que no sabía lo que era un americano?

—Lo sabía, sin más.

—Lo sabía, sin más —repetí.

Me encantaba aquello. Creo que a los dos nos encantaba.

—¿Es porque tu padre no lo sabría, así que te figuraste que yo tampoco lo sabría?

—¡Te equivocas! —dijo, adivinando enseguida por dónde iba—. No es por eso para nada, señor. Ya te lo he dicho.

—Entonces, ¿por qué?

Su sonrisa burlona se desvaneció de repente.

—Porque te conozco, Sami, por eso. Te miro y es como si te conociera desde siempre. Y una cosa más, ya que estamos con el tema y soy la única que habla

—¿adónde quería llegar?—: No quiero dejar de conocerte. Así que ese es el resumen.

La miré otra vez, todavía sin estar seguro de qué significaba aquello. *No me des esperanzas, Miranda, no lo hagas.* No quería siquiera sacar el tema porque también me crearía esperanzas.

El camarero se acercó con las tazas.

—Un americano —dijo Miranda adoptando el tono pícaro de un momento antes— es para quien quiere un expreso pero le gusta el café americano. O para quien quiere un expreso que dure mucho...

—Vuelve a lo que estabas diciendo antes —la interrumpí.

—¿Qué estaba diciendo? —se burló de mí—. ¿Que te conozco desde siempre? ¿O que no quiero dejar de conocerte? Las dos cosas van juntas.

¿Cuándo había sucedido todo aquello? ¿En el tren, en el taxi, en el piso de su padre, en la cocina, en el salón, en el jardín de Villa Albani, mientras hablábamos de la señorita Margutta o al pasar por mi antigua casa? ¿Por qué tenía la sensación de que quería desorientarme, cuando una parte de mí sabía que no estaba haciendo eso en absoluto?

Debía de saber lo que yo sentía; hasta a un niño de seis años le habría quedado claro desde el principio. Pero a Miranda, ¿cuándo? ¿Unos caprichosos minutos antes que languidecieron sin más en cuanto los confundí con la realidad? Y entonces volvió a sacudirme la misma idea. Años atrás, en un edificio a apenas tres manzanas de allí, yo estaba leyendo a los escolásticos bizantinos, perdido en el mundo de la Constantinopla preislámica, y el espermatozoide que se convertiría en Miranda todavía no había sido liberado de las gónadas de su papá. La miré. Me dedicó una sonrisa forzada y reticente que no encajaba con la chica desenvuelta, obstinada e indomable que lo sabía todo del café americano. Le podría haber preguntado: *¿Qué pasa?*, pero me contuve. Al final de una pausa incómoda durante la cual ninguno de los dos dijo nada, lo único que hizo fue menear un poco la cabeza, como si no estuviera de acuerdo consigo misma y descartase una idea estúpida en la que sabía que no tenía que confiar. Ya la había visto hacer aquello cuando se sentó frente a mí en el tren. Después se concentró en la taza de café. Su silencio me inquietaba.

Continuábamos mirándonos el uno al otro, aún sin decir nada. Yo sabía que pronunciar una palabra rompería el hechizo, así que nos quedamos allí sentados, en silencio y mirándonos, como si ella tampoco quisiera que se acabara el encantamiento. Quería preguntarle qué estaba haciendo en mi vida, si existía de verdad gente tan joven y hermosa, si eran siquiera reales fuera de las películas y las revistas.

Y de pronto me vino a la cabeza un verbo del griego clásico: ὀψίζω, *opsizo*. Intenté resistirme a contárselo, pero luego no me pude contener. Le expliqué que *opsizo* significaba «llegar tarde al banquete o justo antes del último aviso», o «festejar ahora llevando la carga de todos los años perdidos».

—¿Adónde quieres llegar?

—A ninguna parte.

—Exacto.

Me dio un codazo, como diciendo: *¡No sigas por ahí!* Después señaló a una mujer sentada sola en otra mesa.

—No deja de mirarte.

No la creí, pero la idea me gustó. Otra mujer se peleaba con un crucigrama.

—No progresa mucho —dijo Miranda—. A lo mejor debería darle una pista para ayudarla; terminé el mío esta mañana en la estación. Y, por cierto, la otra te está mirando de nuevo, a las cuatro, a tu derecha.

—¿Por qué nunca noto esas cosas?

—Quizá porque no eres el tipo de persona que vive en el presente. Esto, por ejemplo, es el presente —dijo, acercándose y besándome en los labios. No fue un beso completo, pero se demoró y me tocó los labios con la lengua—. Y hueles bien —añadió.

Vale, ahora tengo catorce años, pensé.

Más tarde, mientras le hacía al público una descripción angustiosa del saqueo otomano de Constantinopla, recordé cómo me había dado la mano mientras íbamos trazando el camino a través de las estrechas calles del Trastévere, como si tuviese miedo de perderme entre la multitud, cuando era yo quien temía que ella pudiese soltarme y escaparse en cualquier momento. Y pensé en cómo se había refugiado entre mis brazos cuando por fin la abracé al salir del Caffè Trilussa y en cómo me había colocado los dos puños contra el pecho, como si estuviese resistiéndose a mi abrazo y apartándome. Luego me di cuenta de que era su manera de fundirse conmigo, antes de que me dejara llevar y la besara. Hacía mucho que no besaba a una mujer, y mucho menos con tanta pasión. Estaba a punto de decírselo cuando ella susurró:

—Sigue abrazándome, sigue abrazándome, Sami, y bésame.

Qué mujer.

Y mientras continuaba hablando de la pérdida inconcebible de las obras del catálogo de Focio, me guardaba lo mejor de nuestro dueto para el final.

—Una cosa sí sé —le había dicho.

—¿Qué?

—Quiero que vengas conmigo. Tengo una casa junto al mar.

La idea se me había ocurrido mientras hablábamos y se la solté sin pensarla siquiera. Nunca había dicho algo ni remotamente parecido en mi vida. Su respuesta fue más asombrosa y encantadora que lo que yo acababa de decir.

—A mis amigos les daría un ataque de risa, creerían que he perdido la cabeza.

—Lo sé. Pero ¿te apetece?

—Sí.

Después, mientras parecía que se lo estaba pensando mejor, preguntó:

—¿Cuánto tiempo?

Y esto tampoco lo había dicho antes, pero sabía que estaba siendo sincero con cada palabra:

—Todo el tiempo que quieras, todo el tiempo que vivas.

Nos reímos. Nos reímos porque ninguno de los dos se creía que el otro fuese en serio. Yo me reí porque sabía que iba en serio.

Y entonces, sin perder el hilo de mis ideas, al tiempo que seguía dirigiéndome a la audiencia y disertando sobre los libros que la humanidad había perdido para siempre, me acordé de su cara completamente ruborizada y de cómo, con las rodillas desnudas separadas, me había guiado con la misma mano que yo sujetaba y que un día no muy lejano sabría a agua salada después de nadar en el mar Tirreno minutos antes del mediodía.

—Esto es lo que haremos —dijo cuando nos encaminábamos a la Via Garibaldi—. Me sentaré al fondo de la sala en algún punto invisible entre el público y esperaré, porque estoy segura de que todo el mundo querrá hablar contigo y hacerte preguntas sobre la conferencia y tus libros, y después nos escabulliremos e iremos a cenar a algún sitio donde sirvan buen vino, porque esta noche quiero un vino muy bueno. Y después de cenar tomaremos la última copa en un bar que conozco y me contarás todo lo que ya me has contado sobre cada persona de tu vida y yo te contaré lo que quieras saber de mí, y entonces te acompañaré al hotel o tú me acompañarás de vuelta a casa de mi padre. Te lo digo desde ya: la primera vez se me da fatal.

La admiré por expresar algo de lo que la mayoría de la gente no habla antes de los hechos.

—¿A quién no se le da fatal la primera vez?

—¿Cómo lo ibas a saber?

Aquello nos hizo reír.

—¿Por qué se te da fatal? —pregunté.

—Tardo un poco en acostumbrarme a alguien. Quizá sean los nervios, aunque contigo no estoy nerviosa, lo que ya de por sí me pone muy nerviosa. No quiero estar nerviosa.

—Miranda —le dije cuando nos detuvimos junto al pequeño templete de San Pietro in Montorio y la abracé mientras contemplábamos la obra maestra de Bramante—, ¿es esto real?

—Dímelo tú, pero dímelo ahora. No necesito pruebas y tú tampoco, pero no quiero sorpresas. Y no quiero que me hagan daño.

—Guay —me escuché decir, lo que nos hizo reír a los dos.

—De acuerdo entonces.

Al llegar al vestíbulo nos interrumpió el director, que quería escoltarme hasta el camerino improvisado. Nos separamos deprisa. Ella me indicó por gestos que me esperaría fuera después de la conferencia.

En cuanto volví a meter mis papeles en el portafolio de cuero, les di la mano a mi anfitrión, a otro profesor y a los demás ansiosos especialistas, compañeros y estudiantes que se habían acercado al estrado, pero con una actitud que dejaba traslucir que tenía prisa. Uno de los colegas veteranos, que se dio cuenta de mi prisa por irme, hizo un gesto para acompañarme fuera, pero luego terminó arrinconándome en la puerta para preguntarme si podía leer las galeradas de su próximo libro sobre Alcibíades y la expedición a Sicilia.

—Nuestros temas tienen más conexiones de lo que parece —dijo—. No te haces una idea de lo similares que son nuestros intereses —siguió.

¿Le haría el favor de presentarle a mi editor? Por supuesto, le dije. En cuanto me libré de él, una señora mayor me acorraló para decirme que había leído todos mis libros. Tenía la mala costumbre de escupir al hablar, mientras yo contaba los minutos y centímetros que nos separaban.

Por fin pude salir del auditorio para ir a reunirme con Miranda donde sabía que me estaba esperando, pero cuando miré, no estaba.

Bajé rápidamente la escalera principal, pero tampoco estaba en el vestíbulo, así que volví a subir al segundo piso y deambulé por el vestíbulo que rodeaba el auditorio. Nadie. A ninguno de los dos se nos había ocurrido intercambiar nuestros números de teléfono. ¿Por qué demonios no lo habíamos hecho? Abrí la pesada puerta metálica del auditorio. Quedaban todavía unos cuantos estudiantes charlando en la entrada, todos claramente a punto de irse, mientras dos bedeles iban recogiendo los vasos de papel vacíos y la basura de los pasillos. Cerca de la puerta, otro bedel con un llavero gigante parecía a punto de perder la paciencia mientras esperaba a que todo el mundo —incluido el decano— saliera para que su plantilla pudiera ocuparse de lo suyo.

De nuevo en el vestíbulo, y al ver que nadie me miraba, abrí incluso la puerta del baño de señoras y la llamé por su nombre. No hubo respuesta. ¿Habría ido al baño del sótano? El sótano estaba todo oscuro.

Cuando salí del edificio, atisbé las siluetas de un grupo de gente reunida fuera del café de la esquina. A la fuerza tenía que estar dentro. No estaba. Quería echarle la culpa al colega remilgado y a la vieja engreída que parloteaba escupiendo a muerte. Le había dicho a Miranda que saldría en menos de diez minutos. ¿Había calculado mal? ¿O era culpa mía por no decirle que no a la gente que me pedía un autógrafo?

Vi al mismo encargado con el llavero grande salir del edificio y cerrar una de las salidas. Estuve tentado de preguntarle si había visto a una chica joven buscando a..., ¿quién diría que era yo, su padre?

¿Debía ir a casa de su padre?

Y entonces, de pronto, lo entendí. ¿Por qué no lo había pensado antes? Había desaparecido. Había cambiado de opinión, había salido corriendo. No difería de lo que había confesado sobre quitarse a la gente de encima sin dar siquiera un indicio o una advertencia. Según sus propias palabras, ¡puf, desaparecía!

Todo el asunto era una fantasía. Me lo había inventado todo. El tren, el pescado, el almuerzo, el templete de Bramante, el joven piloto de la Segunda Guerra Mundial, los padres suizos que se cayeron en una grieta y de los que no se volvió a saber nunca hasta que su hija fue mayor de lo que ellos serían nunca, los griegos que habían predicho el fin de Bizancio y huido a Venecia y transmitido el griego a las generaciones venideras hasta que nadie recordaba por qué se habían colado en el veneciano unas cuantas palabras griegas; todo, todo irreal. *¡Menudo idiota!*

La palabra brotó en mis labios y la oí de mi propia boca. Me entraron ganas de reír. Repetí la palabra. «I-dio-ta.» Un poco menos graciosa la segunda vez y aún menos la tercera. *¿En qué estabas pensando?* Ya me imaginaba a mi hijo preguntándome aquello al día siguiente, cuando lo viera y le hablase de la chica del tren llamada Miranda que me había llevado a casa de su padre y me había hecho desear cosas que pensaba que habían desaparecido para siempre de mi vida.

Estaba bastante oscuro y me encontré bajando por el Janículo por el único camino que conocía y al final pasé por mi antiguo edificio, como si este pudiese restablecer mi rumbo y traerme de vuelta a la tierra y recordarme quién era. Allí estaba, antes de lo que esperaba, envejecido y ladeándose contra el tiempo, como yo y todas mis estúpidas vigilias. Aquello también me dio ganas de reír. Todos esos años y todavía no había aprendido nada, seguía esperando que apareciera ante mi puerta y dijera: *Aquí estoy, soy toda tuya.*

I-dio-ta. Por supuesto que había salido corriendo.

Dos años después, cuando me invitaran otra vez, pasaría por aquel lugar y me reiría de la persona que había esperado ser, de la vida que había soñado compartiendo mi casa en la playa. Solo vigilias. Por un momento, había querido decirle: *Estoy dispuesto a dejarlo todo. No me importa dónde, cuándo o cuánto tiempo quieras. No me importa.*

Allí, aquella noche, me había vuelto un inconveniente.

No podía sentir rabia siquiera, ni hacia ella ni hacia mí mismo. En cambio, estaba resentido. No porque me hubiese mentido o hubiera jugado conmigo, o dejado volar su fantasía por un rato y espoleado la mía solo para destrozarla mejor, sino porque había cambiado de opinión. Pero ¿quién podía culparla por eso? Estaba resentido porque le había entregado mi confianza y la confianza no se podía retirar. Ella la había machacado y tirado a la basura sin pensar dos veces ni en mi confianza ni en mí. Quería volver a ser la persona que era esa mañana en el tren, quería borrarlo todo, que no hubiese pasado nada. I-dio-ta. Pues claro que no había pasado.

Después de aquello, seguí pensando, apagaríamos las luces, cerraríamos las puertas, bajaríamos las persianas y aprenderíamos a no volver a desear nada otra vez. No en esta vida.

No me hizo falta cruzar el puente. Me bastó con mirar hacia arriba, a la última planta del edificio de su padre, para ver que todas las luces estaban apagadas. No estaba en casa. Obvio.

Sabía que me acercaría y se había quedado por ahí a propósito, así que volví caminando a mi hotel. Antes de entrar, me dije que mi plan original no era tan malo después de todo: comer algo, ver una película, tomar una copa, acostarme y abandonar Roma después de ver a mi hijo. Y entonces lo superé.

Aun así, era triste la forma en que habían resultado las cosas.

Estaba a punto de decirle al recepcionista del hotel que quería que me despertaran a las siete y media de la mañana cuando la vi. Estaba sentada junto a una de las muchas mesitas que había en el largo pasillo que salía del vestíbulo del hotel, hojeando una revista.

—Por un momento pensé que al final habías decidido salir corriendo, así que te esperé. No volveré a perderte de vista.

En vez de hablar, me limité a abrazarla.

—Creí que...

—¡Idiota! —dijo. Luego, suavizando el tono, añadió—: Pero me has encontrado.

Le di al recepcionista mi portafolio de cuero y salimos.

—Me prometiste que iríamos a cenar.

—Cenemos.

—¿Adónde vas normalmente después de dar una conferencia aquí?

Le dije el nombre. Conocía el sitio. Nos dieron una mesa en un rincón tranquilo y el vino era abundante; no era el mejor, pero nos las arreglamos para terminarnos una botella. Después, volvimos a pasar por mi antiguo edificio. Cuando miré arriba, vi una luz en el tercer piso.

—¿Duele? —preguntó.

—No.

—¿Por qué no?

La miré como diciendo: *Estás dando palos de ciego,* y sonreí.

Sacó la cámara grande y empezó a hacer fotos rápidas del edificio, de la ventana donde estaba la luz encendida.

—¿Qué crees que estará haciendo ahí arriba?

—Ah, no lo sé —dije, pero lo que pensaba era: el muchacho sigue esperando ahí arriba, sigue esperando.

¿Cómo podría haberlo sabido, años antes, cuando tú todavía no habías nacido? En las noches de invierno, cuando cocinaba y miraba a veces por la ventana de la cocina, esperaba, pero quien llamaba a mi puerta era siempre otra persona. En los seminarios, cuando encendía un cigarrillo —y en aquella época se podía—, esperaba que fueras tú quien abriese la puerta. En un cine abarrotado, en los bares con los amigos, en todas partes, esperaba, pero no te pude encontrar y tú no apareciste nunca. Esperé toparme contigo en tantas fiestas…, a veces casi creí haberte encontrado, pero nunca eras tú, tú tenías dos años entonces y, mientras yo pedía una segunda ronda, tus padres te leían un segundo cuento antes de dormir. Y siempre, como siempre, el tiempo pasa. Al final dejé de esperar, porque dejé de creer que entrarías en mi vida, dejé de tener fe en que existieras. Todo lo demás me pasó: la señorita Margutta, mi matrimonio, Italia, mi hijo, mi carrera, mis libros, pero tú no. Dejé de esperar y aprendí a vivir sin ti.

—¿Qué querías en aquellos años con tanta desesperación?

—Alguien que me conociera por dentro, que fuese parte de mí, básicamente.

—Vamos dentro —dijo.

Por un momento, pensé que se refería a que subiéramos y tuve la visión terrible de que fuésemos a molestar al inquilino actual.

—Mejor no.

—Quiero decir dentro del zaguán.

No esperó mi respuesta, sino que abrió la gran puerta de cristal.

Le dije que el zaguán seguía oliendo igual casi tres décadas después, a una mezcla de arena de gato, moho y madera podrida.

—Los zaguanes no envejecen nunca, ¿lo sabías? Ponte ahí —dijo mientras hacía algunas fotos del vestíbulo. Cuando retrocedió para encuadrarme en la foto, me sentí más cerca de ella—. Te has movido.

—Miranda —dije por fin—. No me había pasado nunca nada parecido. Y por eso me da tanto miedo.

—¿Qué pasa ahora?

—Podría haber perdido el tren y no haber sabido nunca lo muerto que llevo toda mi vida.

—Tienes miedo, eso es todo.

—Pero ¿de qué?

—De que mañana esto se haya esfumado. Pero no tiene por qué.

Y entonces, en el antiguo zaguán cuyo olor conocía tan bien, quise decirle lo raro que era estar allí otra vez y sentir que los años transcurridos no eran más que una tierra de nadie de alegrías pequeñísimas y triviales que formaban una especie de óxido sobre mi vida.

Quiero rascarme el óxido, volver a empezar aquí y rehacer toda mi vida contigo.

No enuncié esa frase, solo me quedé allí de pie.

—¿Qué pasa? —preguntó de nuevo.

Negué con la cabeza. En vez de contestar, cité a Goethe.

—*Todo lo que había vivido hasta entonces era tan solo un preludio, un compás de espera, tiempo pasado y tiempo perdido hasta que te conocí.*

Ella fue bajando la cámara conforme yo me iba acercando a ella. Sabía que iba a besarla, así que pegó la espalda a la pared.

—Bésame, bésame.

Le sostuve las mejillas con ambas manos y acerqué mis labios a los suyos, la besé lentamente primero y después con toda la pasión y el deseo que había intentado contener desde el almuerzo, desde que la había mirado mientras enjuagaba los platos o se inclinaba para hablar con el pescadero y me había hecho desear besarle la cara, el cuello, los hombros. Pensé que me iba a acordar de una chica a la que había besado años antes en aquel mismo zaguán, pero lo único que recordaba era el persistente hedor a alfombra húmeda. *Los zaguanes no envejecen nunca. Nosotros tampoco,* pensé. *Ah, pero sí que envejecemos. No maduramos.*

—Sabía que sería así —dijo.

—¿Así cómo?

—No lo sé —luego, un momento después, dijo—: Otra vez.

Y como no reaccioné lo bastante rápido, me atrajo hacia ella y, sin contenerse, me besó con la boca tan abierta que me quedé aturdido. Presionó mis mejillas, y después, de manera totalmente imprevista, puso una de sus manos ahuecadas donde me estaba poniendo duro.

—Sabía que le iba a gustar.

Dejamos mi antiguo edificio, recorrimos el tramo principal de los puestos ambulantes que parecen no dormir nunca. Los callejones estaban llenos de agitación, me gustaron la multitud festiva y los restaurantes y enotecas a rebosar, todos con sus lámparas de calor infrarrojo.

—Me encantan estos callejones estrechos por la noche —dijo—. Crecí aquí.

La abracé y volví a besarla. Me gustaba saber de su vida. Le dije que quería saberlo todo.

—Yo también —dijo. Luego, poco después, añadió—: Pero hay cosas que quizá no quieras saber. De mí, quiero decir —esas palabras amortiguaron la dicha y la calidez del momento. ¿A qué se refería?—. No sé si debo, pero tengo que contarte algo que nunca le he contado a nadie porque nunca he conocido a la persona que me quiera como soy o, mejor, como he llegado a ser. Y necesito que lo sepas enseguida, o me veré obligada a esconderlo, incluso de ti, si no lo suelto ahora. Aparte de este secreto, no tengo nada que ocultar. ¿No tienes tú un secreto así, un secreto tan pesado que se ha convertido en un muro que no se puede derribar? Quiero echar abajo el mío antes de que hagamos el amor —dijo.

—Pues claro que tengo un secreto. Todos lo tenemos —dije—. Somos como la Luna, que le muestra unas cuantas facetas a la Tierra pero nunca la esfera completa. La mayoría de nosotros no llega a conocer nunca a los que entenderían nuestro yo completo. Le ofrezco a la gente solo esa esquirla de mí que creo que captarán. A otros les muestro otras porciones, pero siempre hay una faceta de oscuridad que me guardo para mí.

—Quiero conocer esa faceta de oscuridad, cuéntamela ahora mismo. Primero tú, porque la mía es mucho peor que cualquier cosa que puedas decir.

Quizá ayudase que era de noche mientras charlábamos, y al acercarnos a la basílica de Santa María en Trastévere le hablé de la señorita Margutta.

—Verás, nuestro primer y único encuentro fue en un hotel barato y miserable de Londres. Nos desnudamos en cuanto el dueño nos llevó a la habitación. Fue a última hora de la tarde. Nos abrazamos, nos besamos, nos volvimos a abrazar y nos empeñamos mucho, insistimos, creyendo que si el deseo se nos escapaba sería de forma momentánea y no tardaría en volver. Pero no volvió. Yo era joven y vigoroso, así que estaba tan desconcertado como ella. Ella probó muchas cosas, pero no sirvieron de nada, y yo también lo intenté, pero tampoco la excité. Algo fallaba, y aunque hablamos sobre qué podía ser, ninguno de los dos sabía el motivo. Por la noche, nos volvimos a vestir y deambulamos por las calles de Bloomsbury como dos almas perdidas, fingiendo que teníamos hambre y estábamos buscando un sitio para comer algo. En vez de eso, bebimos un montón. Cuando volvimos a la habitación, nada había cambiado entre nosotros.

Terminamos consiguiéndolo, pero hubo sexo porque los dos insistimos, no por deseo, y, para rematarlo todo, en el momento del supuesto éxtasis acabé llamándola por el nombre de la mujer con la que salía en aquella época. Estoy seguro de que ambos sentimos alivio al estar de vuelta en nuestras respectivas casas de Roma dos días después. Ella se esforzó muchísimo para que siguiéramos siendo amigos, pero yo la evité, a sangre fría, quizá porque era incapaz de afrontar la manera en que la había defraudado o quizá porque sabía que había mancillado mi amistad tanto con ella como con el hombre que iba a convertirse en su marido. Años después, cuando estaba muy enferma y era obvio que iba a morir, intentó ponerse en contacto conmigo unas cuantas veces, pero la esquivé y nunca le contesté. Nunca, nunca me olvidaré de eso.

Miranda me escuchó, pero no dijo nada.

—¿Te gustaría tomar un *gelato*? —pregunté.

—Me encantaría.

Entramos en una heladería. Ella pidió pomelo y yo pistacho. Estaba claro que quería preguntarme más sobre lo que le había contado, pero yo quería oír su historia.

—Te toca —dije.

—¿Me prometes que no me odiarás después?

—No te odiaré nunca.

Al salir de la heladería dijo que le encantaba cómo había resultado el día, la forma en que nos habíamos conocido, la conferencia, la cena, las copas, su padre, y ahora aquello.

—Fue cuando tenía quince años —empezó a contar—. Mi hermano, que tenía dos años más que yo, invitó a un amigo una tarde y estaban viendo la tele en su dormitorio. Yo me uní a ellos al típico estilo hermana menor entrometida, me senté en la cama como solía hacer cuando no quería estar sola en el salón, y estábamos viendo la tele tranquilamente cuando mi hermano me rodeó el hombro con el brazo como hacía a veces. Entonces, el otro chico hizo lo mismo. Poco a poco, fue desplazando la mano desde mi hombro hasta debajo de mi blusa, y mi hermano, seguramente pensando que aquello era un manoseo inocente que terminaría en el momento en que yo dijera algo, me tocó los pechos más en broma que otra cosa o quizá para recalcar que lo que estábamos haciendo no tenía nada raro o escandaloso. No me opuse, y ninguno de los dos paró. Entonces el amigo se bajó la cremallera de los pantalones, y habría seguido siendo poco más que una payasada traviesa si no hubiera sido porque mi hermano, que probablemente no quería que lo eclipsaran, hizo lo mismo. Me comporté con la mayor naturalidad y después fui un poco más lejos y les pedí a los dos que se tumbaran a mi lado; los tres nos acurrucamos y seguimos viendo la tele. Confiaba en mi hermano y me sentía a salvo, sabía que él nunca permitiría que la cosa llegara muy lejos, aunque dejé que su amigo me quitara los vaqueros. Sin dudar, el chico se puso enseguida encima de mí. Terminó en segundos. Y ahora viene la parte que nunca superaré. Parecía un juego tan tonto que le dije a mi hermano que le tocaba a él y hasta lo avergoncé por dudar; solo entonces me di cuenta de que todo el asunto con su amigo no había sido más que una estratagema por mi parte, porque yo deseaba a mi hermano y quería que me hiciera el amor, no solo que me follara, porque habría sido lo más natural entre nosotros y quizá eso sea hacer el amor. Hasta su amigo lo instó a ello. *Prefiero no hacerlo, es mi hermana.* Nunca olvidaré sus palabras. Se levantó, se subió los vaqueros y se volvió a tumbar en la cama para seguir viendo la tele. Desde entonces, mi hermano no se queda solo conmigo en la misma habitación, y si tenemos compañía y hay que sentarse en el mismo sofá, se asegura de hacerlo en el otro extremo. No hemos hablado nunca de eso, y hasta el día de hoy sé que se interpone entre nosotros cuando nos saludamos con un beso o nos abrazamos para despedirnos, lo que evita hacer en la medida de lo posible. Sé que nunca se ha perdonado a sí mismo ni me ha perdonado, pero soy yo la que nunca lo perdonaré. Le estaba ofreciendo todo lo que era, porque adoraba a mi hermano mayor. ¿Estás escandalizado o asqueado?

—No.

Tiró lo que le quedaba de helado.

—Odio la parte del cucurucho —dijo. Luego, cambiando de tema mientras nos acercábamos al hotel, dijo—: Esto no es solo cosa de esta noche.

—Para mí tampoco.

—Solo te lo comento —dijo—. Tengo que hacer una llamada. ¿Tú no?

Negué con la cabeza.

—¿Qué le vas a decir?

—¿A quién, a mi padre? Hace rato que está durmiendo.

—¡A tu novio!

—No lo sé, no importa. ¿No hay nadie en absoluto a quien tengas que llamar?

La miré.

—Hace tiempo que no hay nadie.

—Solo me estaba asegurando.

—Vamos a mi hotel.

Terminó su llamada en menos de treinta segundos.

—Rápida y sumaria —observé.

—Igual que el sexo con él. Ha dicho que no le sorprende. No debería. Eso ha sido todo. Le había dicho que nada de conversación.

Me gustó: *Nada de conversación*. Algún día usaría la expresión también conmigo.

En cuanto entramos en la habitación del hotel, vi mi bolsa de lona sobre una rejilla para el equipaje junto al estrecho escritorio. Solo había una silla en la habitación. Me acordé de cómo había preparado la bolsa aquella mañana, en lo que de repente parecía una vida completamente distinta. Me acordé del sitio en que la había puesto, cerca del sofá, en casa de su padre. El botones debía de haberla subido en algún momento de la tarde y la había dejado allí. Echó un vistazo rápido a la habitación y me di cuenta de lo pequeña que era, aun siendo la misma que reservaba siempre, de modo que le pedí disculpas a Miranda y le expliqué que me alojaba allí cada vez que venía a Roma por el balcón.

—Tiene literalmente siete veces el tamaño de la habitación. Las vistas son increíbles.

Así que abrí las persianas y salí al balcón. Ella me siguió. Fuera hacía fresco, pero las vistas eran sensacionales, igual que en casa de su padre. Todas las cúpulas de las iglesias romanas aparecían en escena, resplandecientes. Pero la habitación parecía más pequeña de lo que recordaba y apenas había espacio para rodear la enorme cama. Ni siquiera había bastante luz. Sin embargo, nada me molestaba. Me gustaba así. Miré a Miranda de reojo; nada parecía molestarla.

Quería abrazarla, y entonces se me ocurrió una idea singular. No iba a desnudarme todavía. Tampoco iba a arrancarle a ella la ropa como en las películas.

—Quiero verte desnuda, solo quiero verte. Quítate la camiseta, la camisa, los vaqueros, la ropa interior, las botas de montaña.

—¿Las botas de montaña y los calcetines también? —bromeó.

Pero me escuchó, no opuso resistencia y procedió a quitarse la ropa hasta que se quedó desnuda y descalza sobre la alfombra raída, que debía de tener por lo menos veinte años.

—¿Te gusta? —preguntó.

Como la habitación daba al patio y estaba expuesta a todas las demás habitaciones del hotel, me preocupaba que otros huéspedes nos vieran. Aun así, pensé: *Que miren.* A ella tampoco le importaba. Se llevó las manos detrás de la nuca y adoptó una postura en la que exhibía los pechos. No eran grandes, pero sí firmes.

—Ahora te toca a ti.

Dudé.

—No quiero vergüenza, no quiero secretos. Esta noche sale todo. Nada de ducha, nada de lavarse los dientes, nada de enjuague bucal ni desodorante, nada de nada. Te he contado mi secreto más oculto y tú me has contado el tuyo. Cuando hayamos terminado, no puede quedar ni una barrera en pie entre nosotros o entre nosotros y el mundo, porque quiero que el mundo nos conozca por lo que somos juntos. Si no, no tiene sentido, para eso me vuelvo ahora mismo a casa de mi papaíto.

—No vuelvas con tu papaíto.

—No volveré con papaíto —dijo mientras sonreíamos, y luego nos reímos.

Le tendí la muñeca izquierda y me ayudó a quitarme los gemelos. No le había pedido que lo hiciera, pero ella lo había adivinado. Me dio la sensación de que había hecho lo mismo con otros hombres. No me importó.

Cuando estuve completamente desnudo, me acerqué a ella y por primera vez sentí su piel y todo su cuerpo contra el mío.

Eso era lo que siempre había querido. Eso y ella. Al verme dudar, me agarró la mano derecha y la puso entre sus piernas mientras decía:

—Es tuyo, te lo dije, no quiero que entre nosotros haya sombras ni medias tintas. No prometo nada, pero iré contigo hasta el final. Dime que harás lo mismo, dímelo ahora, y no apartes la mano. Si no estás dispuesto a llegar hasta el final...

—Volverás con papaíto. Ya lo sé, ya lo sé.

Hablar así me excitó.

—Pero mira este faro —dijo.

Me gustó el nombre que le dio.

Quité la bolsa de lona de la rejilla y me senté encima, y a continuación Miranda se acomodó en mi regazo y dejó que la penetrara muy despacio.

—¿Mejor ahora? —dijo mientras nos abrazábamos muy fuerte—. Te diré todo lo que quieras saber, lo que sea, pero no te muevas —y mientras decía aquello se apretó contra mí y yo la estreché todavía más. Me estaba provocando y, sujetándome la cabeza y mirándome a los ojos como había hecho en el café, dijo por último—: Solo para que lo sepas, nunca he estado tan cerca de nadie en toda mi vida. ¿Y tú?

—Nunca jamás.

—Qué mentiroso —y volvió a estrujarme.

—Si haces eso otra vez —dije—, no me podré concentrar en nada de lo que digas.

—¿El qué, esto?

—Te lo advertí.

—Solo estaba saludando.

Pero, incapaces de contenernos, empezamos a hacer el amor con ahínco. Después nos pareció que era más cómoda la cama.

—Esto es todo lo que tengo, esto es todo lo que soy —dijo.

Después, mientras seguíamos haciendo el amor, le acaricié la cara y le sonreí.

—Me estoy conteniendo —dije.

—Yo también —sonrió, y después de tocarse me puso la mano húmeda en la cara, la mejilla y la frente—: Quiero que huelas a mí.

Y me tocó los labios, la lengua, los párpados, y la besé en la boca profundamente, lo que fue una señal que entendimos los dos, ya que era, desde tiempos inmemoriales, el regalo de un ser humano a otro ser humano.

—¿Dónde te han inventado? —dije cuando estábamos descansando.

Lo que quería decir era que antes de aquello no sabía qué era la vida, así que volví a citar a Goethe.

—Espero que os haya gustado el espectáculo —le dijo a la ventana un poco después, cuando vio que las persianas se habían quedado abiertas.

Me encogí de hombros. A ninguno de los dos nos importaba.

Estaba a punto de moverme.

—No te vayas todavía. Quiero quedarme así.

Miró a su izquierda. No nos habíamos dado cuenta ninguno de los dos de que un farol de la calle lanzaba su brillo rojo y verde dentro de la habitación.

—Cine negro —dije.

—Sí, salvo que no quiero que se convierta en una de esas películas de Hollywood en las que el profesor, una vez sobrio, regresa a la vida mansa y disciplinada que ha dejado atrás y todo lo que ha compartido con la dama anónima del tren se queda en un estremecimiento superficial que apenas pasaría por el latido de un corazón.

—¡Jamás!

Pero parecía disgustada, y creí ver lágrimas brotándole de los ojos.

—Todo lo que tengo es tuyo. Ya sé que no es mucho —dijo.

Con la palma de la mano, le limpié las lágrimas de un lado de la cara.

—No he tenido nunca lo que tú tienes —dije—. ¿Qué más se puede desear? La cuestión es: ¿por qué me quieres a mí, cuando podrías aspirar a más? A tener hijos, por ejemplo...

—Bueno, eso es evidente. Quiero tener un hijo. Pero quiero que sea tuyo y de nadie más, aunque no nos volvamos a ver después de este fin de semana o después de la casa de la playa o lo que sea. Creo que lo supe definitivamente en la verja de Villa Albani, quizá incluso antes.

—¿Cuándo?

—Cuando estuviste a punto de besarme pero te contuviste.

—¿Me contuve?

—¡Ja, eres increíble!

La idea de un hijo me inundó.

—Yo también quiero un hijo tuyo. Y lo quiero ahora —luego me reprimí—. Aunque no debería darlo por hecho.

—¡Dalo por hecho, por Dios!

—Soy lo bastante egoísta como para aceptar todo lo que me ofreces.

—¿Puedes hacer locuras, entonces? —preguntó—. Porque yo sí.

—¿Qué quieres decir con locuras?

—¿Hacer en esta vida todo lo que no podías en la otra, en el rutinario y tedioso día a día? ¿Quieres hacerlo conmigo, ahora?

—Sí. Pero ¿de verdad puedes abandonarlo todo? ¿A tu padre, tu trabajo? —pregunté, apenas consciente de que sonaba como si estuviese buscando una excusa para aplazar la decisión.

—Tengo mis dos cámaras. Es lo único que necesito en realidad. Lo demás lo puedo conseguir en cualquier parte.

Me preguntó si tenía sueño. No tenía.

—¿Quieres dar un paseo?

—Me encantaría —dije—. Cuando está vacía, la Via Giulia es un sueño.

—Hay una taberna al final de la calle, a la derecha.

—¿Una ducha? —pregunté.

—¡Ni te atrevas! —dijo.

Nos vestimos rápido. Ella llevaba lo mismo que en el tren. Yo había traído unos pantalones cómodos que me puse con mucho placer.

Al salir del hotel, la calle estaba casi desierta.

—Me encanta la Roma fantasmal, cuando está vacía y tiene este aspecto —susurró.

—¿Te recuerda a algo?

—En realidad no. ¿A ti?

—No. Y tampoco quiero.

Íbamos de la mano.

—¿Cómo quieres que sea tu nueva vida?

No sabía qué decir.

—Quiero que sea contigo. Si la gente que conocemos no nos acepta como somos, nos desharemos de ellos. Quiero leer todos los libros que has leído, escuchar la música que te gusta, volver a los sitios que conoces y ver el mundo con tus ojos, aprender todo lo que valoras, empezar una vida contigo. Cuando vayas a Tailandia, te acompañaré, y cuando dé una conferencia o una lectura, más te vale estar en la última fila, igual que hoy, y no volver a desaparecer.

—El mundo según tú y yo. ¿Vamos a pasar el resto de nuestra vida dentro de un capullo? ¿Tan tontos podemos ser?

—¿Te refieres a qué pasará cuando nos despertemos de esto? Ni idea. Pero hay muchas cosas de mí mismo que quiero cambiar.

—¿Por ejemplo? —preguntó.

Siempre había querido tener una cazadora de cuero como la suya. Y siempre había querido ponerme ropa que no me hiciera parecer un feligrés dominguero que se ha quitado la corbata de camino al campo de golf. Quería un apodo en vez de un nombre, e incluso afeitarme la cabeza o ponerme un pendiente. Sobre todo, quería dejar de escribir historia y escribir quizá una novela.

—¡Todo lo que quieras!

—No nos despertemos nunca.

Subimos por la Via Giulia. Ella tenía razón. Estaba desierta, y me encantaron el silencio absoluto, el brillo pulido del *sampietrini* y de una o dos farolas que proyectaban su exigua luz naranja sobre Roma. Mi hijo me había hablado de Roma de noche. Yo nunca la había visto así.

—Entonces, ¿cuándo supiste lo mío? —preguntó ella.

—Ya te lo he dicho.

—Dímelo otra vez.

—En el tren. Me fijé en ti inmediatamente, pero no quería mirarte. Todo el asunto del malhumor era una farsa. ¿Y tú?

—En el tren también. *Este hombre sabe de la vida,* pensé. No quería dejar de hablar contigo.

—No tenías ni idea.

—No tenía ni idea de que acabaría caminando por las calles, todavía húmeda, contigo.

—Qué cosas dices. Huelo a ti por todas partes.

Se inclinó sobre mi cuello y lo lamió.

—Haces que me guste a mí misma —luego reflexionó y dijo—: Espero que nunca llegue un momento en que me hagas odiarme. Ahora vuelve a decirme cuándo supiste lo nuestro.

—También tuve una revelación en la pescadería —seguí—: Mientras elegías el pescado, inclinaste el cuerpo hacia delante y entonces vislumbré tu cuello, tu mejilla, tu oreja, y descubrí que deseaba acariciar toda la piel expuesta por encima del esternón. Hasta te imaginé desnuda haciéndome el amor. Luego me lo quité de la cabeza. De qué servía.

—Entonces, ¿cuál es el nombre por el que quieres que te llame?

—No es Sami —dije.

Entonces se lo dije. Nadie me había llamado así desde que tenía nueve o diez años, salvo parientes mayores y primos lejanos, de los que algunos siguen vivos. Cuando les escribo, sigo firmando con ese nombre. Si no, no sabrían que soy yo.

De vuelta en el hotel, las imágenes de la noche me asaltaron en oleadas. Aquello seguía siendo irreal y no había nada con que compararlo; irreal porque sabía lo bastante como para temer que fiebres semejantes nunca duran; irreal porque convertía todo lo que había a mi alrededor en algo igual de frágil: mi vida, mis amigos, mi familia, mi trabajo, yo mismo.

Estábamos tumbados muy juntos.

—Un cuerpo —dijo Miranda.

—Excepto cuando comamos o vayamos al baño —añadí.

—¡Ni siquiera entonces! —bromeó.

Y entrelazados el uno con el otro, con un muslo entre los muslos del otro, cerré un rato los ojos y empecé a sentir que aquello era completamente diferente a como había sido con tantas mujeres que había conocido en mi vida, y cómo nuestros cuerpos se hacían dúctiles a cuanto les pedíamos y buscábamos en ellos, siempre que pidiésemos y buscásemos. Lo que más me desconcertaba al recordar los años de mi vida era el recorrido que hacíamos para cerrar la puerta después de haberla dejado apenas entornada en nuestra primera noche junto a un desconocido. Ella tenía razón: cuanto más conocemos a alguien, más cerramos la puerta, no al revés.

—Lo que me da miedo... —empecé a decir con los ojos todavía cerrados.

—¿Lo que te da miedo...? —preguntó, como burlándose ya de lo que estaba a punto de decirle.

—... de nosotros... —continué, pero me interrumpió enseguida.

—No lo digas, no lo digas —gritó, mientras se soltaba de pronto de mi abrazo y me cerraba la boca casi con violencia con la palma de la mano.

Al principio no estaba seguro, pero segundos después, incluso aunque me emocionaba la prontitud de su gesto, sentí el sabor de la sangre en la boca.

—Lo siento muchísimo, no quería hacerte daño ni ofenderte —exclamó.

—No es eso.

—Entonces, ¿qué es?

Así que le dije que me había sangrado el labio y me había recordado una pelea con un compañero de la guardería, cuando sentí en la boca un sabor extraño y supe por primera vez que debía de ser sangre.

—Me gusta el sabor por tu culpa.

Volví a mis comienzos. Y de pronto lo entendí: llevaba solo demasiado tiempo, hasta cuando pensaba que no estaba solo, y el sabor de algo tan real como la sangre era muchísimo mejor que el sabor a nada, el sabor de tantos años perdidos y estériles.

—Entonces pégame —dijo de pronto.

—¿Estás loca?

—Quiero que me devuelvas el golpe.

—¿Para qué, para que estemos empatados?

—No, porque quiero que me des una bofetada.

—¿Para qué?

—Dame una bofetada y punto, deja de hacer tantas preguntas. ¿Nunca le has dado una bofetada a nadie?

—No —dije, disculpándome casi por no haberle hecho daño ni a una mosca, mucho menos a otro ser humano.

—¡Entonces, haz esto! —y con esas tres palabras se golpeó la mejilla con violencia con la palma de la mano—. Así se hace. Ahora tú.

Imité el gesto y le di un golpecito suave en la cara.

—Fuerte, mucho más fuerte, de frente y del revés.

Así que la abofeteé una vez, lo que la sorprendió, pero enseguida puso la otra mejilla, para indicarme que debía abofetearla ahí también. Cuando lo hice, ella insistió:

—Otra vez.

—No me gusta hacerle daño a nadie —dije.

—Sí, pero ahora que somos tan íntimos como quienes llevan trescientos años juntos, es también tu idioma, te guste o no. Te gusta el sabor, a mí también, así que bésame.

Me besó y la besé.

—¿Te he hecho daño?

—No importa. ¿Se te ha puesto dura?

—Sí.

—Bien. Mi faro —dijo con la voz entrecortada, bajando la mano y agarrándome con firmeza—. Estos seremos incluso cuando nos vean en público vestidos y engalanados, tú dentro de mí, todo semen y fluidos.

»Y no te engañes, esto no es sexo de luna de miel —añadió cuando nos sentamos en la taberna que quería enseñarme.

Habíamos encontrado una mesa en el rincón y pidió dos copas de vino tinto y una ración de queso de cabra; una vez terminamos con el queso, pidió un plato de embutidos y otras dos copas de tinto.

—Quiero que estemos así siempre.

—Hace doce horas éramos dos completos desconocidos. Yo era un hombre que se quedaba dormido y tú eras la dama del perrito.

Miré a mi alrededor. No había estado allí antes.

—Dime algo, cualquier cosa —dijo.

—Me encanta ver Roma a través de tus ojos. Quiero volver aquí contigo mañana por la noche.

—Yo también —dijo.

Ninguno de los dos dijo nada más. Fuimos de los últimos en irnos antes de que cerrasen.

Había pocos huéspedes en el hotel en aquella época del año, y a la mañana siguiente los empleados, vestidos con chaquetillas blancas, se dedicaban a charlar y bromear unos con otros mientras sonaba de fondo una música estridente y de mal gusto.

—Odio la música de fondo y odio su cháchara —dijo refiriéndose al personal.

No dudó en girarse hacia uno de los camareros para pedirle que bajaran la voz. A él le sobresaltó la queja, pero no contestó ni se disculpó: se limitó a retirarse y se dirigió al encuentro de otro camarero y dos camareras que se reían muy alto. Se callaron enseguida.

—He terminado por odiar este hotel —dije—, pero vengo aquí siempre que estoy en Roma por el balcón de la habitación. En los días cálidos, me encanta sentarme a leer debajo de la sombrilla. Al final de la tarde suelo tomar una copa con mis amigos, en el balcón o en la gran azotea de la tercera planta. Allí se está divinamente.

Después de desayunar, cruzamos el puente y estuvimos a punto de subir al Aventino, pero cambiamos de opinión y paseamos a lo largo del Lungotevere. Era sábado, todavía temprano, y Roma estaba muy silenciosa.

—Antes había un cine aquí.

—Hace años que cerró.

—Y había un bazar por aquí en alguna parte. Una vez compre un *backgammon* hecho en Siria, con incrustaciones de madreperla. Se lo presté a un amigo que lo rompió o lo perdió, no volví a verlo.

Me buscó la mano mientras recorríamos tranquilamente el mercado de Campo de' Fiori. No muy lejos, el pescadero estaba ocupado preparando el puesto. La tienda de vinos no había abierto todavía. Parecía que hubieran pasado años desde que habíamos estado allí comprando pescado.

—Vamos a pasar la semana aquí en Roma —le dijo a su padre cuando nos abrió la puerta.

Le había comprado comida suficiente para tres semanas.

—¡Estupendo! —tartamudeó él, disimulando apenas su alegría—. ¿Y qué vais a hacer los dos toda una semana?

—No lo sé. Comer, hacer fotos, ver sitios, estar juntos.

—Deambular —añadí.

Estaba claro que su padre había comprendido que éramos amantes y no estaba sorprendido, o al menos fingía no estarlo. Se le veía en la cara lo que pensaba: *Ayer erais extraños en un tren y apenas os rozabais... y ahora te estás tirando a mi hija. ¡Muy bonito! Esta chica no cambiará nunca.*

—¿Dónde te quedarás? —le preguntó a Miranda.

—Con él. A cinco minutos andando, así que me vas a ver más de lo que se te haya pasado nunca por la cabeza.

—¿Y eso es malo?

—Es bueno. ¿Puedo dejarte la perra?

—¿Y qué hay de tu trabajo?

—Lo único que necesito son las cámaras. Además, estoy cansada del sudeste asiático. Quizá pueda descubrir partes de Roma o del norte de Italia a través de sus ojos. Ayer vimos Villa Albani, no la había visto nunca.

—Quiero llevarla también a ver el Museo Arqueológico de Nápoles. La escultura de Dirce en la que dos hermanos la atan a un toro necesita la cámara de una experta.

—¿Cuándo vamos a Nápoles?

—Si quieres, mañana —dije.

—Más viajes en tren. Perfecto.

Parecía encantada de verdad.

Cuando salió de la habitación, su padre me llevó aparte.

—No es exactamente como pretende ser. Es impulsiva y siempre le anda bullendo una tormenta en la cabeza, pero es más delicada que la porcelana. Por favor, sé bueno con ella, sé paciente.

No tenía nada que decir a eso. Lo miré y sonreí, y por último puse una mano sobre la suya. Era un gesto para tranquilizarlo, para transmitirle calidez, silencio y amistad. Esperé que no le pareciera condescendiente.

El almuerzo fue tranquilo, básicamente una extensión del desayuno. Miranda hizo una tortilla grande. Le preguntó a su padre cómo la quería.

—Sola —respondió él.

—¿Con alguna especia quizá? —al parecer le gustaban las especias.

—Y que no quede seca, por favor. Gennarina hace unas tortillas horribles.

Había subido la temperatura y volvimos a comer en la terraza.

—¿Y las nueces? —dijo él más tarde.

—Las nueces, claro.

Miranda fue a buscar el cuenco de nueces y después se acercó a la estantería, donde encontró el libro que buscaba y dijo que leería unos veinte minutos.

Nunca había leído a Chateaubriand, pero al escuchar a Miranda decidí que aquello era lo que quería hacer el resto de mi vida. Todos los días, justo después de comer, mientras tomaba café como en aquel momento, si ella lo deseaba y no estaba ocupada, veinte minutos de la prosa magnífica de aquel francés me alegrarían la jornada.

Después del café, su padre no nos acompañó hasta la puerta; se quedó en la terraza, sentado a la mesa, mirándonos mientras nos íbamos.

—No debe de ser fácil para él —dije cuando cerró la puerta tras ella.

—De hecho, es terrible. Y cerrar esta puerta es siempre una agonía para mí.

De camino a la Piazza di San Cosimato, vio el cielo oscurecerse y exclamó:

—Parece que va a llover. Volvamos.

Era demasiado pronto para volver al hotel, así que entramos en una gran tienda de artículos del hogar.

—Compremos dos tazas idénticas, una con tus iniciales, otra con las mías —dijo.

Insistió en comprar las tazas, la mía con una M mayúscula, la suya con una S. Pero no estaba satisfecha.

—¿Y si nos hacemos un tatuaje? Quiero que tu nombre esté inscrito en mi cuerpo de forma permanente. Como una marca de agua. Quiero un faro diminuto. ¿Y tú?

Lo pensé un momento.

—Un higo.

—¿Tatuajes entonces? Conozco un sitio —dijo.

La miré. ¿Por qué no lo dudé siquiera?

—¿En qué parte del cuerpo? —pregunté.

—Cerca de..., ya sabes.

—¿Izquierda o derecha?

—Derecha.

—Derecha, pues.

Se quedó callada un momento.

—¿Crees que estamos yendo demasiado deprisa?

—Me encanta que sea así. ¿Dolerá?

—No lo sé, nunca me he hecho un tatuaje. No tengo agujeros en las orejas. Lo que sé es que quiero que nuestros cuerpos no vuelvan a ser los mismos.

—Nos sentaremos y miraremos cómo tatúan al otro —dije—. Luego, cuando vaya a encontrarme con el Creador y me pida que me desnude y me exponga, y vea el tatuaje del higo a la derecha de mis huevos, ¿qué crees que dirá? «Profesor, ¿qué es eso que tienes al lado del chorlito?» «Un tatuaje», diré. «¿Un tatuaje de un higo?» «Sí, señor.» «¿Y cuál es el motivo para desfigurar un cuerpo que costó nueve meses gestar?» «La pasión es el motivo.» «Sí, ¿y?», dirá él. «Quería una señal grabada en mi cuerpo para demostrar que quería que todo cambiase, empezando por mi cuerpo. Porque por una vez en mi vida sabía que no me arrepentiría. Quizá fuese también una forma de marcar en mi cuerpo algo que, de otra manera, temía que se desvanecería tan fácilmente como había llegado. Así que grabé su símbolo en mí para recordarlo. Si puedes tatuarme el alma con su nombre, deberías hacerlo ahora mismo. ¿Sabes, Dios? ¿Te puedo llamar así? Estaba a punto de rendirme, de vivir la vida de quien ha aceptado su condena y se ha refugiado en su insignificante territorio, como si la vida fuese una eterna sala de espera muy por debajo de la temperatura ambiente, cuando de pronto se presenta esta hermosa absolución. Sé que estoy usando palabras grandilocuentes, pero confío en que lo entiendas, Señor. Y la oscura, silenciosa, cenagosa, estrecha casucha que era mi vida creció hasta convertirse en una mansión enorme en campo abierto, con vistas al mar y amplias habitaciones con grandes ventanales abiertos de par en par que nunca chirrían ni se estremecen ni se cierran de golpe cuando la brisa marina sopla a través de esa casa que no ha visto nunca la oscuridad, desde el día que encendiste la primera cerilla y supiste que la luz era buena.

—¡Así que eres un cómico! ¿Qué hace Dios entonces?

—Dios me deja entrar, claro. «Entra, buen hombre», me dice. Aunque yo le pregunto: «Perdón, Señor, pero ¿de qué me sirve el cielo ahora?». «El cielo es el cielo, no hay nada mejor. ¿Tienes idea de a todo lo que renuncia la gente para vivir aquí? ¿Quieres echarle un vistazo a la otra alternativa? Te la puedo enseñar. De hecho, te puedo llevar allí abajo y enseñarte dónde te podrían ensartar y asar tan ricamente por tener ese disparate perforado ya sabes dónde. ¿Estás haciendo pucheros? Pero ¿por qué?» «¿Por qué, Señor? Porque yo estoy aquí y ella está allí.» «¿Cómo? ¿Quieres que ella también se muera para poder besuquearos y divertiros y hacer vuestras cochinadas en mi reino?» «No quiero que se muera.» «¿Estás celoso porque seguramente conocerá a otro? Porque conocerá a otro.» «Eso tampoco me importa.» «Entonces, ¿qué es, buen hombre?» «Es que desearía una hora más, una miserable hora entre los tropecientos miles de millones de horas de la eternidad para estar con ella, una pizca diminuta de nada en el reino sin fin del tiempo. No te cuesta nada, solo quiero volver a aquel viernes por la noche en la taberna, cogernos la mano por encima de la mesa mientras nos sirven vino y queso y el local se va vaciando, cuando solo los amantes y los amigos muy íntimos se demoran, y lo único que quiero es una oportunidad para decirle que por lo que pasó entre nosotros, aunque solo hubiese durado veinticuatro horas, habría valido la pena esperar los incontables años luz que pasaron antes de que empezara la evolución y seguirán después de que nuestras cenizas no sean ya ni cenizas, hasta el día en que dentro de mil millones de años vuelvan a existir un Sami y una Miranda en otro planeta de otra constelación distante. Les deseo lo mejor, pero por ahora, Dios bondadoso, lo único que pido es una hora más.» «Pero ¿no te das cuenta?», dirá él. «¿De qué?» «¿No te das cuenta de que ya tuviste tu momento? Y no solo te di una hora, te di veinticuatro. ¿Tienes idea de lo difícil que me resultó dejar que tus órganos hicieran lo que normalmente no podrían haber hecho a tu edad una vez, mucho menos dos?» «Corrección: fueron tres veces, Dios, tres veces.» Él se callará un momento. «Y además, si te doy una hora, querrás un día, y si te doy un día, querrás un año. Conozco a los de tu clase.»

»En este momento, parece que Dios me ha ofrecido más tiempo. No es oficial, y él lo negará si se lo cuento a alguien que no seas tú. Te encantará mi casa de la playa. Daremos largos paseos todos los días por el campo, nadaremos y comeremos fruta, mucha fruta. Veremos películas antiguas y escucharemos música. Hasta tocaré el piano para ti en la salita y dejaré que oigas una y otra vez ese instante maravilloso de la sonata de Beethoven en que de pronto la tempestad amaina en el primer movimiento y lo único que suena es el repiquetear de unas notas lentas, lentísimas, y luego el silencio antes de que algo que parece una tormenta vuelva a estallar. Seremos como Mirra y Cíniras, salvo que Cíniras no intentará matar a su hija por haberse acostado con él y ella no huirá de la cama de su padre y se convertirá en árbol, y si tenemos suerte de verdad, dentro de nueve meses, como Mirra, darás a luz a Adonis.

—*Soy de mi amado y mi amado es mío.* ¿Y cuánto durará este idilio?

—¿Hace falta saberlo? No hay límites.

El tatuador no tenía ningún hueco en todo el día, así que abandonamos la idea. En lugar de eso, deambulamos sin prisa hasta que decidimos volver al hotel. En la habitación, le dije a Miranda:

—No me puedo creer lo guapa que eres. Dime qué te gusta de mí... ¿Hay algo?

—No lo sé. Si pudiese abrir tu cuerpo, deslizarme en tu interior y volver a coserte desde dentro, lo haría, para acunar tu sueño tranquilo y dejar que soñaras los míos. Sería la costilla que todavía no se ha convertido en mí, feliz de esperar y, como has dicho, ver el mundo con tus ojos, no con los míos, y escucharte hacerte eco de mis pensamientos y creer que son tuyos —se sentó en la cama y empezó a desabrocharme el cinturón—. Hace tiempo que no hago esto.

Luego me bajó la cremallera, se quitó la ropa y me miró profundamente a los ojos, con una mirada que decía que si alguna vez había existido el amor en este planeta, había nacido en aquella diminuta habitación de mala muerte del presunto hotel boutique que daba a una calle estrecha y a muchas ventanas desde las que estaban todos invitados a mirar.

—Bésame —dijo, recordándome lo afortunado que era al vivir de repente aquel momento crudo, salvaje y descarnado de mi vida. Después de un largo beso, me miró con aire casi desafiante—. Ahora ya lo sabes. ¿Me crees? —preguntó—. Te he dado todo lo que tengo, y lo que no te he dado no significa nada, nada en absoluto. La pregunta es: ¿qué más podré darte la semana que viene, si es que lo quieres?

—Entonces, dame menos. Aceptaré la mitad, un cuarto, un octavo. ¿Sigo?

Ella continuó haciéndome confidencias.

—No puedo volver a mi vida. Y no quiero que tú vuelvas a la tuya, Sami. El único recuerdo bueno que tengo de la casa de mi padre eres tú. Quiero volver al momento en que me agarraste las manos cuando te estaba arreglando el cuello y pensaba: *A este hombre le gusto, le gusto, ¿por qué no me besa?* Te vi en cambio pugnando, hasta que por fin me tocaste la frente, como a un niño, y entonces pensé: *Cree que soy demasiado joven.*

—No, yo soy demasiado viejo, era eso en lo que pensaba.

—Eres un idiota —se levantó y les quitó a las tazas el envoltorio de papel—. Son muy bonitas.

—Yo tengo la casa, tú tienes las tazas, lo demás son solo detalles. Todos los días comeremos los mismos alimentos frugales: tomates cortados en cuartos con pan casero, que me encanta amasar, albahaca, aceite de oliva, una lata de sardinas, a menos que ases un pescado para los dos, berenjenas del huerto, y de

postre higos frescos al final del verano y caquis en otoño, frutas del bosque en invierno y cualquier cosa que
crezca en los árboles: melocotones, ciruelas, albarico-
ques. Estoy tan impaciente por tocar para ti ese breve
pianissimo de la sonata de Beethoven... Pasemos así el
tiempo, hasta que te aburras y te canses de mí. Y si
antes de eso esperas un hijo, seguiremos juntos hasta
que mi tiempo se acabe, y entonces lo sabremos. Y no
me arrepentiré, y tú tampoco, porque sabrás igual que
yo que, sea cual sea el tiempo que me des, toda mi
vida, desde la infancia, los años escolares, la universidad, mi carrera de profesor, de escritor y todo lo demás que me ha pasado, todo habrá estado conducien-
do a ti. Y eso me basta.

—¿Por qué?

—Porque me has hecho amar esto, esto sin más.
Nunca he sido muy aficionado al planeta Tierra y
nunca le concedí gran importancia a esto que llamamos vida, pero la idea de comer tomates con aceite y
sal para almorzar y beber un vino blanco helado completamente desnudos en la terraza, tomando el sol de
mediodía y mirando el mar, me estremece hasta los
huesos —entonces me cruzó una sombra por la mente—. Si tuviera treinta años, ¿sería todo más tentador?

—Nada de esto habría pasado si tuvieras treinta
años.

—No has contestado la pregunta.

—Si tuvieras mi edad, fingiría ser feliz, fingiría
que estoy encantada con mi carrera, tu carrera, nuestra vida, pero estaría fingiendo como finjo con todos
los que conozco. Mi problema es descubrir lo que es
no fingir y me resulta difícil y aterrador, porque siempre me inclino hacia quien debería ser, no a quien soy,
a lo que debería ser, no a lo que nunca he sabido que
ansiaba, a la vida como me la he encontrado, no a la

vida que he creído que era solo un sueño. Eres oxíge-no para mí y he estado viviendo a base de metano.

Nos tumbamos sobre la colcha; Miranda dijo que era probable que no la hubiesen lavado nunca.

—¿Cuánta gente habrá remoloneado en esta cama tan desnuda y sudorosa como nosotros ahora?

Aquello nos hizo reír. Sin decir nada, nos ducha-mos por primera vez desde que nos habíamos conoci-do en el tren y nos vestimos para encontrarnos con Elio.

Elio estaba esperando en la entrada del hotel. Nos abrazamos. Cuando lo solté, se dio cuenta de que la persona que había a mi lado no era una desconoci-da que salía del hotel al mismo tiempo que yo. Mi-randa alargó el brazo enseguida y se dieron la mano.

—Soy Miranda —dijo.

—Elio —contestó él.

Se sonrieron el uno al otro.

—He oído hablar mucho de ti —dijo ella—. Ha-bla de ti todo el tiempo.

Elio se rio.

—Exagera, hay poco que contar.

Mientras salíamos del patio empedrado, Elio me lanzó discretamente una mirada incrédula que quería decir: *¿Quién es?* Ella interceptó la mirada y soltó:

—Soy la persona con la que se ha acostado des-pués de ligar conmigo ayer en el tren.

Elio se rio, aunque un poco incómodo. Miranda añadió:

—Si lo hubieses esperado ayer en la estación Ter-mini, no estaría aquí contándote esto —sacó la cáma-ra y nos pidió que nos pusiéramos delante de la puer-ta—. Quiero hacer una foto —dijo.

—Es fotógrafa —expliqué, casi disculpándome.

—¿Qué queréis hacer? —preguntó mi hijo, que estaba un poco perdido sobre cómo proceder.

Miranda enseguida se hizo cargo de la situación.

—Sé que los dos tenéis que hacer vuestras vigilias, así que no quiero molestar —dijo, recalcando la palabra *vigilia* para dejar claro que ya estaba familiarizada con la jerga padre-hijo—, pero os puedo acompañar y prometo que no diré una palabra.

—Pero promete que no te reirás de nosotros —dijo Elio—, porque somos ridículos.

Se instaló cierta incomodidad entre los tres por nuestra forma de caminar juntos pero no juntos. Yo intentaba ir al paso de Miranda sin que Elio pensara que la presencia de ella había alterado o disminuido la prominencia de él en mi vida, pero entonces, unos pasos después, me descubrí caminando mucho más cerca de él, casi a riesgo de descuidarla a ella. Me preocupaba también que él quisiera hablar de asuntos personales importantes y se resintiera por la presencia de Miranda. Quizá ni siquiera estaba preparado para conocerla, desde luego no tan de repente. Él debió de darse cuenta de mi incomodidad y, con mucho tacto, empezó a caminar delante de nosotros. Supe que lo estaba haciendo a propósito, en deferencia con ella, porque normalmente caminábamos codo con codo. Si había tensión entre los tres, su gesto contribuyó a distenderla y a restablecer la camaradería mientras cruzábamos el puente.

Habíamos hablado de ir a pie al cementerio protestante, pero estaba nublado y se hacía tarde.

—El cementerio es perfecto para una mañana soleada y tranquila entre semana —dije—, no para un sábado por la tarde atestado de gente.

Así que decidimos repetir nuestro paseo por la Via Giulia y dirigirnos a un café que todos conocíamos. Por el camino le pregunté a Elio qué había tocado la noche antes, y nos dijo que los conciertos en mi bemol mayor y en re menor de Mozart con una orquesta de Liubliana. Había tenido que ensayar toda la noche antes del concierto y durante el día también, pero había salido muy bien. Tenía que estar en Nápoles para otro concierto el domingo por la tarde.

—¿Con qué vigilia empezamos hoy? —preguntó Miranda—. ¿O es una sorpresa?

Me volví a preocupar, porque las vigilias eran un rito que celebrábamos los dos solos, no con una tercera persona, así que para relajar el ambiente le dije a Elio que había hecho trampa al llevar a Miranda de vigilia al apartamento de la tercera planta de Roma Libera donde vivía cuando era joven.

—¿La chica de las naranjas? —preguntó.

Aquello nos hizo reír a los tres.

—¿No había otra vigilia en la Via Margutta? —preguntó Miranda.

—Sí, pero no la hagamos hoy.

—En realidad, el café al que vamos es una especie de vigilia —dijo Elio.

—¿De quién, tuya o de Sami? —preguntó Miranda.

—Bueno, no estamos seguros —dije—. Empezó siendo de Elio y luego, a fuerza de volver con él, se volvió mía también, y al final de los dos. Se podría decir que hemos sobrescrito y vivido cada uno los recuerdos del otro. Por eso venir aquí significa algo más, algo adicional para lo que ni siquiera el profesor que llevo dentro tiene palabras. Y ahora, Miranda, tú también estás en las vigilias.

—¿Ves? Eso es lo que me encanta de él —dijo Miranda dirigiéndose a Elio—, esa forma en que lo retuerce todo con el pensamiento, como si la vida estuviese hecha de pedazos de papel sin sentido que se convierten en pequeños origamis en cuanto él empieza a plegarlos. ¿Eres así también?

—Soy su hijo —asintió él con timidez.

El Caffè Sant'Eustachio estaba tan abarrotado que fue imposible encontrar una mesa y tuvimos que tomarnos el café en la barra. Elio dijo que en todos los años que llevaba acudiendo al local no había conseguido sentarse ni una sola vez. Los turistas ocupaban durante horas los asientos, consultando mapas y guías. Elio insistió en invitarnos. Mientras se escurría entre la multitud de clientes que hacían cola para pedir o para pagarle al cajero, Miranda se acercó a mí y me preguntó:

—¿Crees que lo he escandalizado?

—Para nada.

—¿Crees que le molesta que me haya colado?

—No veo por qué. Lleva fastidiándome con que encuentre a alguien desde que me divorcié.

—¿Y has encontrado a alguien?

—Creo que sí. Ella ha dicho que se quedaría conmigo.

—¿Quién se va a quedar contigo? —preguntó Elio, que llevaba un recibo en la mano e intentaba llamar la atención de uno de los hombres que había frente a la máquina de café.

—Ella.

—¿Sabe en qué se está metiendo?

—No, pero no tardará en quedarse horrorizada.

Poco después pusieron ante nosotros tres tazas en la barra.

—Hace tres años intenté tener una vigilia privada aquí con una chica. Fue un desastre —dijo Elio.

—¿Por qué? —preguntó Miranda.

Elio explicó que, mientras trataba de sentir la presencia de ella en el café como algo significativo, sobre todo porque el sitio ya llevaba la impronta de otros acontecimientos de su vida, discutieron. Ella no paraba de decir que el café que preparaban allí no tenía nada de especial, él replicó que el café no tenía nada que ver, que lo importante era estar allí tomando café. Su desacuerdo no solo arruinó la vigilia, sino que hizo que él acabara odiando a la chica. Se tomaron el café todo lo rápido que pudieron, salieron en sentidos opuestos y no volvieron a verse nunca.

—Sin embargo, fue aquí hace bastantes años donde tuve el primer presentimiento de lo que sería mi vida de artista entre otros artistas. Mi padre y yo venimos aquí siempre que él está Roma.

—¿Y han sido tus años de artista lo que esperabas? —preguntó Miranda.

—Soy supersticioso, así que debería tener cuidado con lo que digo —contestó Elio—, pero han sido muy reconfortantes, mis años de pianista, quiero decir. Lo demás, bueno, no hablemos de lo demás.

—Pero lo que quiero saber es lo demás —dije, dándome cuenta de que estaba copiando prácticamente al padre de Miranda.

En aquel momento, Miranda se dio cuenta de que la conversación derivaba hacia lo personal y se disculpó para ir al baño.

—Lo demás, papá —siguió Elio—, es un libro cerrado en este momento. Pero la primera vez que vine aquí tenía diecisiete años y estaba con gente que leía mucho, a la que le gustaba la poesía, muy involucrada en el cine y que sabía todo lo que hay que saber de música clásica. Me incluyeron en su clan, y cada vez que tenía vacaciones en el instituto, y luego en la universidad, venía a Roma a quedarme con ellos y aprender.

No dije nada, pero él notó mi mirada.

—Pero fuiste tú quien me hizo ser quien soy, más que mi amistad con ellos, por encima de todos los demás. Nunca hemos tenido secretos, tú sabes de mí y yo sé de ti. En eso me considero el hijo más afortunado de la tierra. Me enseñaste a amar los libros, la música, las ideas hermosas, a la gente, el placer, incluso a mí mismo. Mejor todavía, me enseñaste que solo tenemos una vida y que ese tiempo siempre está en contra de nosotros. Hasta ahí llego, joven como soy. Es solo que a veces me olvido de la lección.

—¿Por qué me cuentas esto? —pregunté.

—Porque ahora te veo, no como a mi padre, sino como a un hombre enamorado. Nunca te había visto así. Me hace muy feliz, casi me da envidia. Pareces más joven de repente. Debe de ser el amor.

Si no se me había ocurrido hasta entonces, supe en ese momento que en efecto era el padre con más suerte del mundo. La gente pululaba a nuestro alrededor, algunos intentaban abrirse paso para llegar a la barra. Sin embargo, nadie parecía inmiscuirse en nuestra intimidad. Estábamos teniendo una charla al amor de la lumbre en uno de los cafés más bulliciosos de Roma.

—Amar es fácil —dije—. Lo que importa es el valor para amar y confiarse, y no todos lo tenemos. Quizá no sepas que me has enseñado más de lo que yo te he enseñado a ti. Estas vigilias, por ejemplo, a lo mejor no son más que el deseo de seguir tus pasos, de compartir contigo algo y todo y estar presente en tu vida como quiero que tú estés siempre en la mía. Te he enseñado a señalar momentos en los que el tiempo se detiene, pero esos momentos significan muy poco si no se reflejan en alguien a quien amas. De otro modo se quedan en ti y se quedan enconados toda la vida o si tienes suerte, y pocos la tienen, podrás volcarlos en el arte, en tu caso la música. Pero, sobre todo, siempre te he envidiado la valentía con que confiaste en tu amor por la música y después en tu amor por Oliver.

Miranda había vuelto con nosotros y me había rodeado con el brazo.

—Nunca tuve esa confianza, ni con mis amantes ni, lo creáis o no, en mi trabajo, pero la encontré casi sin querer en el momento en que esta señorita me invitó ayer a comer, mientras le decía una y otra vez: *No, gracias, no puedo, no, no,* y ella me ignoró y no dejó que volviera a esconderme dentro de mi concha.

Me alegraba que estuviésemos hablando.

—Como has dicho, tú y yo nunca hemos tenido secretos. Espero que no los tengamos nunca.

Salimos de Sant'Eustachio después de tomarnos rápidamente tres sorbos de café cada uno y nos dirigimos al Corso.

—¿Y ahora adónde? —preguntó Miranda.

—Supongo que a la Via Belsiana —sugerí, al recordar que Elio y yo siempre terminábamos allí para lo que él llamaba *Si el amor entrase en una librería* en honor a un libro de poemas publicado diez años antes.

—No, dejemos la Via Belsiana para otro día. Quiero llevarte a un sitio al que no te he llevado nunca.

—¿Es reciente entonces? —pregunté, esperando que me confesara su última aventura.

—No es reciente en absoluto, pero representa un momento en el que por poco tiempo tuve mi vida en mis manos y ya nunca volvió a ser lo mismo. A veces creo que mi vida se detuvo ahí y solo recomenzará ahí —pareció ensimismarse en sus pensamientos—. No tengo ni idea de si a Miranda le apetecerá, y quizá a ti tampoco, pero ya nos hemos confiado bastante como para abandonar ahora, así que dejadme que os lleve. Está a dos minutos.

Cuando llegamos a Via della Pace, pensé que nos dirigíamos a una de mis iglesias favoritas de la zona, pero en cuanto avistamos la iglesia giró a la derecha y nos condujo a la Via Santa Maria dell'Anima. Poco después, al igual que había hecho yo con Miranda el día antes, se detuvo en una esquina, donde un farol muy antiguo colgaba del muro.

—Nunca te lo he contado, papá, pero una noche en que estaba completamente borracho y acababa de vomitar junto a la estatua del Pasquino, aunque no he estado tan mareado en mi vida como cuando me apoyé contra esta misma pared, supe, borracho como estaba, que aquello, con Oliver abrazándome, era mi vida, que todo lo que había vivido antes con otros no era siquiera un burdo borrador o la sombra de un boceto de lo que me estaba sucediendo. Y ahora, diez años después, cuando miro esta pared bajo este viejo farol vuelvo a estar con él y te juro que no ha cambiado nada. En treinta, cuarenta, cincuenta años, no sentiré nada diferente. He conocido a muchas mujeres y a más hombres en mi vida, pero lo que está grabado en esta pared eclipsa a todos los que he conocido. Cuando vengo aquí, puedo estar solo o acompañado, contigo, por ejemplo, pero siempre estoy con él. Si me quedo una hora mirando esta pared, habré estado con él una hora. Si le hablara a esta pared, ella me respondería.

—¿Qué te diría? —preguntó Miranda, fascinada por la idea de Elio y la pared.

—¿Qué diría? Simple: «Búscame, encuéntrame».

—¿Y qué dirías tú?

—Yo digo lo mismo. «Búscame, encuéntrame.» Y somos felices. Ahora ya lo sabes.

—Quizá te haga falta ser menos orgulloso y más valiente. El orgullo es el apodo que le ponemos al miedo. Antes no te daba miedo nada. ¿Qué ha pasado?

—Te equivocas con lo de mi valentía —dijo Elio—. Nunca he tenido el valor de llamarlo, de escribirle, mucho menos de visitarlo. Lo único de lo que soy capaz cuando estoy solo es de susurrar su nombre en la oscuridad. Pero después me río de mí mismo. Ruego por que no me dé por susurrarlo delante de otra persona.

Miranda y yo estábamos callados. Ella se levantó y le dio un beso en la mejilla. No había nada que decir.

—Solo una vez he llamado a una persona por el nombre de otra, pero creo que me marcó de por vida —dije, dirigiéndome a Miranda, que lo entendió enseguida.

—En su caso..., ¿se lo puedo contar? —me preguntó; asentí—. En su caso, susurró el nombre de una mujer que no era la mujer con la que se estaba acostando. ¡Qué familias más raras las nuestras!

No había nada que añadir.

Minutos después, decidimos ir a tomar una copa de vino a Sergetto.

Llegamos justo cuando la taberna estaba abriendo y podíamos elegir mesa, así que nos sentamos donde nos habíamos sentado la noche anterior.

—¿Lo veis? Yo también he pescado el virus de la vigilia —dijo Miranda.

Me gustó que no hubieran encendido todas las luces y el lugar estuviese poco iluminado, parecía más tarde de lo que era. El hombre del bar nos reconoció enseguida y nos preguntó si queríamos el mismo tinto. Le pregunté a Elio si le parecía bien un Barbaresco. Asintió, y luego nos recordó que aquella noche volvía a Nápoles en coche con un amigo. Había hecho el largo camino hasta Roma para verme.

—¿Qué clase de amigo? —pregunté.

—Un amigo con coche —contestó él, simulando mirarme secamente y negando con la cabeza, como queriendo decirme que iba por mal camino.

Cuando llegó el vino, el camarero volvió a la barra y trajo unos aperitivos.

—Invita la casa —dijo.

—Debe de ser porque anoche le dejé una buena propina. Seguramente fuimos los últimos en irnos antes de que cerrasen.

Brindamos por la felicidad de todos.

—Nunca se sabe, podríamos asistir a tu concierto de mañana después de visitar el Museo Arqueológico, si vamos.

—Por favor, por favor, venid. Dejaré dos entradas para vosotros en la taquilla —luego se puso el jersey y se levantó—. ¿Puedo añadir una cosa? Me lo dijiste hace años y ahora me toca a mí: os envidio a los dos. Por favor, no lo estropees.

Yo estaba con las dos personas que más me importaban en el mundo. Nos dimos un beso de despedida, luego me senté frente a Miranda.

—Creo que soy extremadamente feliz.

—Yo también. Podríamos hacer esto el resto de nuestra vida.

—Podríamos.

—¿Qué es lo primero que quieres hacer la semana que viene cuando estemos en la playa si el tiempo sigue así?

—Quiero coger un taxi en la estación, llegar a casa, ponerme un bañador, bajar por las rocas y zambullirme contigo en el agua.

—Me he dejado el bañador en Florencia.

—Hay muchos en casa. Mejor todavía: nos bañaremos desnudos.

—¿En noviembre?

—En noviembre el agua todavía está templada.

Cadencia

—Te estás poniendo colorado —dijo.

—Para nada.

Me miró divertido e incrédulo desde el otro lado de la mesa.

—¿Estás seguro?

Me quedé pensando un momento y luego me rendí.

—Bueno, supongo que sí.

Era lo bastante joven como para detestar que fuese tan fácil interpretarme, sobre todo durante un silencio incómodo con alguien que casi me doblaba la edad, pero lo bastante maduro para celebrar que mi sonrojo dijese algo que yo era reacio a revelar. Entonces lo miré.

—Tú también te estás poniendo colorado —dije.

—Lo sé.

Esto fue unas dos horas después.

Lo había conocido en el intermedio de un concierto de música de cámara en la iglesia de Sainte U., en la *Rive droite*. Era un domingo de principios de noviembre, no demasiado frío pero tampoco cálido, la típica tarde otoñal nublada que empieza muy temprano y presagia los meses largos de invierno que están por llegar. Muchos entre el público ya estaban sentados dentro de la iglesia y llevaban guantes; otros no se habían quitado los abrigos. Sin embargo, a pesar del frío, había algo acogedor en el ambiente, mientras la gente se dirigía a sus asientos entre los bancos con la expectación de la música. Era la primera vez que entraba en aquella iglesia y había elegido un asiento al fondo, por si la interpretación no era de mi agrado y prefería irme sin molestar a nadie.

Tenía curiosidad por escuchar el que podría ser el último concierto del Florian Quartet. El miembro más joven debía de tener casi ochenta años. Tocaban con frecuencia en aquella iglesia, pero nunca los había visto en directo y los conocía solo por sus escasas grabaciones descatalogadas y los pocos vídeos que había en Internet. Acababan de tocar un cuarteto de Haydn, y después del intermedio iban a tocar el cuarteto n.º 14 de Beethoven. A diferencia de los demás asistentes —y aquel domingo no había en la iglesia más de cuarenta personas—, yo era un recién llegado y le había comprado la entrada a una de las monjas sentadas en la mesita de la entrada. Casi todos los demás habían recibido la suya por correo electrónico, y entraban en la iglesia con un papel grande que una monja anciana y jorobada les pedía que sostuvieran desplegado mientras ella copiaba con diligencia el nombre completo de cada uno con una vieja pluma verde. Tenía ochenta años por lo menos, y seguramente llevaba años haciendo lo mismo, probablemente con la misma pluma y la misma caligrafía trémula y arcaica. El pequeño código de barras de las entradas reflejaba la imagen moderna que la iglesia quería proyectar a los nuevos parroquianos, pero a la vieja monja le costaba mucho copiar los números antes de sellarlas. Nadie decía nada de su lentitud y los que faltaban por sellar la entrada intercambiaban sonrisas indulgentes.

En el intermedio me puse a la cola de la sidra caliente con especias al lado de la entrada, que la misma monja servía con cuidado en tazas de plástico con un cazo que apenas podía levantar cuando estaba lleno. Todo el mundo donaba mucho más del euro indicado en el tablón de anuncios que había junto a la gran cuba de sidra caliente. Nunca me había gustado mucho la sidra caliente, pero parecía que a los demás sí, así que me puse a la cola y, cuando llegó mi turno, puse cinco euros en el cuenco de la monja, que ella me agradeció con profusión. La vieja monja era viva, se dio cuenta de que era la primera vez que acudía a su iglesia y me preguntó si me había gustado Haydn. Proferí un sí entusiasmado.

Él estaba en la cola delante de mí y, después de que hube pagado la sidra, se volvió y preguntó:

—¿Por qué a alguien tan joven le interesa el Florian Quartet? Son muy viejos —y después, quizá al darse cuenta de que la pregunta no venía a cuento, añadió—: El segundo violín debe de andar por los ochenta. Los demás no son mucho más jóvenes.

Era alto, delgado, iba arreglado con elegancia y lucía una melena gris que le bordeaba el cuello del *blazer* azul.

—Me interesa el violonchelista, y como se rumorea que después de la gira de este año posiblemente se disuelva el cuarteto, nuestros caminos podrían no volver a cruzarse, por eso he venido.

—¿Alguien de tu edad no tiene nada mejor que hacer?

—¿Alguien de mi edad? —pregunté con tono de sorpresa y dolida ironía.

Se hizo un silencio incómodo entre nosotros. Se encogió de hombros, probablemente para disculparse sin tener que decir nada, y pareció que iba a volverse y andar hacia la zona del atrio donde algunos fumaban y otros charlaban y estiraban las piernas.

—Dentro de la iglesia siempre se quedan los pies fríos —dijo mientras se giraba y se dirigía a la puerta; era una frase de cierre dicha de pasada.

Luego, al darme cuenta de que mi tono podía haberlo desairado, le pregunté:

—¿Eres fan del Florian?

—En realidad, no. Ni siquiera soy aficionado a la música de cámara, pero los conozco bastante porque a mi padre le encantaba la música clásica y patrocinaba sus conciertos en esta iglesia, y ahora yo también lo hago, aunque, francamente, prefiero el jazz. Solía acompañar a mi padre los domingos por la tarde cuando era pequeño, así que sigo viniendo cada dos o tres semanas a sentarme a escuchar y quizá a imaginarme que estoy un rato con él, aunque estoy seguro de que debe de parecer una razón bastante tonta para venir a un concierto.

—¿Qué instrumento tocaba tu padre? —pregunté.

—El piano. Nunca tocaba en casa, pero cuando nos quedábamos en el campo los fines de semana se iba a la otra punta de la casa a tocar el piano por la noche, y yo lo escuchaba desde mi dormitorio en la planta de arriba. Era como si tocara de manera furtiva un niño abandonado que se interrumpiría en el momento en que oyese pasos haciendo crujir la madera del suelo. Nunca hablaba de ello ni mi madre sacaba el tema, y lo único que se me ocurría por la mañana era decir que había soñado que el piano había vuelto a tocarse solo. Creo que a mi padre le habría gustado ser un pianista profesional, igual que le habría gustado que a mí me apasionase la música clásica. Era de los que rara vez imponían sus opiniones a los demás, y mucho menos hablaba con completos desconocidos, al contrario que su hijo, como habrás notado —se rio por lo bajo—. Era demasiado diplomático para pedirme que lo acompañara a los conciertos de los domingos, y es probable que se hubiese resignado a ir solo, pero mi madre no quería que saliera solo por la noche, así que me pedía que fuera con él. Al final se convirtió en una costumbre. Después del concierto me compraba un pastel. Nos sentábamos juntos en una plaza cercana, y cuando fui un poco más mayor salíamos a cenar después, pero nunca hablaba de su época de pianista y, además, en aquellos tiempos yo tenía la cabeza en otra parte. Siempre dejaba los deberes de última hora para el domingo por la tarde, así que venir aquí significaba tener que quedarme despierto haciendo tareas que podría haber terminado mucho antes. Pero me hacía feliz estar con él, más de lo que me gustaba la música, y, como ves, sigo rigiéndome por la misma costumbre. He hablado demasiado, ¿verdad?

—¿Tocas? —pregunté, para hacerle saber que no me molestaba su conversación.

—En realidad, no. Seguí los pasos de mi padre. Él era abogado, su padre era abogado, yo me hice abogado. Ni mi padre ni yo queríamos ser abogados, y sin embargo... ¡así es la vida! —sonrió nostálgico. Era la segunda vez que sonreía y luego se encogía de hombros. La suya era una sonrisa de oreja a oreja, atractiva, espontánea, que te pillaba desprevenido, pero, a juzgar por la ironía con que había enfatizado la palabra *vida*, había poca alegría en ella—. ¿Qué instrumento tocas tú? —preguntó, volviéndose de pronto hacia mí.

No quería que terminara nuestra conversación y me sorprendió darme cuenta de que él tampoco.

—El piano —contesté.

—¿Por vocación o como pasatiempo?

—Vocación. Espero.

Pareció quedarse pensando.

—No renuncies, muchacho, no renuncies.

Al decir aquello, me pasó el brazo por encima del hombro, condescendiente. No sé por qué, pero le agarré la mano que había dejado descansar sobre mi hombro y se la toqué. Pasó todo tan a la perfección que lo miré y sonreímos los dos, y eso le permitió dejar sobre el hombro una mano que en otro caso ya habría retirado. Se dio la vuelta, pero luego se volvió para mirarme y sentí el impulso repentino de abalanzarme sobre él y rodearle la cintura con los brazos, por debajo de su chaqueta. Él debió de sentir también algo por el estilo, porque durante el silencio extraño que siguió a lo que había dicho continuó mirándome fijamente, y yo a él, los dos impávidos, hasta que me di cuenta de que quizá había interpretado mal las señales y me entraron ganas de apartar la mirada. Pero sus ojos seguían fijos en mí, y eso me gustó, me hizo sentir guapo y deseable; era una sensación blanda y acariciadora que quería preservar y de la que no quería liberarme, salvo para acurrucarme en su pecho. Me gustaba la promesa que traslucía en su mirada de algo completamente amable y cándido.

Entonces, quizá para justificar nuestras sonrisas, dijo:

—Has venido por la música y yo he venido por mi padre. Murió hace casi treinta años, pero aquí no ha cambiado casi nada —se rio entre dientes—. La misma sidra, los mismos olores, las mismas monjas viejas, las mismas noches sofocantes de noviembre. ¿Te gusta noviembre?

—A veces, aunque no siempre.

—A mí tampoco. Ni siquiera me gusta la iglesia, aunque quizá en tardes como esta sí que me gusta venir..., así que *me voici,* aquí estoy.

Me pareció que se estaba quedando sin tema de conversación y titubeaba sin saber qué decir. Nos quedamos en silencio. De nuevo la sonrisa cálida y atractiva, mezcla de sabiduría, ironía y una pizca de tristeza

132

que me hizo pensar que aquel hombre agradable, posiblemente infeliz, no tenía nada de trivial.

Cuando vimos que los componentes del cuarteto volvían a sus puestos arrastrando los pies y que había llegado el momento de Beethoven, me preguntó dónde estaba sentado. No entendí por qué me lo preguntaba, pero señalé el extremo de uno de los bancos del fondo, donde había dejado mi mochila y mi chaqueta.

—Buena opción —dijo al adivinar mis intenciones—, pero no desaparezcas —añadió.

Pensé que me estaba aconsejando que le diese otra oportunidad al cuarteto antes de decidir largarme a toda prisa, pero ya había cambiado de opinión después de Haydn y no pensaba irme antes de que terminase el concierto. Pero entonces, para aclarar las cosas, pregunté sin rodeos:

—¿Quieres que te espere? —la inflexión de mi voz podría malinterpretarse, como si le estuviese preguntando a una persona mayor si necesitaba que le sostuviera la puerta mientras se desplazaba con dificultad con el andador, así que repetí—: Te esperaré fuera.

No dijo nada, se limitó a inclinar la cabeza. No era un asentimiento, era el gesto pensativo, distraído, anhelante, de quien elige no creer lo que acaba de oír.

—Sí, por qué no, espérame —dijo al final—. Y me llamo Michel.

Le dije mi nombre. Nos estrechamos la mano.

Yo estaba seguro de que se iría al final del primer movimiento, pero media hora después nos encontramos en los escalones de la iglesia, como habíamos prometido, aunque me dio la impresión de que se había olvidado de nuestra cita. Estaba hablando con una pareja, y los tres parecían ir a alguna parte, pero en cuanto me vio se dio la vuelta, terminó la charla apresuradamente y les tendió la mano para despedirse. Se disculpó por no presentarme. Yo estaba ocupado poniéndome la bufanda alrededor del cuello, que era mi manera de eludir su disculpa. Me di cuenta de que intentaba aparentar que le sorprendía que le hubiera esperado o que acababa de caer en la cuenta de que habíamos prometido encontrarnos. ¿O acaso había esperado solo para decirme adiós una vez más antes de irnos cada uno por su lado? No era el caso, y sugirió que fuésemos a tomar algo a un restaurancito que no quedaba lejos, al otro lado del puente. Le dije que había dejado la bicicleta cerca.

—¿Te importa si la llevo andando?

—Claro que no.

Eran ya las diez de la noche y las calles estaban casi vacías.

—Yo te invito —añadió, para hacerme saber que el dinero no era un problema.

Acepté. Me gustó el paseo, había llovido durante el concierto y los adoquines destellaban bajo la luz de las farolas.

—Igual que en una foto de Brassaï —dije.

—Sí, ¿verdad? —asintió él—. ¿Y qué haces además de tocar el piano?

Noté que tendía a empezar algunas frases con la palabra *y*, quizá para suavizar el impacto o la transición que faltaba entre los temas inconexos, sobre todo cuando abordaba algo un poco más inquisitivo, más personal. Le dije que daba clases en el conservatorio.

—¿Te gusta enseñar?

—Mucho —y añadí—: Una vez a la semana también toco gratis y por divertirme en el piano bar de un hotel de lujo.

No preguntó el nombre del hotel. Discreto, pensé, o quizá solo era su manera de demostrar que no era de los que insisten o se preocupan.

Cuando llegamos al puente, vimos a dos músicos brasileños, un hombre y una mujer, cantándole a un grupo grande que se había reunido a su alrededor. La voz del hombre era aguda, la de la mujer grave. Sonaban muy bien juntos. Dejé de empujar la bici y me quedé quieto sujetando el manillar con una mano. Él también se detuvo, y sujetó el otro lado del manillar, como si me estuviese ayudando a estabilizar la bicicleta. Me di cuenta de que se sentía un poco incómodo. Cuando los jóvenes cantantes terminaron la canción, todos los que había en el puente aplaudieron y vitorearon, al tiempo que el dueto comenzaba otro tema. Yo quería oír la segunda canción y no me moví, pero poco después de que hubiesen empezado a cantar decidimos marcharnos, y al llegar a la otra orilla oímos aplaudir a la multitud cuando terminaron de cantar. Como me di la vuelta, él se volvió también para observar cómo el cantante soltaba la guitarra y ella iniciaba su ronda entre la gente con la gorra en la mano.

—¿Reconoces la canción? —me preguntó.

—Sí —dije—. ¿Y tú?

—Creo que sí.

Pero estaba seguro de que no tenía ni idea, parecía fuera de su elemento escuchando música brasileña en un puente, de entre todos los sitios posibles.

—Habla de un hombre que vuelve a casa del trabajo y le pide a su amor que se vista y salga a bailar con él. Hay una explosión de alegría tan grande en su calle que al final toda la ciudad estalla de alegría.

—Bonita canción —dijo.

Quería que se sintiera menos incómodo y le agarré del brazo unos segundos.

Sin embargo, se sintió totalmente en casa en cuanto abrió la puerta de su restaurante. El sitio era verdaderamente pequeño, como él había dicho, y también parecía muy exclusivo. Debería haberme dado cuenta. Su chaqueta azul marino Forestière, el gran pañuelo estampado suelto y los zapatos Corthay eran reveladores. El aperitivo terminó siendo una cena de tres platos. Él pidió un *single malt,* dijo que Caol Ila era su favorito. Me preguntó si quería uno. Asentí, aunque no tenía ni idea de lo que era un *single malt.* Noté que se había dado cuenta, quizá le había pasado muchas veces. Me gustaron sus maneras, pero me quedé incómodo. Luego me explicó el menú.

—No tienen muchas carnes —dijo—, pero la carta de vinos es buena y me gusta cómo preparan las verduras. El pescado también está muy bien —cerró la carta nada más abrirla—. Siempre pido lo mismo, así que ni me molesto en mirar.

Esperó a que decidiera qué quería. Yo no podía decidir, así que en un impulso le sugerí que pidiera por mí. Me encantó la idea y a él pareció encantarle también.

—Fácil. Voy a pedir lo que siempre pido también para ti.

Llamó al camarero y pidió. Luego, después de tomar un sorbo de whisky, dijo:

—Mi padre, que es quien me trajo a este restaurante, también tenía la costumbre de pedir siempre lo mismo. Era diabético —explicó—, así que aprendí a evitar lo que los diabéticos no deben comer. Nada de azúcar, arroz, pasta, pan, y casi nada de mantequilla —mientras hablaba, untó con mantequilla y aderezó con sal la punta de su panecillo, riéndose un poco mientras se lo acercaba a la boca—. No siempre sigo los pasos de mi padre, pero su huella es difícil de eludir. Estoy lleno de contradicciones.

Hizo una pausa. Siguió hablando de la dieta de su padre, pero yo quería saber más sobre sus contradicciones, que me interesaban y me dirían más de quién era aquel hombre y cómo se veía a sí mismo. Parecía vacilar entre sincerarse o seguir hablando de comida y dietas. Hubo incluso un momento de ligera tensión, como si ambos sintiéramos que estábamos forzando la conversación y pudiésemos estancarnos en una charla banal. Para superar la incomodidad, le hablé de mis dos tíos abuelos, a quienes no había conocido pero que tuvieron reputación de pasteleros expertos y habían abierto tres pastelerías en Milán; los detuvieron por socialistas durante la guerra.

—Terminaron en Birkenau. Mi madre me hablaba mucho de sus tíos cuando era niño. Ellos también, como tu padre, dejaron una huella profunda en mi familia materna.

—¿Qué tipo de huella? —preguntó, sin entender muy bien lo que quería decir.

—Mi madre hace unos pasteles increíbles.

Soltamos una carcajada. Me alegré de que hubiese entendido el chiste.

—Pero ya lo sé: algunas huellas no desaparecen nunca —añadió—. Tienes razón. La de mi padre no me ha abandonado. Murió dos años después de que yo heredara su bufete. Yo tenía tu edad entonces —se paró en seco y se quedó pensando, como si hubiese captado un nexo imprevisto entre lo que acababa de decir y lo que, sin que yo lo supiera, debía de estar rondándole el pensamiento—. Y sabes que casi te doblo la edad.

Fue entonces cuando me sonrojé. Fue un momento tenso y raro, en parte porque había sacado a colación, de forma totalmente prematura, un tema demasiado cercano a lo que prudentemente andábamos esquivando, como atando cabos cuando ni siquiera habíamos sacado las cuerdas y deberíamos habernos quedado callados, al menos un poco más. Su afirmación me dejó sin saber qué decir, y mientras buscaba las palabras adecuadas, el sonrojo delató mi incomodidad. Quizá había sacado el tema para que yo dijera algo y aliviar así su propia ansiedad. Me esforcé por deshacer el silencio, pero no pude.

—No representas la edad que tienes —dije, intentando dar una respuesta evasiva.

—No es eso lo que quería decir —replicó de inmediato.

—Sé lo que querías decir —y para demostrarle que no había ningún malentendido entre nosotros, añadí—: No estaría aquí sentado contigo, ¿no?

¿Me estaba sonrojando otra vez? Esperaba que no. El silencio que de pronto se hizo entre nosotros no le disgustó, y volvió a negar con la cabeza con el mismo leve gesto anhelante y reflexivo, no tanto de negación como de algo que bordeaba la incredulidad y la admiración mudas por la forma en que la vida a veces simplemente nos sigue el juego.

—No era mi intención hacerte sentir incómodo.

Se estaba disculpando.

O a lo mejor no.

Me tocó a mí negar con la cabeza.

—No me siento incómodo en absoluto —dije, y luego, después de una corta pausa, añadí—: Y ahora eres tú el que se sonroja.

Apretó los labios. Alargué la mano por encima de la mesa y le agarré la suya un momento con gesto amistoso, esperando que no le molestara. No la retiró.

—No crees en el destino, ¿verdad? —preguntó.

—No lo sé —dije—. No he pensado nunca en eso, en realidad.

Habría preferido un tipo de conversación más oblicua. Me daba cuenta de adónde quería llegar, y no me molestaba su franqueza, pero tampoco me hacía falta hablar del tema tan abiertamente. Quizá él pertenecía a una generación que salía a la busca de lo que era difícil de tratar; por mi parte, prefería dejar sobreentendido lo que era bastante obvio. Estaba acostumbrado al acercamiento directo que no requiere de palabra alguna, o a la simple mirada o al mensaje de texto apresurado, pero el discurso velado y continuo me dejaba descolocado.

—Entonces, si no ha sido el destino, ¿qué te ha traído al concierto de esta noche?

Se quedó pensando en la pregunta, luego bajó la mirada para apartarla de mí y empezó a hacer surcos en el mantel con el tenedor que todavía no había utilizado. Parecían ligeras crestas que de repente hacían giros serpenteantes alrededor del plato del pan. Él estaba tan absorto en lo que le pasaba por la cabeza que estaba seguro de que ya no estaba pensando en mi pregunta, lo que agradecí, ya que me lo había pensado mejor y esperaba que se olvidara de nuestro cauteloso tira y afloja. Pero entonces levantó los ojos, me miró y dijo que la respuesta no podía ser más simple.

—¿Cuál es? —pregunté, sabiendo que diría algo de su padre.

En cambio, dijo:

—Tú.

—¿Yo?

Asintió.

—Sí, tú.

—Pero si no sabías que ibas a conocerme.

—Un detalle sin importancia. El destino funciona hacia delante, hacia atrás, se entrecruza de un lado a otro, y le trae sin cuidado nuestra forma de analizar sus intenciones con nuestros endebles antes y después.

Intenté asimilar aquello.

—Demasiado profundo para mí.

Hubo otro silencio entre nosotros.

—Verás, mi padre creía en el destino —prosiguió.

Qué generoso, pensé. Se había dado cuenta de que yo quería eludir el tema y hábilmente había vuelto a la conversación sobre su padre. Sin embargo, en realidad yo no estaba escuchándolo, y cuando se dio cuenta se calló. Probablemente seguía debatiéndose en cómo abordar lo que no habíamos dicho, porque me lanzó una mirada penetrante y después la apartó. Más tarde, cuando nos levantamos de la mesa y estábamos a punto de marcharnos, sus palabras me dejaron atónito.

—¿Volveré a verte? Me gustaría.

Me sobresaltó tanto la pregunta que murmuré, débilmente pero con demasiada rapidez:

—Sí, claro.

Mi respuesta fue tan precipitada que debió de sonarle completamente falsa. Yo había esperado algo mucho más atrevido que un adiós por su parte.

—Pero solo si quieres —añadió.

Me quedé mirándolo.

—Ya sabes que me gustaría —y aquello no se debía al whisky ni al vino.

Asintió con su gesto distintivo. No estaba convencido, pero tampoco disgustado.

—En la misma iglesia, a la misma hora, el domingo que viene entonces.

No me atreví a añadir nada más. *Así que esta noche no está en los planes,* pensé.

Fuimos los últimos en irnos del restaurante. Por la manera en que nos rondaban los camareros, quedaba claro que estaban impacientes por cerrar en cuanto saliéramos.

En la acera, nos abrazamos por instinto, pero fue un abrazo improvisado, torpe, más contenido que el arrumaco prolongado que había esperado encontrar entre sus brazos antes, cuando nos habíamos conocido en el descanso del concierto. Él se soltó enseguida. Volví a sentir el impulso de abalanzarme sobre él y rodearlo con los brazos, aunque me contuve. Con la emoción del momento terminé besándolo no en la mejilla, sino, sin querer, debajo de las orejas. Esta vez sí se debió al whisky y el vino, definitivamente. Estoy seguro de que lo notó, pero no me importó haberlo hecho. Luego recapacité. *Ha sido raro,* pensé. Y más raro aún me sentí cuando vi a los tres camareros mirando por la ventana desde detrás de los visillos de muselina abiertos. Lo conocían bien y debían de haber presenciado escenas parecidas muchas veces.

Me acompañó hasta donde había dejado la bici, me observó mientras la desencadenaba y comentó lo diminuta que era, dijo incluso que a lo mejor se compraba una igual, y entonces, antes de retirarse, me puso la palma de la mano en la mejilla y la mantuvo ahí, un gesto que me dejó completamente confundido y abrumado por la emoción. Me había pillado por sorpresa. Deseé que me besara. *Bésame, por favor, aunque solo sea para ayudarme a superar este aturdimiento.*

Lo miré mientras se daba la vuelta y se alejaba.

No me besas y te vas —pensé—, *y con tanta frialdad, además.* Quería que me pusiera la palma de la otra mano en la mejilla y me agarrase la cara y me dejara ser el más joven de los dos, y que después me besara profundamente en la boca. Era como si nos acabásemos de acostar juntos y él hubiese dejado de hablarme y se hubiese desvanecido sin más.

Me sentí así toda la noche y me desperté sobresaltado. La noche acababa de empezar y podríamos haber ido a tomar una copa a otro sitio. Podría haber corrido tras él y haberle invitado en algún café cercano, solo para estar juntos y no despedirnos tan pronto. Sin embargo, algo hizo que me contuviera, y al final una voz en mi interior me recordó que la noche no había terminado tan mal para ser un domingo largo y aburrido en el que no tenía previsto nada ni remotamente parecido. Quizá él sabía que a veces es mejor dejar las cosas cuando son perfectas, en vez de apresurarse y ver cómo se estropean.

Caminé con la bici aquella hermosa noche de noviembre. Los adoquines desiertos brillando, el efecto Brassaï del que habíamos hablado, mi beso torpe bajo sus orejas y el hecho de tener casi la mitad de su edad, todo aquello azuzaba mi espíritu y me hacía sentir bastante feliz. Quizá él entendiera las cosas mejor que yo; si era así, sabría algo de lo que yo apenas era consciente: que quizá no estuviese preparado, no más que él, no esa noche, ni al día siguiente por la noche, ni siquiera la semana siguiente. Entonces caí en la cuenta de que tal vez no se presentase en el concierto del domingo siguiente, no porque no quisiera, sino porque podía intuir que, en el último momento, sería yo quien encontraría un motivo para no aparecer.

Dos días después, estaba a punto de terminar una clase magistral dedicada al último movimiento de la sonata en re menor de Beethoven cuando de pronto, en la puerta, ahí estaba él, con las manos metidas en los bolsillos del *blazer* azul, lo que le confería un toque desgarbado a un hombre tan elegante, y sin embargo no parecía incómodo. Sujetó la puerta a los seis o siete alumnos que salían de la clase y, al ver que ninguno tomaba el relevo ni le daba las gracias, les sonrió de oreja a oreja y les agradeció él el gesto. Yo debía de estar radiante. Qué bonita manera de sorprender a alguien.

—Entonces, ¿no te molesta?

Negué con la cabeza. *Como si necesitara preguntarlo.*

—¿Qué tenías planeado hacer después de clase?

—Suelo tomarme un café o un zumo en alguna parte.

—¿Te importa si te acompaño?

—¿Te importa si te acompaño? —lo imité.

Lo llevé a mi café favorito, al que voy a veces cuando un colega o un estudiante me acompaña y nos sentamos a observar a la gente correr por la acera a esas horas de la tarde, unos haciendo recados de último minuto, otros buscando posponer el volver a casa y cerrarle la puerta al mundo y otros corriendo sin más de una esquina a otra de sus vidas. Todas las mesas que nos rodeaban estaban llenas de gente y, por algún motivo que no me he podido explicar nunca, me gusta cuando todo el mundo parece estar amontonado, casi codo con codo con los desconocidos.

—¿De verdad no te molesta que haya venido? —volvió a preguntar.

Sonreí y negué con la cabeza. Le dije que todavía no me había recuperado de la sorpresa.

—Entonces, ¿ha sido una sorpresa agradable?

—Una sorpresa muy agradable.

—Si no te encontraba en el conservatorio —dijo—, pensaba probar en todos los hoteles de lujo con piano. Así de simple.

—Te habría llevado mucho tiempo.

—Me di cuarenta días y cuarenta noches de plazo antes de probar en el conservatorio. Pero al final he empezado por el conservatorio.

—Pero ¿no íbamos a vernos este domingo?

—No estaba muy seguro.

Que yo no le rebatiera ni dijera nada que contradijera su suposición debió de confirmar su sospecha. De hecho, nuestro silencio sobre el concierto del domingo siguiente nos hizo sonreír con inquietud.

—Tengo un recuerdo maravilloso del domingo pasado —dije por fin.

—Yo también —contestó—. ¿Quién era esa pianista tan guapa con la que estabas tocando? —preguntó.

—Es una alumna tailandesa de tercero, tiene mucho talento. Mucho.

—Por la forma en que os mirabais el uno al otro mientras tocabais, es evidente que hay algo más entre vosotros que la mera afinidad profesor-alumna.

—Sí, ha venido desde Tailandia para estudiar conmigo —comprendí adónde quería llegar con su insinuación y negué con la cabeza con una mueca de reproche.

—¿Y puedo preguntarte qué haces luego?

Qué atrevido, pensé.

—¿Te refieres a esta noche? Nada.

—¿Alguien como tú no tiene una amiga, una pareja, alguien especial?

—¿Alguien como yo?

¿De verdad íbamos a repetir la conversación del domingo anterior?

—Quiero decir alguien tan joven, brillante, fascinante a todas luces, por no hablar de lo guapísimo que eres.

—No tengo a nadie —respondí, apartando la vista.

¿Estaba intentando rechazarlo realmente o tan solo disfrutaba de aquello sin querer que se me notara?

—No aceptas los cumplidos, ¿no?

Lo miré y volví a negar con la cabeza, pero esta vez sin comedia.

—Entonces, ¿no hay nadie? —preguntó.

—Nadie.

—¿Ni siquiera alguien esporádico...?

—No tengo a nadie esporádico.

—¿Nunca? —preguntó, casi perplejo.

—Nunca.

Pero sonaba tenso. Él intentaba ser juguetón, incitante, casi insinuante, y allí estaba yo haciéndome el amargo, el arisco, peor aún, el mojigato.

—Pero seguro que ha habido alguien especial.

—Lo hubo.

—¿Qué pasó?

—Éramos amigos, después fuimos amantes, y después ella me dejó. Pero seguimos siendo amigos.

—¿Ha habido alguna vez un él en tu vida?

—Sí.

—¿Cómo terminó?

—Se casó.

—¡Ah, el bulo del matrimonio!

—Eso pensé yo entonces, pero llevan muchos años juntos. Ya estaban juntos cuando empezamos él y yo.

Al principio no dijo nada, pero parecía estar cuestionando todo el montaje.

—¿Seguisteis siendo amigos?

No estaba seguro de que quisiera que me preguntara, y sin embargo me encantaba que me preguntasen.

—Hace años que no hablamos y no sé si somos amigos, aunque estoy seguro de que siempre lo seremos. Me entendía extremadamente bien, y me da la sensación de que sospecha que si no le escribo no es porque no me importe, sino porque en parte me importa y siempre me importará, igual que yo sé que a él le sigue importando, razón por la que él tampoco me escribe nunca. Con saber eso me basta.

—¿Aunque sea él el que se ha casado?

—Aunque sea él el que se ha casado —repetí—. Además —añadí, como si aquello disipara cualquier ambigüedad—, él es profesor en Estados Unidos y yo estoy en París, eso lo resuelve todo, ¿no? Siempre está ahí, pero no se ve.

—No resuelve nada. ¿Por qué no has ido tras él, aunque esté casado? ¿Por qué has renunciado con tanta facilidad?

Era difícil pasar por alto el tono casi crítico de su voz. ¿Por qué me hacía reproches? ¿No era yo quien le interesaba?

—Además, ¿cuánto hace de eso? —preguntó.

Sabía que mi respuesta lo dejaría sin palabras.

—Quince años.

De pronto, dejó de hacer preguntas y se quedó callado. Como me esperaba, no se había imaginado que después de tantos años pudiese seguir unido a alguien que se había vuelto una presencia invisible.

—Pertenece al pasado —dije, intentando arreglarlo.

—Nada pertenece al pasado —y enseguida preguntó—: Sigues pensando en él, ¿verdad?

Asentí con la cabeza, no quería decir que sí.

—¿Lo echas de menos?

—Cuando estoy solo, a veces sí. Pero no afecta a mi vida, no me apena. Puedo pasarme semanas enteras sin pensar en él. A veces quiero decirle cosas, pero después lo dejo para más tarde, y hasta el hecho de saber que lo estoy posponiendo me resulta placentero, aunque no hablemos nunca. Me lo enseñó todo. Mi padre decía que no hay tabúes en la cama; mi amante me ayudó a deshacerme de ellos. Él fue mi primera vez.

Michel negó con la cabeza mientras sonreía con complicidad, lo que me tranquilizó.

—¿Cuántos después de él? —preguntó.

—No muchos. Todos pasajeros. Hombres y mujeres.

—¿Por qué?

—Quizá porque en realidad nunca me dejo llevar ni me entrego a los demás. Después de un instante de pasión, siempre vuelvo a ser el mismo yo autónomo.

Tomó el último sorbo de café.

—En algún momento de tu vida tendrás que llamarlo. Llegará ese momento. Siempre llega. Pero quizá no debería decirte todo esto.

—¿Por qué? —pregunté.

—Ay, ya sabes por qué.

Me sentí halagado; los dos nos quedamos callados.

—Tu yo autónomo, ¿eh? —dijo luego, probablemente para eludir lo que acababa de ocurrir entre nosotros en aquel mismo instante—. Eres complicado, ¿no?

—Mi padre solía decirme eso mismo, porque me resultaba difícil tomar decisiones: a qué dedicarme, dónde vivir, qué estudiar, a quién querer. «Atente a la música», me decía. «Tarde o temprano llegará lo demás.» Él empezó su carrera a los treinta y dos años, así que todavía me queda algo de tiempo, aunque no mucho, si mido mi tiempo a partir del suyo. Siempre hemos tenido una relación muy estrecha, desde que yo era un bebé. Él escribía en casa su tesis de filología y mi madre era terapeuta en un hospital, así que él se quedaba a cargo de los pañales y todo lo demás. Teníamos ayuda, pero yo estaba todo el tiempo con él. Me enseñó a amar la música, curiosamente con la misma obra que estaba enseñando cuando llegaste esta tarde. Cuando la enseño, sigo oyendo su voz.

—Mi padre también me enseñó música. Solo que yo era un mal estudiante.

Me gustó aquella convergencia súbita de vivencias, aun siendo reacio a darle demasiada importancia. Siguió mirándome sin decir nada, y luego me dijo, pillándome otra vez por sorpresa:

—Eres guapísimo.

Aquello había sido completamente impulsivo, así que, en lugar de reaccionar a sus palabras, yo intenté cambiar de tema pero acabé musitando algo todavía más impulsivo.

—Me pones nervioso.

—¿Por qué dices eso?

—No lo sé. Es que no sé muy bien qué estás buscando o hasta dónde quieres que llegue y no siga.

—Debería estar claro a estas alturas. Soy yo el que tendría que estar nervioso en todo caso.

—¿Por qué?

—Porque probablemente no soy más que un capricho para ti, o como mucho estoy un par de peldaños por encima de alguien pasajero.

Me reí al oír aquello.

—Por cierto —dudé antes de decirlo, pero me sentí impelido a ello—, no se me dan bien los comienzos.

Se rio entre dientes.

—¿Lo dices por mi bien?

—Quizá.

—De acuerdo, pero volviendo a lo que decía: eres increíblemente guapo. Y el problema es que o ya lo sabes y eres consciente del poder que ejerces sobre los demás, o tienes que fingir que no lo sabes, lo que te convierte no en alguien difícil de descifrar, sino en alguien peligroso para mí.

Lo único que hice fue asentir con apatía. No quería que creyera que lo que acababa de decir era inapropiado, así que lo miré y sonreí, y si hubiésemos estado en otro lugar le habría tocado los párpados antes de besarlos.

Cuando oscureció, encendieron las luces del café y del local contiguo. En sus rasgos se reflejaba un brillo luminoso y cambiante, y por primera vez me fijé en sus labios, su frente y sus ojos. Pensé que el guapo era él. Debí decírselo, era el momento adecuado, pero me quedé callado. No quería repetir sus palabras, habría sonado a un intento forzado y artificioso de establecer cierta igualdad entre nosotros. Pero me encantaban sus ojos. Y él seguía mirándome.

—Me recuerdas a mi hijo —dijo.

—¿Nos parecemos?

—No, pero tenéis la misma edad. A él también le gusta la música clásica, así que solía llevarlo a los conciertos los domingos por la tarde, igual que mi padre hacía conmigo.

—¿Seguís yendo juntos?

—No. Vive en Suecia casi todo el tiempo.

—Pero ¿os lleváis bien?

—Ojalá. El divorcio lo arruinó todo entre nosotros, aunque estoy seguro de que su madre no hizo nada para dañar nuestra relación. Pero él sabía cosas de mí, claro, y supongo que nunca me perdonó. O lo usó como excusa para ponerse en mi contra, lo que llevaba queriendo hacer desde que tenía veinte años, sabe Dios por qué.

—¿Cómo se enteró?

—Ella se enteró primero. Una tarde, al volver a casa, me encontró escuchando jazz lento con una copa en la mano. Estaba solo, y solo con mirarme y ver la expresión de mi cara, supo enseguida que estaba enamorado. La típica intuición femenina. Dejó el bolso en la mesa, se sentó a mi lado en el sofá y hasta le dio un sorbo a mi bebida. «¿La conozco?», me preguntó después de un silencio larguísimo. Supe exactamente a qué se refería y que no tenía sentido negarlo. «No es una mujer», contesté. «Ah», dijo ella. Todavía me acuerdo de los últimos restos de sol sobre la alfombra y los muebles, del olor ahumado del whisky y del gato tumbado a mi lado. Cuando veo filtrarse en el salón la luz del sol, me sigo acordando de aquella conversación. «Entonces es peor de lo que creía», dijo. «¿Por qué?», pregunté. «Porque contra una mujer podría tener una oportunidad, pero contra quien eres no puedo hacer nada. No puedo cambiarte.» Así terminaron casi veinte años de matrimonio. Mi hijo no tardaría en descubrirlo.

—¿Cómo?

—Se lo conté. Tenía la vana esperanza de que lo entendiera.

—Lo siento —fue lo único que pude decir.

Se encogió de hombros.

—No me arrepiento del giro que tomó mi vida, pero lamento haberlo perdido. Nunca me llama cuando viene a París, rara vez escribe y no me contesta cuando lo llamo.

Miró el reloj. ¿Era ya hora de irse?

—Entonces, ¿no ha sido un error que te haya ido a buscar? —preguntó por tercera vez, quizá porque le encantaba oírme decir que en absoluto, lo que yo hacía de buena gana.

—No ha sido ningún error.

—¿Y no estabas molesto conmigo la otra noche? —preguntó.

Sabía exactamente a qué se refería.

—A lo mejor un poco.

Sonrió. Me di cuenta de que estaba ansioso por salir del café, así que me acerqué a él, hasta rozarle el hombro con el mío. Entonces él me rodeó con el brazo y me atrajo hacia sí, casi instándome a que le apoyara la cabeza en el hombro. No sabía si aquel gesto pretendía tranquilizarme o tan solo se estaba burlando de un joven que se había sincerado y le había dicho unas palabras conmovedoras a un hombre mayor. Quizá fuese el preludio de un abrazo de despedida y, temiendo la despedida inevitable, solté:

—Esta noche no tengo nada que hacer.

—Ya lo sé, me lo has dicho —pero debió de percibir mi nerviosismo o pensar que su tono estaba fuera de lugar y añadió—: Eres un muchacho increíble...

Estaba a punto de pagar, pero le detuve la mano. Luego se la agarré y me quedé mirándola un segundo.

—¿Qué haces? —preguntó casi con reproche.

—Pagar.

—No, me estabas mirando la mano.

—No —protesté, aunque sí lo había hecho.

—Se llama edad —dijo, y un instante después—: No has cambiado de idea, ¿verdad?

Se mordió el labio inferior, pero lo soltó enseguida. Estaba esperando a que le respondiera.

Y entonces, como no se me ocurría qué decir pero seguía sintiendo la necesidad de decir algo, lo que fuera, dije:

—No nos despidamos, todavía no —y para que no me malinterpretara y creyera que le estaba pidiendo que pasáramos un rato más en el café, decidí optar por algo más atrevido—. No dejes que me vaya a casa esta noche, Michel —dije.

Sé que me sonrojé otra vez al decir aquello, y ya estaba buscando arduamente formas de disculparme y retirarlo cuando él vino en mi ayuda.

—Yo estaba intentando pedirte lo mismo, pero, una vez más, me has ganado. La verdad —siguió— es que no suelo hacer esto. De hecho, hace mucho que no lo hago.

—¿Esto? —dije con un tono leve de burla en la voz.

—Esto.

Nos fuimos poco después. Anduvimos con mi bici unos buenos veinte o treinta minutos hacia su casa. Se ofreció a parar un taxi. Dije que no, que prefería caminar; además, la bicicleta no era fácil de plegar y los taxistas siempre se quejaban.

—Me encanta tu bicicleta. Me encanta que tengas una bicicleta así —luego, conteniéndose, dijo—: Estoy diciendo tonterías, ¿verdad?

Caminábamos uno al lado del otro, a apenas un palmo de distancia y sin dejar de rozarnos las manos. Después le agarré la mano y la sostuve unos instantes. Pensé que aquello rompería el hielo, pero él se quedó callado. Dimos unos pasos más por la calle empedrada y le solté.

—Me encanta esto —dije.

—¿Esto? —se burló—. ¿Te refieres al efecto Brassaï?

—No, a ti y a mí. Es lo que deberíamos haber hecho hace dos noches.

Miró la acera sonriendo. ¿Estaba precipitando las cosas? Me gustaba que nuestro paseo fuese como un eco de la otra noche. La multitud y las canciones en el puente, los adoquines centelleantes de color pizarra, la bicicleta con la bolsa amarrada que terminé encadenando a un poste y su comentario de pasada de que quería comprarse una igual.

Lo que no dejaba de asombrarme y nimbaba la noche era que, desde que nos habíamos conocido, habíamos estado pensando lo mismo, y cuando habíamos temido que no fuese así o nos había parecido que estábamos poniendo al otro en una situación violenta, era solo porque habíamos aprendido a no confiar en que nadie pudiese pensar y comportarse como nosotros, razón por la cual yo era tan reservado con él y desconfiaba de mis impulsos, y no podría haberme sentido más feliz cuando me di cuenta de lo fácil que había sido descorrer algunos de nuestros velos. Qué maravilloso haber expresado por fin lo que llevaba pasándome por la cabeza desde el domingo: *No dejes que me vaya a casa esta noche.* Qué maravilloso que hubiese entendido mi sonrojo del domingo por la noche y me hiciera admitir que me había sonrojado, solo para reconocer entonces que él mismo también se había sonrojado. ¿Podían dos personas que habían pasado menos de cuatro horas juntas tener tan pocos secretos entre ellas? Me preguntaba cuál sería el secreto inconfesable que guardaba en mi cripta de falsedades cobardes.

—Mentí acerca de las relaciones efímeras —dije.

—Me lo imaginaba —contestó, casi subestimando lo difícil que me había sido confesarlo.

Cuando por fin entramos en uno de esos ascensores parisinos pequeños y estrechos en el que no quedaba ningún espacio entre nosotros, le pregunté:

—¿Me abrazas ahora?

Cerró las puertas pequeñas del ascensor y pulsó el botón de su piso. Escuché el ruido metálico del motor y del cable cuando el ascensor empezó a subir, y de pronto no solo me abrazó, sino que me sujetó la cara con las dos manos y me besó en la boca profundamente. Cerré los ojos y le devolví el beso. ¡Llevaba esperando aquello tanto tiempo! Lo único que recuerdo es el sonido del viejo ascensor chirriando y tambaleándose en su ascenso, mientras deseaba que el aparato no parase nunca.

Después, en cuanto cerró la puerta de su casa, me tocó besarlo a mí. Sabía que era más alto, y me dio la sensación de que era más fuerte. Solo quería que supiera que no me estaba conteniendo ni me iba a contener.

—Quizá nos haga falta una buena copa —dijo—. Tengo unos *single malts* maravillosos. Son los que te gustan, ¿verdad?

La pregunta sobre la bebida me pilló completamente desprevenido, porque estaba a punto de soltar la mochila y quitarme el abrigo y el jersey y pedirle que volviera a abrazarme. Tenía el corazón a mil, y de pronto me sentí raro, aunque nada de aquello me resultaba raro. Quería que dejara de dar vueltas, pero no dije nada y me tomé mi tiempo para quitarme la mochila y dejarla sobre un sillón.

—¿Quieres quitarte el abrigo? —preguntó.

—Dentro de un rato —dije.

—Me gusta tu mochila —dijo, volviéndose.

—Es un regalo. De un amigo —y como vi la duda en su cara, dije—: Solo un amigo.

Me señaló el sofá para que me sentara y dijo que iba a buscar los vasos, y yo me senté. No sé por qué, de pronto sentí frío, así que me levanté de nuevo y me apoyé en el radiador. Como el calor me pareció insuficiente, coloqué también los brazos sobre él.

—¿Te encuentras bien?

—Sí, solo tengo un poco de frío —dije.

No quería decirle que de pronto estaba a punto de congelarme.

—Cerraré la ventana entonces —y la cerró—. ¿Quieres hielo en el whisky?

Negué con la cabeza, pero no me aparté del radiador y seguí con las dos manos y el cuerpo pegados a él. Soltó los vasos en la mesa de centro, se acercó a mí por detrás y empezó a masajearme los hombros. Me encantó la forma en que me apretaba el cuello y los omóplatos.

—¿Mejor? —preguntó.

—Más —dije. Luego, sin saber por qué—: Ya te he dicho que me pongo nervioso.

—¿Por mí?

Me encogí de hombros, sabiendo que entendería lo que quería decir: *No lo sé, quizá no seas tú, o la velada, quién sabe, pero no pares.*

Tenía las manos fuertes —y lo sabía, igual que yo quería que lo supiera—, y me fui ablandando poco a poco a medida que me apretaba la base del cráneo y hacía que me corriera columna abajo un estremecimiento terriblemente excitante. Cuando terminó, me rodeó con los brazos y apretó su pecho contra mi espalda mientras me estrechaba el vientre con las dos manos. No me habría importado que hubiese bajado más, pero no lo hizo, aunque supe que le había pasado por la cabeza, porque sentí un milisegundo de duda. Con delicadeza, me llevó al sofá.

Pero entonces empezó con el whisky, sirvió un poco en cada uno de los vasos, de pronto se acordó de algo y corrió a la cocina, volvió con dos cuencos, uno de nueces y otro de galletitas saladas. Se sentó en la otra punta del sofá, chocamos los vasos, brindamos y bebimos el primer sorbo. Quiso saber qué me parecía. Yo no sabía qué me parecía, así que dije que el *single malt* era nuevo para mí, pero que me gustaba. Me ofreció el cuenco de nueces, me miró coger algunas, luego volvió a dejar el cuenco en la mesa sin coger ninguna. Di un segundo sorbo y le dije que seguía teniendo frío.

—¿Puedo tomar mejor una taza de té?

—¿Qué clase de té quieres? Tengo muchos —dijo.

—Cualquiera —contesté—, cualquier cosa caliente.

De camino a la cocina, me acarició la mejilla y el cuello. Me recordó a mi madre cuando no me sentía bien y comprobaba si tenía fiebre, pero su caricia no era para ver si tenía fiebre y sonreí. Pocos minutos después, en cuanto sonó el pitido del microondas, volvió y yo sostuve la taza caliente con las dos manos.

—Mucho mejor —dije, casi riéndome de lo feliz que me hacía el té.

Él volvió a levantarse y puso música. Me quedé escuchando.

—¿Brasileño?

—Correcto.

Parecía muy satisfecho de sí mismo.

—Compré el CD ayer —dijo.

Por mi sonrisa, supo que había inferido la razón de la compra.

—¿Sabes portugués? —preguntó.

—Un poco, ¿y tú?

—Ni una palabra.

Aquello nos hizo reír. Los dos estábamos nerviosos.

Hablamos sobre todo de parejas anteriores. Él había estado con un arquitecto que terminó yéndose a vivir a Montreal hacía años.

—¿Y tú? —preguntó—. Y no me refiero al del bulo matrimonial.

Así que se acordaba del hombre que se había ido y había hecho descarrilar mi vida. Le conté que mi relación más larga había sido con un chico que había conocido en el colegio y al que encontré casi quince años después en un bar gay de las afueras sórdidas de Roma. Me había dejado asombrado que me confesara haber estado colado por mí cuando teníamos ocho años. Le dije que yo estaba completamente fascinado con él cuando tenía nueve. ¿Por qué no me había dicho nada? ¿Por qué no le había dicho nada yo? ¿Por qué ninguno

156

de los dos supo nada del otro? Lo único que queríamos hacer era recuperar el tiempo perdido. No nos podíamos creer la suerte que teníamos de volvernos a encontrar.

—¿Cuánto tiempo estuvisteis juntos?

—Menos de dos años.

—¿Por qué os separasteis?

—Antes pensaba que lo que había acabado con lo nuestro había sido la típica domesticidad ordinaria de siempre, pero no fue solo eso. Él quería adoptar un niño y que yo fuese el padre. Quería una familia.

—¿Y tú no?

—No sé si no quería, solo sabía que no estaba preparado, estaba consagrado por entero a la música y sigo todavía. La verdad es que no veía el momento de volver a vivir solo.

Me miró incrédulo.

—¿Eso no será por casualidad una advertencia? —preguntó.

—No lo sé.

Sonreí para encubrir mi vergüenza. Su pregunta era completamente prematura. Claro que, en su lugar, yo habría preguntado lo mismo.

—Quizá no tendría que haber dicho nada, pero yo veo todo esto desde el otro extremo. La edad. Estoy seguro de que se te ha pasado por la cabeza más de una vez.

—La edad no es un problema.

—¿No?

—Te lo dije el domingo. Qué rápido nos olvidamos.

—No me acuerdo.

—Estás perdiendo la memoria.

—Estaba muy nervioso.

—¿Y yo no?

—He pensado en ti desde que nos dimos las buenas noches en la puerta del restaurante. Me fui a la cama pensando en ti, me desperté pensando en ti y estuve en trance todo el lunes, dándome cabezazos contra la pared, básicamente. Ni siquiera consigo creerme que estés bajo mi techo —dejó de hablar, me miró y dijo sin más—: Y quiero besarte.

Me quedé más sorprendido esta vez que cuando nos besamos al entrar en el ascensor. Me dio la sensación de que no nos habíamos besado antes y de que no se había disipado la sombra de inquietud que planeaba entre nosotros de camino a su casa, cuando no habíamos podido darnos la mano siquiera. Soltó el vaso, se acercó a mí y me besó en los labios con suavidad, casi con timidez, mientras seguía escuchando por detrás del tenue cantante brasileño el ruido del ascensor bajando, la misma banda sonora complaciente de nuestro beso anterior, que me recordó que besarse con el ruido de fondo de un viejo ascensor subiendo y bajando por el hueco de la escalera era igual que besarse bajo el tamborileo de la lluvia sobre un tejado en el campo, y que me gustaba el sonido y no quería que se terminara porque me sentía arropado, protegido y a salvo bajo su hechizo, porque, sin importunarnos, daba voz al mundo de fuera del salón y me confirmaba que todo aquello no pasaba solo en mi imaginación. Quizá, lo que él quería en realidad era que nos tomásemos nuestro tiempo y no tuviéramos prisa, que diésemos marcha atrás si las cosas iban más deprisa de lo que le apetecía a alguno de los dos. Nunca había hecho aquello antes. Luego me besó por segunda vez, también con delicadeza.

—¿Te sientes mejor? —preguntó.

—Mucho mejor. Abrázame otra vez, por favor.

Quería que me abrazara y rodearlo entre mis brazos. Me gustaba sentir la textura de su jersey en la cara, el olor de la lana y, por detrás de la lana, sus axilas, un aroma vago que solo podía ser el de su cuerpo, así que susurré la letra de la canción en portugués:

De que serve ter o mapa se o fim está traçado?
De que serve a terra à vista se o barco está parado?
De que serve ter a chave se a porta está aberta?

Dijo que le encantaba y me pidió que lo repitiera. Eso hice.

—Traduce —dijo.

¿De qué sirve el mapa si el final ya está trazado?
¿De qué sirve divisar tierra si el barco está parado?
¿De qué sirve la llave si la puerta está abierta?

No tardó en decir:

—Vamos a tumbarnos —entonces me llevó al dormitorio. Yo estaba a punto de desabrocharme la camisa, pero me dijo—: No, déjame que lo haga yo.

Quería estar desnudo frente a él, pero no sabía cómo decirlo, así que dejé que me desabrochara la camisa sin tocarle la ropa. No pareció importarle.

—Es que —y se quedó dudando— quiero que esto sea muy especial.

Y mientras nos tumbábamos, nos abrazamos y nos buscamos las bocas, pero sentí que seguíamos vacilantes y desconcertados. Faltaba algo. No carecíamos de pasión, sino de convicción. ¿Habíamos, quizá, ralentizado las cosas hasta detenerlas? ¿Le había decepcionado? ¿Estábamos cambiando de opinión? Él debió de sentirlo también; es algo que no se puede esconder. Se quedó mirándome y lo único que dijo fue:

—¿Me dejas que te haga feliz? Déjame, lo deseo tanto.

—Haz lo que quieras. Ya me haces feliz.

Al oír aquello no pudo esperar, me volvió a besar y terminó de desabrocharme la camisa.

—¿Te importa si te quito la camisa? —*Menuda pregunta,* pensé mientras asentía. Luego, mientras me ayudaba, dijo—: Me encanta tu piel, me encanta tu pecho, tus hombros, tu olor. ¿Sigues teniendo frío? —preguntó, acariciándome el pecho con dulzura.

—No —dije—, ya no.

Luego volvió a sorprenderme:

—Me gustaría que nos diéramos una ducha caliente.

Debí de dirigirle una mirada de total desconcierto.

—Por qué no, si quieres...

Nos levantamos y entramos en el cuarto de baño. Era más grande que todo mi salón entero.

No me podía creer la cantidad de botes que recubrían el suelo de la enorme ducha acristalada.

—Dos para ti, dos para mí —dijo, sacando cuatro toallas dobladas de color azul marino.

Intenté añadirle un poco de humor a la situación mientras nos desnudábamos y empezábamos a tocarnos y le pregunté si daban de desayunar por la mañana.

—Y qué desayuno —contestó—. Hay un desayuno de cortesía incluido para todos los huéspedes del hotel.

Estábamos desnudos y empalmados cuando volvimos a besarnos.

—Cierra los ojos y confía en mí —dijo—. Quiero hacerte feliz.

No sabía qué pretendía, pero hice lo que me pidió. Lo escuché agarrar una esponja y enseguida reconocí el aroma del gel, porque olía a camomila y me recordaba la casa de mis padres y, a pesar del tiempo que hacía fuera aquella noche, me devolvió a nuestros veranos en Italia, lo que me hizo sentir en casa en aquella casa que no era la mía. Empezó a frotarme el cuerpo y me dejé llevar por la sensación.

—No abras los ojos —me advirtió mientras me enjabonaba la cara con suavidad, y después me preguntó si podía lavarme el pelo, a lo que dije que por supuesto, y cuando me hubo frotado el pelo con champú se enjabonó él mismo y continuó masajeándome el cráneo con los dedos una y otra vez.

—No hagas trampa y no mires —dijo, y supe por su voz que estaba sonriendo, casi riéndose de la escena en la ducha.

Después de la ducha, mientras yo seguía con los ojos cerrados, abrió la puerta de cristal y me ayudó a salir despacio, luego insistió en secarme el cuerpo, el pelo, la espalda y las axilas y después me condujo al dormitorio y me pidió que me tumbara en la cama. Me encantaba saber que estaba desnudo y que me estaba mirando, me encantaba que me mimara así; me encantó que empezara a untarme una loción que me provocaba una sensación maravillosa cada vez que se echaba un poco más en la palma de las manos y me tocaba por todas partes. Me sentía como un niño pequeño lavado y secado por su padre, lo que también me devolvió a mi primera infancia, cuando mi padre se duchaba conmigo en brazos. Yo debía de tener más o menos un año por entonces; ¿por qué volvía a mí todo aquello, por qué de pronto me liberaba de una caja cuya tapa me había estado privando de aire y de luz y sonido y del aroma de las flores y la hierba en verano? ¿Por qué estaba siendo arrancado de mí mismo como un prisionero cuyo carcelero no había resultado ser nadie más que yo mismo? ¿Y qué era aquel producto que no había sentido nunca antes sobre la piel? ¿Qué quería de aquel hombre y qué iba a darle a cambio? ¿Estaba haciendo todo aquello porque le

161

había dicho que estaba nervioso, porque le había advertido que los comienzos me parecían difíciles? Le dejé hacer lo que quisiera, porque disfrutaba y me sentía tan deseable que a cambio lo deseaba todavía más, más de lo que lo había deseado en el momento en que lo vi en la iglesia, y me contuve para no abrazarme a su pecho. Pensé que sabía lo que estaba a punto de hacer, pero lo que hizo luego logró sorprenderme otra vez, así que, cuando por fin me pidió que abriera los ojos y lo mirase, era suyo por completo, y cuando me besó una y otra vez no me hizo falta decir o pensar en nada, no me hizo falta hacer nada salvo entregarme a quien parecía conocerme y conocer mi cuerpo y lo que ansiaba mucho mejor que yo, porque debió de saberlo en el momento en que me habló en la iglesia y le toqué la mano, cuando me pidió que lo esperase fuera de la iglesia y luego me invitó a cenar, cuando se detuvo de camino hacia donde nos dirigíamos aquella noche y se despidió de repente; debió de saberlo todo sobre mí cuando me vio sonrojarme con tanta facilidad y después insistió un poco para ver cómo reaccionaba yo, supo que mi alma llevaba siglos en pena y que solo ahora me daba cuenta de que me había pertenecido todo el tiempo, pero no sabía dónde buscarla o cómo encontrarla sin él. *Alma en pena, alma en pena,* quería decir, y entonces me escuché pronunciar las palabras: *Mi alma lleva en pena todos estos años.*

—No —dijo, como temiendo que fuera a echarme a llorar—. Solo dime que no te estoy haciendo daño.

Negué con la cabeza.

—No, dilo, «no me haces daño», dilo si lo sientes.

—No me haces daño —dije.

—Dímelo otra vez, dilo muchas veces.

162

—No me haces daño —dije, porque así lo sentía—, no me haces daño, no me haces daño, no me haces daño, no me haces daño.

Y entonces comprendí, mientras pronunciaba aquellas palabras más veces de las que me había pedido, que también me había ayudado a dejar atrás todo lo que llevaba conmigo aquella noche, mis pensamientos, mi música, mis sueños, mi nombre, mis amores, mis escrúpulos, mi bicicleta, todo lo abandoné con mi chaqueta y mi mochila en el salón o lo dejé dentro de la bolsa que llevaba amarrada a la bicicleta, que había dejado encadenada a un poste antes de subir en el ascensor, que una vez más, ahora que estábamos haciendo el amor, emitió su chirrido delator, porque quién sabe qué inquilino del edificio habría pulsado el botón para llamarlo y no tardaría en meterse dentro, cerrar las puertas tras él y subir tambaleante hasta quién sabía qué planta, y me daba igual qué planta fuera, porque si tenía aquellos pensamientos confusos era porque estaba intentando pensar si no estaría perdiendo el control, cuando sabía de sobra que me estaba aferrando desesperadamente a meras esquirlas de realidad y sintiendo que se me escapaban, y sintiéndome eufórico cada vez que pasaba, porque me encantaba que él estuviera viendo que me pasaba, y quería que me lo viese en la cara incluso mientras hacía la cosa más generosa del mundo, que era esperar y seguir esperando mientras yo seguía repitiendo que no me hacía daño, no me hacía daño, justo como él me había pedido, hasta que me descubrí rogándole que no esperase, porque era lo que mandaba la cortesía, esperando que él decidiera por mí también, porque para ese momento su cuerpo conocía al mío mejor de lo que mi cuerpo se conocía a sí mismo.

Solo había habido un pequeño traspié en lo que había sido un momento de perfecta intimidad entre dos hombres que hasta entonces no se habían visto desnudos el uno al otro. Había sucedido en la ducha cuando me estaba agarrando el pene y yo tenía los ojos cerrados por el jabón.

—No sé cómo preguntarte esto —me había dicho—, pero... —y volvió a dudar.

—¿Sí?

Me estaba poniendo nervioso y no podía abrir los ojos.

—¿Eres judío? —preguntó por fin.

—¿En serio? —contesté, casi riéndome—. ¿No te das cuenta?

—Estaba intentando basar mi suposición en otros datos aparte de lo obvio.

—Lo obvio lo deja bastante claro. ¿A cuántos judíos o musulmanes has visto desnudos?

—A ninguno —contestó—. Eres el primero.

Su franqueza repentina me excitó todavía más, por eso me apreté contra su cuerpo.

—Fabiola —explicó justo después de que el portazo de la puerta de servicio nos sobresaltara y despertara—. Siempre deja que el viento cierre la puerta de golpe.

Cuando miré el reloj eran las ocho pasadas y tenía que dar una clase a las once, pero me sentía muy perezoso. Él, sin embargo, ya me había liberado de su abrazo y estaba sentado buscando sus zapatillas con los pies.

—Vuelve a la cama —dije.

—¿Qué, más? —preguntó, fingiendo sorpresa.

Me había encantado estar entre sus brazos dándole la espalda y sintiendo su respiración en el cuello. No me estaba conteniendo.

Después de que hiciéramos el amor por la noche, había vacilado un momento y sentido que era hora de vestirme para irme.

—No te estarás yendo de la cama, ¿verdad? —me había preguntado.

—Baño —dije.

—Pero no te vas.

—No me voy.

Pero estaba mintiendo en eso también.

Había querido irme, aunque solo fuera por costumbre. Iba a explicarle que siempre me voy después del sexo, ya sea porque me apetece o porque siento que mi anfitrión quiere o está impaciente por que me vaya; yo mismo casi siempre quiero que los esporádicos salgan por la puerta justo después. *Date prisa con los calcetines, métetelos en los bolsillos si hace falta, vete ya.* Hasta dominaba el arte de retrasar mi salida apresurada de forma civilizada aunque totalmente superficial, como cuando quien te recibe finge a veces reticencia al verte rechazar un vaso de agua o algo de comer mientras abandonas su mundo a la carrera, sus cosas, el olor de su pelo, sus sábanas, sus toallas. En este caso el asunto era un poco extraño y no dije nada. En realidad no quería salir de la cama, pero no supe cómo interpretar la sorpresa que se le reflejaba en la cara, ni si debía confiar en ella. Y, sin embargo, como había notado cuando nos dirigíamos a su casa y acercábamos las manos sin tocarnos, el sexo tampoco había sido coser y cantar.

Después de hacer el amor aquella noche, dijo que tendríamos que salir a comer algo.

—Me muero de hambre.

—Yo también —dije.

—Pero tenemos que darnos prisa.

Ninguno de los dos se había dado cuenta de que era más de medianoche.

—¿Se nota que hemos estado follando?

—Sí —dije.

—A lo mejor se da cuenta la gente.

—Quiero que se den cuenta.

—Yo también.

Cenamos en un local pequeño y ruidoso que abría hasta tarde. Los camareros lo conocían, y algunos clientes habituales también. Los dos compartimos la emoción de sentir que sospechaban lo que habíamos estado haciendo no hacía ni quince minutos.

—Quiero otro abrazo —dije aquella mañana.

—¿Solo un abrazo?

Sin pensármelo, le rodeé con fuerza la cintura con las piernas.

—¿Y puedo preguntarte algo? —dijo, con la cara a un centímetro de la mía y poniéndome la palma de la mano en la frente para retirarme el pelo de los ojos.

No sabía lo que tenía en mente, me imaginé que sería algo relacionado con nuestros cuerpos o alguna rareza sobre nuestro desempeño sexual. ¿O querría hablarme de protección?

—¿Estás ocupado esta noche?

La pregunta casi me hizo reír.

—Estoy completamente libre —dije.

—Entonces, ¿qué tal si vamos al restaurancito del otro día?

—¿A qué hora?

—¿A las nueve?

Asentí.

Me había olvidado de la dirección exacta. Me dijo el nombre de la calle. Luego, intentando no darse demasiada importancia, dijo que a veces le guardaban una mesa.

—Suelo llevarles clientes para el almuerzo o la cena.

—¿Y a otros?

Sonrió.

—Si tú supieras.

Le debió de decir a la asistenta que tenía un invitado —seguramente mientras yo estaba en la ducha—, porque cuando me acompañó al comedor estaba servido el desayuno para dos. Café y una gran cantidad de cosas deliciosas, pan, quesos y mermeladas que parecían caseras. Él dijo que prefería la de membrillo y la de higo, a pesar de que a casi todo el mundo le gustaba de frutos rojos y de naranja amarga.

Tenía que irse corriendo a la oficina.

—¿A las nueve entonces?

Salimos juntos. Le dije que iba a pasar por mi casa a cambiarme y que luego iría al conservatorio, y que después de la clase había quedado con un compañero para almorzar. No sé por qué le di tanta información sobre mi jornada. Él me escuchaba mientras me miraba desatar la bicicleta, volvió a admirar el cuadro, sugirió que la próxima vez la plegara y la guardara dentro; luego se quedó allí y, a diferencia de la primera vez, me miró mientras me alejaba.

Pero era demasiado temprano, así que bajé por una calle y luego por otra, crucé el puente sin importarme adónde iba, ansioso por encontrar una pastelería donde sentarme, tomar otra taza de café y pensar en él. No quería que los acontecimientos de la mañana borrasen la sensación o el recuerdo de la noche anterior, de cómo nos habíamos besado salvajemente al final mientras lo único que se oía era el silencio y el reconfortante resuello del viejo ascensor subiendo y bajando, recordándome cada vez que no habíamos sido los últimos en usarlo.

Por lo general me olvido o intento descartar lo que sucede por la noche; no es difícil, ya que esos encuentros pasajeros rara vez duran más de una hora o dos. A veces es como si no hubiera pasado nada en absoluto, y me alegro de no acordarme.

Sentado aquella mañana tan clara, disfruté observando a todos los que se encaminaban al trabajo mientras yo vivía unas Navidades prolongadas. El sexo no había sido fuera de lo común, pero me gustó el modo en que Michel había estado atento a todo, desde el momento en que me alargó las toallas hasta la forma en que se encargó de mi cuerpo, de mi placer, consciente de todo y siempre discreto y amable, con algo rayano en la deferencia hacia el cuerpo joven que tenía la mitad de años que el suyo. Hasta la forma en que me masajeó la mano y luego la muñeca mientras yo tenía los ojos cerrados, pidiendo confianza y poco más, acariciándome las muñecas que tenía sujetas con cuidado sobre la cama, el gesto más amable conocido por el hombre. ¿Por qué no me había agarrado nadie las muñecas así, ni me había proporcionado tanta alegría con caricias mínimas y aparentemente insignificantes? Si se olvidaba, le pediría que me frotara las muñecas igual que había hecho antes.

Solté el periódico y, cuando sin pensarlo me subí el cuello de la chaqueta de lana, sentí su roce en la cara. Me vino a la mente su mejilla sin afeitar aquella mañana, cuando habíamos hecho de nuevo el amor. Quería que mi abrigo oliese a él. ¿Qué loción de afeitado usaba? Era un olor muy vago, pero quería saberlo. No dejaría de frotar la mejilla contra la suya a la mañana siguiente.

Y entonces pensé en mi padre, que había dicho que estaría en París por Navidad, unas semanas después. Me pregunté si Michel y yo seguiríamos juntos para entonces. Quería que mi padre lo conociera, me preguntaba qué le parecería. Miranda y él habían prometido traer al niño aquella vez, era hora de que volviera a ver a mi hermano pequeño, había dicho mi padre. Los llevaría a mi café, y si Michel seguía estando presente en mi vida, Miranda y yo nos sentaríamos sin más y observaríamos a los dos hombres para calcular cuál de los dos era más joven.

Me pasé el resto del día medio aturdido. Tres alumnos más una clase que preparé en quince minutos. En el almuerzo, solo pensaba en la cena de aquella noche, en los *single malts,* en las nucccs y las galletitas saladas y el momento en que de nuevo me ofrecería dos toallas para mí y dos para él. ¿Sería igual de hospitalario o se habría convertido en alguien que ya no reconocería? Esperaba que mi mejor camisa estuviese bien planchada y, en efecto, lo estaba. Tenía intención de ponerme una corbata, pero decidí que no. Me peiné, aunque estaba impaciente por que él me revolviese el pelo de la frente con la mano. Por último, cuando salí, pasé corriendo por mi limpiabotas de referencia para que me abrillantara los zapatos.

Creo que soy feliz. Eso era lo que pensaba decirle. *Creo que soy feliz.* Sabía que no era adecuado ser tan directo en nuestra tercera noche, pero no me importaba, quería decírselo.

Cuando llegué al restaurante aquella noche no lo encontré, y me di cuenta, para mi bochorno absoluto, de que no sabía su apellido. Me quedé completamente desconcertado. Nunca me atrevería a decir que había quedado en encontrarme con Michel o con *monsieur* Michel. Sin embargo, antes de que tuviese la oportunidad de decir algo que sin duda iba a mortificarme, uno de los camareros me reconoció y me llevó enseguida a la que había sido nuestra mesa tres noches antes. A pesar de que Michel lo había negado, se me ocurrió que yo no sería el primer muchacho que entraba en el restaurante con aire despistado y a quien los camareros reconocían como uno más de sus invitados. Estaba un poco mosqueado, pero decidí no alimentar el rencor ni dejar que la sensación se enconara. Quizá me lo estuviera imaginando todo. Y así era, porque cuando me condujeron hasta la mesa, que no estaba ni a cinco pasos de la puerta, allí estaba él, sentado, tomándose un aperitivo. En mi confusión, ni siquiera había notado que llevaba mirándome todo el tiempo.

Nos abrazamos, y luego, incapaz de controlarme, le dije:

—He pasado el día más maravilloso del año.

—¿Por qué? —preguntó.

—Todavía no he averiguado por qué —dije—, pero quizá tenga algo que ver con anoche.

—Para mí, con anoche y esta mañana.

Sonrió. Me gustó que no dudara en demostrar que había apreciado nuestra pequeña y rápida secuela mañanera. Me gustaba su estado de ánimo, su sonrisa, me gustaba todo. Hubo un breve silencio y no pude contenerme:

—Eres maravilloso, quería decírtelo, ¡eres maravilloso!

En cuanto desdoblé la servilleta, me di cuenta de que había perdido el apetito.

—No tengo nada de hambre —dije.

—Ahora eres tú el maravilloso.

—¿Por qué?

—Porque yo tampoco tengo hambre pero no me atrevía a decirlo. Vayamos a casa. Podemos tomar un aperitivo. ¿Un *single malt*?

—Un *single malt*. ¿Con nueces y galletitas saladas?

—Definitivamente, con nueces y galletitas saladas.

Se dirigió al jefe de sala:

—Pido disculpas al chef, pero hemos cambiado de opinión. *À demain.*

Una vez en su casa, descartamos la idea de tomar una copa o comer. Nos desnudamos, dejamos la ropa en el suelo, nos saltamos la ducha y nos fuimos directos a la cama.

El jueves de aquella semana nos volvimos a encontrar a las nueve en el mismo restaurante.

El viernes para el almuerzo.

Y luego para la cena también.

Después del desayuno del sábado, dijo que se iría en coche al campo y me invitó a acompañarlo.

—Si estás libre —añadió con aquella cadencia cautelosa, modesta e irónica típica de su voz, destinada a demostrar que estaba dispuesto a aceptar que yo tenía una vida más allá de nuestros encuentros, y que nunca me preguntaría por qué, dónde, cuándo o con quién. No obstante, como ya había empezado a hablar, probablemente sintió que bien podía decirlo todo—: Podríamos volver el domingo por la tarde, justo a tiempo para el concierto de nuestro aniversario de una semana.

No sabía si lo que le ponía un poco incómodo era la invitación a pasar el fin de semana con él o el admitir abiertamente que ya teníamos un aniversario que celebrar. Para arreglar las cosas, con su prudencia habitual, añadió enseguida:

—Si quieres venir conmigo, te puedo dejar en tu casa, esperarte en el coche mientras coges ropa de abrigo, porque de noche hace frío, y luego nos vamos.

—¿Dónde? —pregunté; era mi forma apresurada de decir: *Por supuesto que iré.*

—Tengo una casa a más o menos una hora de la ciudad.

Bromeé y dije que me sentía como Cenicienta.

—¿Y eso?

—¿Cuándo darán las doce? ¿Cuándo terminará la luna de miel? —pregunté.

—Terminará cuando se termine.

—¿Hay fecha de caducidad?

—Los fabricantes todavía no han determinado la caducidad, así que depende de nosotros. Y, además, esto es diferente —dijo.

—¿No les dices lo mismo a todos?

—Sí. Lo he hecho. Pero tú y yo tenemos algo muy especial, algo completamente inusual para mí. Si me lo permites, espero demostrártelo este fin de semana.

—Una historia muy creíble —dije.

Nos reímos.

—Lo irónico es que quizá consiga demostrarlo y, entonces, ¿qué nos quedará? —me miró—. Y, por si te interesa saberlo, esa es la parte que más me asusta.

Le podría haber pedido que se explicara, pero una vez más sentí que aquello nos llevaría a un terreno en el que no quería meterse ninguno de los dos.

La casa, cuando por fin llegamos más de una hora después, no era Brideshead, pero tampoco Howards End.

—Me crie aquí —dijo—. Es grande y vieja, y siempre, siempre, hace frío. Hasta las bicicletas están viejas y destartaladas, nada que ver con la tuya. Hay un lago pasado el bosque, me gusta ir allí. Es donde recargo las pilas. Luego te lo enseño. Además, hay un viejo Steinway.

—Genial, pero ¿está afinado?

Pareció un poco avergonzado.

—Lo he mandado afinar.

—¿Cuándo?

—Ayer.

—Sin motivo, supongo.

—Sin motivo.

Sonreímos. Aquellos momentos de intimidad súbita y radiante me daban ganas de gritar. Hacía años que no había estado así con nadie.

Le rodeé el hombro con el brazo.

—Así que sabías que vendría.

—No lo sabía, lo esperaba.

Me enseñó la casa y luego fuimos al salón grande.

No llegamos a entrar, sino que nos quedamos en la puerta, como dos personajes mirando a Velázquez mientras él pinta a sus dos monarcas. El suelo de madera antigua que asomaba entre las enormes alfombras persas relucía como el oro y era el claro beneficiario de años de abrillantado. Olía a cera.

—Siempre me acordaré —dijo Michel— de lo solitario que solía ser esto en otoño, a principios de curso, cuando veníamos a pasar los fines de semana. Aquellos días parecían eternos inviernos lluviosos: empezaban a las nueve de la mañana y nunca amainaba hasta que llegaba el domingo y volvíamos en coche a París a eso de las cuatro agotados y callados. Mis padres se odiaban, pero nunca lo decían. Lo único que me daba alguna alegría (y era más alivio que alegría) era abrir la puerta de nuestra casa de la ciudad el domingo por la noche y encender una luz después de otra, hasta que la vida parecía recuperar su ritmo con la promesa de un concierto, que era cuando todo mi mundo despertaba del letargo inducido por las tareas, la cena, mi madre, el silencio y la soledad, y, lo peor de todo, aquella infancia perpetua. No le desearía mi infancia y mi adolescencia en esta casa a nadie. La vida era como una sala de espera en la consulta de un médico donde mi turno nunca llegaba —vio que yo sonreía—. Lo único que hacía aquí eran los deberes y masturbarme.

Creo que no hay una habitación en toda la casa donde no haya hecho los deberes.

—Y te hayas masturbado.

Nos reímos los dos.

Tomamos un almuerzo sencillo, casi frugal, en el comedor. Por lo que inferí, solía conducir hasta allí los sábados a última hora de la mañana y volvía el domingo por la tarde.

—La costumbre —explicó.

La casa tenía forma de L y una fachada palladiana de finales del siglo XVIII: sencilla y sin pretensiones, casi insulsa en sus simetrías predecibles, probablemente la razón de su elegancia comedida aunque acogedora. Y luego estaba la misteriosa ala en ángulo recto, que creaba un espacio íntimo con un jardín italiano bien cuidado. Al ver la mansarda con sus tragaluces, imaginé allá arriba la habitación helada en la que el muchacho solitario que un día se convertiría en mi amante se sentaba a la mesa y se aplicaba en sus tareas, mientras alimentaba todo tipo de ideas escabrosas. Lo sentí por el muchacho. Su madre siempre le obligaba a traerse las tareas, así que había poco más que hacer, y mucho menos algo con lo que divertirse, me contó Michel.

Le pregunté por sus años escolares. Había asistido al Lycée J.

—Lo odiaba —dijo—, pero a veces mi padre pasaba por allí y se las arreglaba para sacarme unas horas. Era nuestro secreto. Él también había estudiado allí, así que pasear con él por el vecindario un día entre semana y entrar y salir de las tiendas era como colarme en un mundo boyante y adulto que no me correspondía; y estoy seguro de que colarse en mi pequeño mundo era su manera de revivir sus tiempos de *lycéen*, solo para agradecerle luego a su buena estrella haberlos dejado atrás para siempre. No le sorprendía, me aseguraba, que odiara las clases. Cuando una tarde lo llevé al aula vacía, le desconcertó ver que nada había cambiado desde antes de la guerra. El olor sofocante de los viejos pupitres de madera seguía flotando en la clase, dijo, y la oscura inclinación de la luz a la caída de la tarde, capaz de asfixiar el menor pensamiento indecente en las mentes juveniles, todavía se abatía sobre el polvo de los muebles sombríos de mi maloliente y sombría clase del Lycée J.

—¿Lo echas de menos?

—¿Echarlo de menos? En realidad, no. Quizá porque, a diferencia de mi madre, que murió hace ocho años, en el fondo para mí nunca murió. Solo está ausente. A veces parece que va a cambiar de opinión y entrar por alguna puerta trasera. Por eso nunca he hecho duelo por él. Sigue aquí, solo que en otra parte —se quedó pensando—. Conservo la mayoría de sus cosas, corbatas sobre todo, rifles, palos de golf, hasta sus viejas raquetas de tenis de madera. Las guardo como recuerdos, incluso metí dos de sus jerséis en bolsas de plástico selladas para que retuvieran su aroma. Lo que rechazo no es la muerte, sino la extinción. Nunca usaré su combada raqueta de madera, que sigue encordada con tripas de animal. La razón principal por la que lamento no estar más cerca de mi hijo ahora que él tiene hijos no es porque sepa que habría sido un abuelo excelente, sino porque me gustaría que él hubiese conocido a mi padre y lo hubiese querido tanto como yo, para que pudiésemos sentarnos juntos un día de noviembre como este y recordarlo. No tengo a nadie con quien recordar a mi padre.

—¿Podría ser ese mi papel? —pregunté de manera completamente inocente.

No contestó.

—Pero debería decirte que si hay algo que siento ahora, casi treinta años después, es que no te haya conocido. Me pesa, es como si faltara un vínculo en mi vida, no sé por qué. A lo mejor por eso quería traerte aquí este fin de semana.

Iba a preguntarle si no era demasiado pronto para que conociera a sus padres —y la idea me dibujó una sonrisa en la cara—, pero decidí no decir nada, no porque mi comentario irónico no hubiese encajado bien en aquel momento, sino porque una vocecita me decía que no era demasiado pronto, que de hecho era hora de que conociera o más bien escuchara hablar de sus padres.

—Me estás asustando un poco —dije—, porque eso quiere decir que nunca pasaré el examen a no ser que me apruebe tu padre, y como nunca me conocerá, no me aceptarás nunca.

—Error. Sé que te aprobaría. No es eso. Creo que le habría hecho feliz saber que he sido feliz esta semana —se detuvo un momento—. ¿O es demasiada presión para alguien de tu generación?

Negué con la cabeza y sonreí, como queriendo decir: *¡Estás muy equivocado sobre mí y mi generación!*

—He estado parloteando tanto sobre mi padre que debes de pensar que estoy obsesionado con él. Lo cierto es que apenas pienso en él, pero sí sueño con él. Suelen ser sueños dulces, tranquilizadores. Y esto es lo curioso: sabe de ti. Fue él quien en un sueño me mantuvo lejos de los piano bar y me mandó a buscarte al conservatorio. Está claro que mi subconsciente me habla a través de él.

—¿Me habrías buscado de todas formas?

—Probablemente no.

—Habría sido un desperdicio.

—¿Habrías ido al concierto este domingo?

—Ya me lo has preguntado.

—Pero no has contestado.

—Ya lo sé.

Asintió, como diciendo: *A eso exactamente me refiero.*

Después de comer, me preguntó si quería probar el piano. Me senté, toqué unos cuantos acordes rápidos para tantearlo, adopté un aire muy serio y luego empecé a tocar el vals *Chopsticks*. Se rio. Antes de que pudiera darme cuenta de lo que se había apoderado de mí, empecé a improvisar sobre *Chopsticks* hasta que lo dejé y toqué una chacona compuesta hacía poco al estilo antiguo. La toqué muy bien, porque estaba tocándola para él, casaba con el otoño y le hablaba a la casa, al niño que seguía vivo en él y a los años que había entre nosotros y yo deseaba borrar.

Cuando paré, le pedí que me dijera exactamente qué hacía cuando tenía mi edad.

—Lo más probable es que estuviera trabajando en el bufete de mi padre, me sentía muy desgraciado, porque lo odiaba, pero también porque no había nadie, nadie especial en mi vida salvo los... pasajeros.

Luego, sin venir a cuento, me preguntó cuándo había sido la última vez que había mantenido relaciones sexuales.

—¿Prometes no reírte?

—Lo prometo.

—En noviembre del año pasado.

—Pero eso es un año entero.

—Y aun así... —pero no terminé la frase.

—Bueno, la última vez que traje a alguien a esta casa yo tendría aproximadamente tu edad. Pasó una noche aquí y nunca volví a verlo —se abstuvo de terminar lo que iba a decir. Debió de adivinar lo que acababa de pasarme por la cabeza: que cuando invitó a su amante, yo todavía no había nacido. Entonces, para cambiar de tema, añadió—: Estoy seguro de que a mi padre le habría encantado la pieza que has tocado.

—¿Por qué dejó de tocar tu padre?

—Nunca lo sabré. Solo tocó una vez para mí. Yo debía de tener quince o dieciséis años. Me dijo que era una obra muy difícil. Por aquel entonces, se había dado por vencido respecto a mis aptitudes musicales. Se sentó en este mismo piano un día que mi madre estaba en París y tocó; fue una pieza corta interpretada, en mi opinión, de forma magnífica: *La Chapelle de Guillaume Tell* de Liszt. En ese momento supe, sin ninguna duda, que mi padre era un gran pianista. Había visto muchas fotos suyas de frac delante de un piano o de pie después de saludar al público, pero nunca me había encontrado cara a cara con su vida de pianista. Esa puerta estaba cerrada. La pregunta que no podré responder nunca es por qué dejó de tocar o por qué nunca hablaba de eso. Cuando le dije una vez que creía haberlo oído tocar por la noche y que la música había llegado hasta mi dormitorio desde un ala distante de la casa, lo negó. «Sería un disco», dijo. Después de tocar a Liszt aquel día, me preguntó sin más: «¿Te ha gustado?». No supe qué decir. Lo único que murmuré fue: «Estoy muy orgulloso de ti». Él no esperaba que le dijera tal cosa. Asintió unas cuantas veces, pero me di cuenta de que se había emocionado. Luego cerró el piano y nunca volvió a tocar para mí.

—Desconcertante.

—Y, sin embargo, no era un hombre reservado en absoluto. Le gustaba hablar de mujeres, sobre todo al final de mi adolescencia, después de los conciertos en la iglesia. Me hablaba de música, pero luego se desviaba y terminaba hablando sobre el amor, las mujeres que había conocido cuando era joven y esa cosa intangible llamada placer, de la que nadie sabe en realidad cómo hablar; eso explica por qué del placer y del deseo aprendí más de él, mientras volvíamos a casa de cada concierto, que de aquellos que se suponía tenían que ayudarme a descubrir lo que eran. Mi padre era un hombre que cultivaba el placer, aunque no fuera con mi madre. Él mismo me lo confesó, me dijo que era preferible pagarle una buena media hora a una mujer a la que quizá no volvieras a ver que pasar tiempo con una que te dejaría más solo después de contonearte unos minutos entre sus piernas. Así hablaba. Era divertido.

»Un día, después de nuestro concierto del domingo, me preguntó si quería conocer un sitio donde una mujer me enseñaría sin problema lo que hacían los adultos. Yo tenía curiosidad y estaba asustado, pero él me señaló el lugar, me indicó por quién debía preguntar y me dio dinero por si acaso. Una semana después, de vuelta de otra de nuestras tardes de domingo, nos íbamos riendo por el camino. «Entonces, ¿ha pasado?», es lo único que me preguntó. «Ha pasado», contesté. Aquello nos unió aún más. Unas semanas después descubrí un tipo distinto de placer del que él seguramente no sabía nada. Cuando vuelvo la vista atrás, lamento no habérselo contado. Pero, en aquella época... —no terminó la frase—. ¿Quieres dar un paseo? —preguntó.

Dije que sí.

Michel me contó que antes tenía un perro con el que daba largos paseos juntos, hasta después de que oscureciera, pero el perro había muerto y no había querido tener otro.

—Sufrió mucho antes de morir, así que lo dormí. No quiero volver a pasar por una pérdida así nunca.

No pregunté, pero seguro que supo que quería hacerle alguna pregunta.

No tardamos en acercarnos al bosque.

—Te enseñaré el lago —dijo—. Me recuerda a Corot. Aquí siempre está atardeciendo, nunca da el sol. Corot siempre añade un toque de rojo al gorro del barquero en sus cuadros, como una ramita de alegría en los sombríos campos de noviembre donde nunca hay nieve. Me recuerda a mi madre, toda su vida al borde de las lágrimas y sin soltar un sollozo. Este paisaje me hace feliz, quizá porque siento que es más triste que yo.

Cuando llegamos al lago, le pregunté:

—¿Es aquí donde recargas las pilas?

—¡Aquí mismo!

Sabía que le estaba tomando el pelo.

Nos íbamos a sentar en la hierba pero estaba húmeda, así que vagamos un poco por la orilla y luego volvimos.

—No sé cómo decirte esto, pero hay un motivo por el que te he pedido que vinieras.

—¿Quieres decir que no tiene nada que ver con mi aspecto o mi juventud o mi brillante intelecto, por no hablar de mi cuerpo escultural?

Me abrazó y me besó en la boca con ansia.

—Definitivamente tiene que ver contigo, pero te prometo que lo que te espera te sorprenderá.

El cielo empezaba a nublarse.

—Es igual que un paisaje de Corot, ¿a que sí? Tan lúgubre como siempre. Pero me pone de buen humor. O quizá sea porque estás aquí —dijo.

—Claro que es porque estoy aquí —él sabía que le estaba tomando el pelo otra vez—. O a lo mejor porque yo también estoy contento.

—¿De verdad?

—Estoy intentando ocultarlo, ¿no lo notas?

Me rodeó con el brazo y luego me dio un beso en la mejilla.

—Quizá deberíamos volver. Un calvados no nos haría mal.

En el camino de vuelta, dijo que me tocaba a mí hablar de mi familia. Supongo que no quería que pensara que iba a pasarse el día hablando de sus padres, y me ofrecía la oportunidad de hablar también de los míos.

—Pero si hay muy poco que contar —dije—. Mis padres eran ambos músicos aficionados, así que yo era la culminación de sus sueños. Mi padre, profesor universitario, fue mi primer profesor de piano, pero no tardó en comprender, cuando yo tenía unos ocho años, que mi capacidad superaba la suya. Los tres teníamos una relación muy estrecha. Nunca me contradecían, todo lo que hacía les parecía bien. Yo era un niño tranquilo, y para cuando tuve dieciocho años era evidente que mis inclinaciones iban para todos lados. Al principio no dije nada, pero le estaré eternamente agradecido a mi padre por ayudarme a hablar de temas que la mayoría de los padres son reacios siquiera a insinuar. Cuando me fui a la universidad, se separaron. Creo que, sin que lo supieran, yo era el nexo que los mantenía juntos. Siempre habían tenido intereses diferentes, habían llevado vidas diferentes y tenían amigos muy diferentes. Un día, mi madre se reencontró con un hombre que había conocido antes que a mi padre y decidió irse con él a Milán. Mi padre había renunciado por completo a encontrar pareja, pero unos años después conoció a alguien en un tren, de entre todos los sitios posibles, y ahora tienen un niño de quien soy padrino y medio hermano. En resumidas cuentas, todo el mundo es bastante feliz.

—¿Saben de mí? —preguntó.

—Sí. Se lo dije a mi padre el jueves cuando llamó. Miranda también lo sabe.

—¿Saben que soy mucho mayor que tú?

—Sí. A propósito, mi padre le dobla la edad a Miranda.

Se quedó un instante en silencio.

—¿Por qué les has hablado de mí?

—Porque eres importante, por eso. Y no me preguntes si es verdad.

Dejamos de andar. Restregó los zapatos contra una rama caída, rompió uno de los brotes y acabó de limpiarlos con él; luego me miró.

—Puede que seas la persona más adorable que he conocido. Lo que también implica que podrías hacerme daño, de hecho podrías destrozarme. ¿La gente de tu generación habla así?

—¡Vale ya con mi generación! Y deja de decir esas cosas. Esa forma de hablar me molesta.

—No diré ni una palabra más entonces. ¿Tus conocidos nunca usan grandes palabras?

Lo sentí llegar.

—Abrázame, por favor, abrázame.

Me abrazó y me estrechó con fuerza.

Volvimos a caminar en silencio, agarrados del brazo, hasta que me tocó a mí restregar los zapatos.

—¡Paisaje de Corot! —maldije.

Nos reímos los dos.

Volvimos a la casa.

—Quiero enseñarte la cocina. No ha cambiado en siglos.

Entramos en una cocina enorme que a todas luces no había sido diseñada para que los dueños se sentaran en ella a tomar café. De las paredes colgaban ollas y sartenes de todos los tipos y tamaños, pero no en ese estilo chic artificial y abarrotado que imita las casas de

182

campo francesas y que se había puesto de moda en los catálogos y revistas de decoración. Era antigua y poco funcional, y nadie intentaba ocultarlo. Mientras le echaba un vistazo, pensé que era probable que el cableado eléctrico, los conductos de gas y las tuberías llevaran allí muchas décadas, por no decir generaciones, y que habría que arrancarlos y reemplazarlos.

Salimos de la cocina y fuimos al salón, donde Michel abrió un antiguo armarito de madera, localizó una botella y sacó dos copas de brandy que sostuvo con una sola mano encajando los tallos entre los dedos. Me gustó que lo hiciera así.

—Te voy a enseñar algo que creo que no ha visto nadie. Llegó a manos de mi padre no mucho después de que los alemanes abandonaran nuestra casa. Cuando yo tenía casi treinta años, unos cuantos días antes de que él entrara en coma (sabía que había llegado su hora y nadie era lo bastante estúpido como para llevarle la contraria), me pidió, estando a solas, que abriera el candado de este pequeño armario y sacara una carpeta grande de cuero. Me dijo que era más joven que yo cuando había tomado posesión de lo que había dentro.

—¿Qué hay dentro? —pregunté, sosteniendo la carpeta.

—Ábrela.

Me esperaba alguna especie de escritura, un testamento, un certificado o una serie de fotos comprometedoras. En vez de eso, cuando abrí la carpeta de cuero encontré una partitura de ocho hojas a doble cara en papel cebolla. Los pentagramas los había trazado alguien con mano temblorosa, obviamente sin regla. En la primera página estaba escrito: «Para Adrien, de Léon, 18 de enero de 1944».

—Adrien, mi padre, nunca se explicó. Lo único que dijo fue que no la destruyera, que no la entregara a ningún archivo o biblioteca, que se la diese a alguien que supiera qué hacer con ella. Me rompió el corazón, porque, por la expresión que puso mientras me decía aquello, me di cuenta de que sabía que no había nadie en su vida o en la mía a quien dársela. También creo que sabía lo mío, lo sabía sin más. Y lo más curioso, mientras me miraba con esos ojos profundos e inquisitivos de quien sabe que está a punto de morir, era que todo lo que había entre nosotros, todo instante de amor, toda decepción, todo malentendido, toda mirada en clave, se había disuelto. "Encuentra a alguien", me dijo.

»Por supuesto, en cuanto vi la partitura me sentí perdido. Más allá de los pocos años que había pasado tocando el piano, no sabía nada de música clásica, y él, por su parte, nunca me había obligado, así que no me preocupé más de la partitura. Pero hubo otro detalle que me dejó perplejo cuando le eché un vistazo. Yo había nacido veinte años después de la fecha de la partitura y, sin embargo, en ella figuraba alguien de quien jamás había oído hablar pero que llevaba mi segundo nombre, Léon. Le pregunté a mi padre quién era aquel hombre, pero me lanzó una mirada inexpresiva e hizo un gesto desdeñoso con la mano, dijo que le llevaría mucho tiempo contármelo y añadió que estaba cansado y prefería no pensar en ello. "Me estás haciendo recordar, y no quiero recordar", dijo. Yo no sabía si la morfina le estaba nublando la mente o si estaba recurriendo a su frase de referencia —*Prefiero no hablar de eso*—, que decía cuando intentaba evitar un tema delicado, sobre todo cuando quería que supieras que, si pronunciaba otra palabra, se abriría la caja de Pandora. Si hubiese insistido, no habría recibido de él más que el gesto de mano despectivo y cortante que usaba para lidiar con los mendigos, con quienes no tenía paciencia. Tenía intención de volver a preguntarle, pero al final me olvidé de la partitura; debía cuidar de él, su enfermedad seguía empeorando. Ahora, en retrospectiva, casi creo que lo que lo mantenía vivo era la necesidad de entregarme la partitura sin que mi madre lo supiera. Meses después de su muerte, pregunté por ahí, pero nadie en la familia de mi madre ni en la de mi padre se llamaba Léon. Un día le pregunté a mi madre: "¿Quién es Léon?". Ella me respondió entre desconcertada y divertida: "Tú, claro". Le pregunté si había habido algún otro Léon en la familia. Nadie. El nombre había sido idea de mi padre. Habían discutido sobre los nombres. A ella le gustaba el de Michel, por el abuelo de mi padre que nos había dejado en herencia su casa. Mi padre insistió con Léon. Ganó ella, claro, y Léon como segundo nombre fue una concesión. Nadie me ha llamado nunca así.

»Solo entonces se me ocurrió que lo más probable era que mi madre no supiera nada de la existencia de Léon o de la partitura. Si hubiese visto la partitura alguna vez, habría preguntado quién era Léon y no habría dejado pasar el asunto hasta llegar al fondo. Así era ella, entrometida e implacable una vez que se le metía algo en la cabeza. Insistió en que yo fuese abogado y no hubo forma de contradecirla.

»Al final, cuando investigué un poco entre el personal después de la muerte de mi padre, resultó que uno de los cocineros más antiguos sí recordaba a un tal Léon. *Léon le juif*, Léon el judío, así lo llamaban todos en la casa, desde mi abuelo, que odiaba a los judíos, hasta el cocinero y las doncellas. "Pero eso fue hace muchísimo tiempo, antes de que tus padres se conocieran", me dijo el cocinero. Me di cuenta de que sacarle algo más al viejo sirviente iba a ser muy complicado, así que dejé correr el asunto, con idea de intentarlo en otra ocasión; no quería darle la impresión de que lo estaba interrogando. Solo le pregunté por los alemanes que habían ocupado la casa, confiando en que hablar de aquel tiempo nos llevara de nuevo a Léon, pero lo único que dijo fue que los alemanes eran caballeros *vrais* que daban buenas propinas y trataban a la familia con gran respeto, no como aquel viejo judío; y esa fue toda su alusión a Léon. Era el último en la casa que lo había conocido, pero después de que muriera mi padre se jubiló y volvió al norte, donde también desapareció. De modo que la pista se perdió.

»Cuando murió mi madre decidí revisar los papeles familiares, pero no encontré nada acerca del judío. Así que no he conseguido entender por qué mi padre tenía guardada la partitura bajo siete llaves y por qué terminé con el nombre de Léon. ¿Qué le había pasado a mi tocayo? Esperaba encontrar algún diario o algún archivo de los años escolares de mi padre, pero nunca escribió un diario. Sí encontré entre sus papeles diplomas, certificados e innumerables partituras, algunas en papel tan quebradizo y tan ácido que se desmenuzaban en cuanto las tocabas. Lo raro es que nunca lo vi hojear esas partituras. En ocasiones, cuando oía de pasada a algún pianista en la radio criticaba su forma de tocar, siempre diciendo: "Mejor haría en aporrear una máquina de escribir". Y de un pianista famoso llegó a decir que era un gran pianista, pero un músico espantoso.

»No tengo ni idea de lo que supuso para él dedicarse al derecho, menos aún de por qué abandonó su carrera de músico. Hablando claro, nunca llegué a saber quién era el hombre que había detrás del hombre que yo creía que era mi padre. Conocí solo al abogado, nunca vi ni conocí ni conviví con el pianista. Y todavía me mata no haber conocido ni haber hablado con aquel pianista. La persona que traté era su segundo yo. Tengo la sospecha de que tenemos un primer yo y un segundo yo, y quizás un tercero, un cuarto, un quinto y muchos otros entre medias.

—¿Con quién estoy hablando ahora —le pregunté, siguiéndole el juego—, con el segundo, el tercero o el primer yo?

—Con el segundo, creo. La edad, amigo mío. Pero una parte de mí lo daría todo por que hubieses podido hablar con mi yo más joven, por haberte tenido en esta casa cuando tenía tu edad. Lo irónico es que a tu lado siento que tengo tu edad, no la mía. Estoy seguro de que tendré que pagar por esto.

—Qué pesimista eres.

—Quizá. Pero eché a perder demasiadas cosas de joven, pasé corriendo por ellas. Este yo más maduro es frugal, cauto, y por lo tanto más reticente a (o está más desesperado por) lanzarse a cosas que a lo mejor no vuelve a encontrarse nunca.

—Pero me tienes aquí y ahora.

—Sí, pero ¿por cuánto tiempo?

No respondí. Intentaba evitar referirme al futuro, pero en consecuencia debí de terminar sonando más fatuo de lo que a él le hubiera gustado.

—Hoy —dijo—, igual que ayer, el jueves, el miércoles, es un regalo. Habría sido tan fácil no haberte conocido o no haberme vuelto a encontrar contigo.

No supe qué decir, así que sonreí. Sirvió una segunda ronda de calvados.

—Espero que te guste.

Asentí, como había hecho la primera vez con el *single malt.*

—El destino, si es que existe —dijo—, tiene formas extrañas de jugar con nosotros mediante pautas que quizá no sean pautas en absoluto, pero que aluden a un significado vestigial que todavía no ha terminado de resolverse. Mi padre, tu padre, el piano, siempre el piano, y después tú, igual que mi hijo, pero no como mi hijo, y este hilo judío que atraviesa nuestras vidas, todo me recuerda que esas vidas no son más que zanjas excavadas siempre a niveles más profundos de lo que pensábamos. O quizá no sean nada, nada de nada. En cualquier caso, te dejo con la partitura. Voy a ver qué nos están preparando para cenar. Ya me dirás qué te parece. Recuerda que eres uno de los poquísimos que la han visto.

Cerró la puerta sin hacer ruido, como para recalcar que lo que me disponía a hacer precisaba gran concentración y lo último que quería era molestarme.

Me gustaba estar solo en aquella habitación. Era acogedora, a pesar de su gran tamaño. Me agradaba el olor de los viejos cortinajes a mi espalda, el revestimiento de caoba de las paredes y la alfombra rojo oscuro, me gustaba incluso el antiguo sillón de cuero hundido y despellejado y, por supuesto, el excelente calvados. Todo parecía envejecido, transmitido y colocado en su lugar desde hacía siglos y para toda la eternidad. Ni guerras ni revoluciones habían podido destruir aquel legado terco y longevo que parecía grabado a fuego en cada habitación de la casa, incluida la delicada copa de brandy que sostenía en la mano. Michel había crecido allí, allí había encontrado refugio y lo habían reprimido. Me pregunté si se habría sentado en aquel mismo sillón cuando era adolescente mientras ojeaba imágenes eróticas en las revistas.

¿Qué esperaba que hiciera con la partitura? ¿Que le dijera si era buena o mala, que le dijera que el judío era un genio o quizá un idiota? ¿O estaba buscando al hombre que era su padre antes de convertirse en padre y confiaba en que yo lo ayudase a desenterrarlo de entre los escombros de las notaciones musicales?

Empecé a hojear la partitura y, cuanto más examinaba la segunda página, más me cuestionaba por qué las líneas del pentagrama estaban trazadas con tan poca firmeza. Solo había una explicación posible: no había papel pautado impreso cuando se escribió. Además, Léon debió de asumir que Adrien reconocería las notas inmediatamente o al menos sabría qué hacer con ellas.

Pero, entonces, reparé en otra cosa. La partitura no tenía un principio visible, lo que significaba que o bien estaba incompleta o bien se había compuesto en pleno auge del modernismo. Y, aun así, qué poco original era, pensé con una sonrisa irónica de suficiencia en la cara. Miré la última página de la partitura sin esperar hallar un final en sí y, de hecho, no había más que un trino largo que no conducía a absolutamente ninguna parte. «¡Qué predecible y qué aburrido! —pensé—. ¡Un final sin final, el modernismo más nauseabundo!».

En parte, no tenía el valor de contarle a Michel nada de aquello. No quería decirle que la partitura que su padre había mimado tanto tiempo y con tanta fidelidad valía menos que la carpeta de cuero de Cartier en la que había hibernado dentro de un armario cerrado. Habría sido mejor dejarla dormir.

Después, mientras seguía hojeando las tres primeras páginas, me percaté de algo que me llenó de desazón. Había visto aquellas notas antes. Por Dios, hasta las había tocado cinco años atrás en Nápoles, aunque no en aquel orden. No tardé nada en reconocerlas. Aquel pobre tipo había copiado a Mozart. ¡Qué banal! Y todavía peor —no me lo podía creer—, unos cuantos compases después, y de forma no tan sutil, creí identificar jirones de algo que conoce todo el mundo: el reconocible rondó rítmico de la sonata *Waldstein* de Beethoven. Nuestro querido Léon estaba robando a diestro y siniestro.

Miré la tinta sepia pálido. O bien la tinta se había descolorido con los años, o el escritor había usado tinta diluida. Las notas parecían garabateadas con tanta prisa y desesperación que me imaginé a Léon echando la partitura al correo en la Gare du Nord justo antes de que su tren partiera, quién sabe hacia dónde, en 1944. ¿Había sido el sentido del humor, me preguntaba, lo que le había hecho robar notas a diestro y siniestro? ¿Era un hombre inteligente o un loco? ¿Se podía deducir algo de la caligrafía? ¿Cuántos años podía tener? ¿Se habría tratado de un joven bromista de veintitantos, como Michel en aquel momento, o era todavía más joven?

Mientras intentaba averiguar quién era Léon, de pronto me di cuenta de que había un motivo por el que había reconocido la primera serie de notas. Estaban compuestas, o compuestas en parte, por Mozart, pero aquello no era una sonata ni un preludio ni una fantasía ni una fuga; era una cadencia del concierto de piano en re menor de Mozart, por eso había reconocido el tema. Y Léon no estaba copiando a Mozart, sino citando la cadencia que había hecho Beethoven del concierto de Mozart, que también le había inspirado a repetir unos cuantos compases de la sonata *Waldstein*. Léon se estaba divirtiendo. Lo único que había hecho era componer las partes en las que se suponía que el pianista Adrien tendría que improvisar al final del primer movimiento, ese momento glorioso en que la orquesta se para y deja que el pianista toque a su antojo, en que la imaginación, la audacia, el amor, la libertad, la destreza, el talento y la comprensión profunda de lo que subyace en el corazón mismo del concierto de Mozart puede por fin gritar su amor por la música y el ingenio en una cadencia.

El compositor de la cadencia había adivinado lo que Mozart no había terminado de componer y cuyo final había dejado abierto para que otros lo terminaran por él, aunque lo compusieran en una época completamente distinta, cuando la música hubiese cambiado por completo. Lo que hacía falta para entrar en el misterio de la composición de Mozart no era meterse en sus zapatos o seguir su camino o imitar su idioma, su voz, su pulso, su estilo incluso; lo que había que hacer era reinventarlo de formas que él mismo no habría imaginado nunca, construir donde Mozart había dejado de construir, pero construir lo que Mozart seguiría reconociendo como irreductiblemente suyo y solo suyo.

Cuando Michel volvió, me moría de ganas de contarle lo que había descubierto sobre la partitura.

—No es una sonata, es una cadencia —empecé a decir.

—¿Pollo o ternera? —me interrumpió.

Nuestra cena y nuestro bienestar de aquella noche eran más importantes que todo lo demás. Me encantó aquello.

—¿Estamos en un avión? —pregunté.

—También servimos comida vegana —continuó, parodiando a una azafata de Air France—. Y tengo un vino fabuloso —se detuvo un instante—. ¿Qué decías?

—No una sonata sino una cadencia.

—Una cadencia. ¡Pues claro! Lo sospechaba —y volvió a interrumpirse—: ¿Y qué es una cadencia?

Me reí.

—Es un breve pasaje de entre uno y dos minutos en un concierto de piano en el que el solista improvisa un tema ya explorado antes en el mismo concierto.

Normalmente, la señal para que la orquesta vuelva a entrar clamando y cierre el movimiento es un trino que toca el pianista al final de su cadencia. Cuando la vi al principio, no podía averiguar cuál era el trino, pero ahora tiene todo el sentido. Esta cadencia, sin embargo, sigue y sigue, no sé cuánto todavía, pero es obvio que dura más de cinco o seis minutos.

—Entonces, ¿ese era el gran secreto de mi padre? ¿Seis minutos de música y eso es todo?

—Supongo.

—Hay algo que no encaja.

—No estoy seguro todavía, tengo que estudiarlo. Léon imita una y otra vez la *Waldstein*.

—La *Waldstein*.

Repitió la palabra con una amplia sonrisa. Tardé un rato en entender por qué sonreía.

—No me digas que me doblas la edad y nunca has oído la sonata *Waldstein*.

—La conozco del derecho y del revés.

Volvió a sonreír.

—Estás mintiendo. Lo sé. Me doy cuenta.

—Pues claro que estoy mintiendo.

Me levanté, fui hasta el piano y empecé a tocar los primeros compases de la sonata.

—La *Waldstein,* claro —dijo él.

¿Seguía bromeando?

—En realidad, la he escuchado muchas veces.

Dejé de tocar y pasé al rondó. Dijo que también lo conocía.

—Entonces cántalo —dije.

—No haré tal cosa.

—Canta conmigo —dije.

—No.

Empecé a cantar el rondó y, tras persuadirlo un poco mirándolo desde el piano, empecé a oír sus tímidos intentos de cantar. Toqué más despacio, y después le pedí que cantara más alto, hasta que terminamos cantando al unísono. Me puso las manos en los hombros, pensé que era una señal para que me detuviese, pero entonces dijo:

—No pares —así que seguí tocando y cantando—. Qué voz tienes. Si se pudiera, me gustaría besarte la voz.

—Sigue cantando —dije.

Y siguió cantando. Cuando al terminar me di la vuelta, noté que tenía los ojos llenos de lágrimas.

—¿Por qué? —pregunté.

—No sé por qué. Quizá porque no canto nunca. O a lo mejor solo porque estoy contigo. Quiero cantar.

—¿No cantas nunca en la ducha?

—Hace años que no.

Me levanté y, con el pulgar izquierdo, le sequé las lágrimas.

—Me alegro de que hayamos cantado —dije.

—Yo también —dijo.

—¿Te has puesto triste?

—Para nada. Solo estaba emocionado, como si me hubieses arrancado de mí mismo. Me gusta cuando haces eso, cuando me arrancas de mí mismo. Además, soy tan tímido que se me saltan las lágrimas con la misma facilidad con que otros se sonrojan.

—¿Tímido tú? No me lo pareces en absoluto.

—Si tú supieras...

—Pero si te dirigiste a mí de buenas a primeras, ligaste conmigo nada menos que en una iglesia y luego me llevaste a cenar. La gente tímida no hace esas cosas.

—Eso fue porque no lo planeé en absoluto, ni siquiera lo pensé. Salió así de manera natural, quizá porque me ayudaste. Claro que quería pedirte que te vinieras a casa conmigo aquella misma noche, pero no me atreví.

—Y por eso me dejaste abandonado, completamente solo con mi mochila, mi bicicleta y mi casco. ¡Gracias!

—No te importó.

—Sí me importó. Estaba dolido.

—Aun así, ahora estás aquí conmigo en esta habitación —hizo una pausa—. ¿Es demasiado para ti?

—¿Otra vez mi generación?

Nos reímos.

Entonces volví a Léon y la partitura.

—Déjame que te explique cómo funciona la cadencia.

Pasé los dedos por su colección de discos: eran casi todos de jazz, pero terminé encontrando un concierto de Mozart. Luego localicé un equipo de sonido muy complicado y de aspecto caro que descansaba sobre una mesita del siglo XVIII. Mientras toqueteaba el equipo para ver cómo funcionaba, evité mirar a Michel para no darle demasiada importancia a lo que estaba a punto de preguntarle.

—¿Quién te dijo que compraras esto? —pregunté.

—Nadie me lo dijo. Se me ocurrió a mí solo. ¿Vale?

—Vale —dije.

Supo que me había gustado su respuesta.

—Y sé cómo funciona. Lo único que tienes que hacer es preguntarme.

Al cabo de un rato, estábamos escuchando el concierto de piano de Mozart. Le dejé oír parte del primer movimiento y luego levanté la aguja y la adelanté hasta donde sospechaba que empezaba la cadencia. Aquella cadencia había sido compuesta por el mismo

Mozart. La escuchamos hasta que le señalé el trino que marcaba el regreso de toda la orquesta.

—Es Murray Perahia quien toca. Muy elegante, muy claro, sencillamente soberbio. La clave de su cadencia son esas pocas notas sacadas del tema principal. Las cantaré para ti y luego las cantarás tú.

—¡Por supuesto que no!

—No seas niño chico.

—¡De ninguna manera!

Primero toqué las notas, luego empecé a cantar mientras las tocaba y seguí tocando para lucirme un poco.

—Ahora tú —dije mientras tocaba de nuevo las notas y volvía la cabeza hacia él para indicarle que era su turno.

Dudó al principio, pero luego hizo lo que le pedía y empezó a tararear las notas.

—Tienes buena voz —terminé diciéndole.

Y entonces, como me sentía inspirado, toqué las notas una vez más y le dije que las repitiera.

—Me haría muy feliz.

Y cantó otra vez, acompañándome.

—La semana que viene buscaré unas clases de piano —dijo—. Quiero que el piano vuelva a ser parte de mi vida. Quizá también estudie composición.

No sabía si me estaba tomando el pelo.

—¿Me dejarías ser tu profesor? —pregunté.

—Por supuesto que te dejaría. Qué pregunta más estúpida. La cuestión es...

—¡Ay, cállate!

Luego le pedí que se sentara mientras tocaba las cadencias de Beethoven y Brahms del concierto en re menor de Mozart.

—Brillante —dije mientras empezaba a tocar, con la impresión de que estaba interpretándolas de manera perfecta—. Hay muchas más. Una la compuso el hijo de Mozart.

Toqué. Él escuchaba.

Y entonces, como me sentía inspirado, le toqué sobre la marcha una improvisación propia.

—Y así podrías seguir hasta el infinito, si quisieras.

—Me gustaría tanto poder hacer eso.

—Y lo harás. Tocaría mejor si hubiese ensayado esta mañana, pero alguien tenía otros planes para hoy.

—No estabas obligado a aceptar.

—Pero quería.

Luego, sin venir a cuento, dijo:

—¿Podrías tocar las notas que estabas tocando para tu alumna tailandesa?

—¿Te refieres a estas? —dije, aunque sabía exactamente a qué se refería.

—Lo interesante aquí es que, después de que la cadencia de nuestro amigo Léon cite unos cuantos compases de la sonata *Waldstein,* pasa una cosa mucho más loca.

—¿Qué? —preguntó, casi abrumado por tantos datos musicales en un solo día.

Miré la partitura y la volví a mirar, solo para asegurarme de que no me lo estaba inventando.

—Me parece, si bien no estoy seguro, que en algún momento, después de citar la sonata *Waldstein,* Léon titubea un poco y pasa de Beethoven a algo que es muy posible que inspirase otra obra de Beethoven, el llamado Kol Nidre.

—Pues claro —dijo; estaba a punto de reírse.

—El Kol Nidre es una oración judía. Verás, el tema judío está muy solapado, pero se ha introducido ahí subrepticiamente..., y mi corazonada es que, a excepción de alguien con formación musical, solo un judío que supiese leer música reconocería que la pieza principal de la cadencia no es Beethoven sino el Kol Nidre. Esos pocos compases se repiten siete veces, así que Léon sabía exactamente lo que hacía. Luego, por supuesto, vuelve a la *Waldstein* y al trino que anuncia la entrada de la orquesta.

Para que Michel supiera a qué me refería, toqué la cadencia y luego el Kol Nidre nota por nota para él.

—¿Qué es el Kol Nidre?

—Es una oración aramea que se recita antes del servicio de Yom Kipur, el día más sagrado del calendario judío, y representa la abjuración de todos los votos, todos los juramentos, todas las maldiciones, todos los compromisos hechos a Dios. La melodía ha cautivado desde siempre a los compositores. Sospecho que Léon sabía que tu padre la reconocería, como un mensaje en clave entre ellos.

—Pero si yo conozco esa melodía —dijo de pronto.

—¿Dónde la has oído?

—No lo sé. No lo sé. Pero la conozco, quizá de hace mucho, mucho tiempo.

Michel se quedó un rato pensando y luego, como despertándose, dijo:

—Creo que deberíamos sentarnos a cenar.

Pero yo necesitaba sacarme aquello de dentro.

—Hay dos maneras de que tu padre conociera la melodía. O bien Léon la tarareaba o tocaba para él (por qué, no tengo ni idea, a no ser que fuera para demostrar que la liturgia judía tiene música bellísima), o bien tu padre asistió a un oficio de Yom Kipur, lo que podría sugerir un lazo más íntimo entre ellos. Ese servicio no es precisamente para que los turistas vayan a contemplar cómo celebran los judíos el día de la Expiación.

Michel se quedó pensando un momento y luego dijo de repente:

—Si me invitaras, yo iría.

Le agarré la mano y se la besé.

Durante la cena hablamos de cuál podría haber sido el motivo de la cadencia secreta. ¿Una broma privada? ¿Un desliz de alguna otra obra que estaba componiendo? ¿Un desafío para el pianista? Quizá una señal, un saludo velado en recuerdo de una amistad perdida, quién podía saberlo.

—Hay tantas cosas que todavía no he tenido tiempo de examinar —dije—. A menos que la cadencia se pensara en circunstancias extremas y sea una salva judía compuesta en el mismo infierno.

—¿No estaremos sacando demasiadas conclusiones?

—Quizá.

—Tenemos un carnicero increíble en el pueblo, así que el filete es excelente. Y a nuestra cocinera le encantan las verduras, sobre todo los espárragos cuando puede encontrarlos. Los prepara riquísimos a pesar de sus alergias. A mí me encanta el arroz indio, huele esto —dijo, abanicando con delicadeza el aire sobre el arroz hacia mí.

Sabía que me estaba tomando el pelo, pero entonces añadí que faltaba algo.

—Si Léon era judío y tus abuelos lo odiaban, lo más probable es que lo considerasen una mala influencia para la carrera de tu padre, y los sirvientes creerían que estaba por debajo de ellos. Piénsalo, Michel. Los alemanes han ocupado Francia y no tardarán en estar viviendo bajo este techo, si es que no están comiendo ya en esta misma mesa, según me has dicho. Léon no puede seguir en la casa, a no ser que se esconda en el desván, lo que nadie habría tolerado. Así que, ¿cómo llegó la partitura a manos de tu padre?

Me había llevado la partitura conmigo al comedor.

—Prueba este vino. Nos quedan tres botellas. Lo hemos dejado respirando en la cocina.

—¿Puedes concentrarte, Michel, por favor?

—Sí, claro. ¿Qué te parece el vino?

—Una maravilla. Pero ¿por qué me interrumpes constantemente?

—Porque me encanta verte tan concentrado y que de repente te pongas tan serio. Todavía no me creo que estés aquí conmigo. Me muero de ganas de tenerte en mi cama, me muero de ganas.

Bebí otro sorbo de vino, luego rellené la copa. Mientras cortaba la carne, no pude evitar añadir:

—Todavía tenemos que averiguar cómo terminó aquí la partitura. ¿Quién pudo traerla? ¿Y cuándo? Que un judío viniera a entregar aquí una partitura en 1944 es absurdo. De hecho, el modo en llegó hasta aquí podría decir mucho de la partitura. Podría decir más incluso que la propia música.

—Eso no tiene sentido. Es como sugerir que la forma en que llegó a la imprenta un poema famoso es más importante que el poema mismo.

—En este caso, podría ser así.

Michel me miró desconcertado, como si nunca hubiese pensado en las cosas desde una óptica tan retorcida.

—¿Llegaría por correo? —conjeturé—. ¿La entregarían en mano o iría a recogerla Adrien? ¿Hubo una tercera persona involucrada? ¿Un amigo, una enfermera de algún hospital, alguien de los campos? En 1944 los alemanes siguen ocupando Francia. Léon podría haber huido, pero también es posible que lo capturaran. Si estaba en un campo de concentración, ¿en cuál? ¿Estaba escondido? ¿Sobrevivió? —me quedé pensando en aquello un rato—. Son dos cosas que podrían decirnos mucho y nos faltan las dos. ¿Por qué el compositor dibujó él mismo el pentagrama? ¿Y por qué están las notas tan apiñadas?

—¿Por qué tiene eso tanta importancia?

—Porque tengo la corazonada de que a lo mejor no escribió las notas tan apresuradamente —volví a hojear la partitura—. Fíjate, no hay un solo borrón, ni una tachadura que delate que el compositor haya cambiado de opinión mientras componía. Estas notas se han transcrito en un sitio en el que era imposible conseguir papel pautado, quizás incluso papel normal. Las notas se han comprimido al máximo, como si temiera quedarse sin papel.

Levanté la primera hoja hacia la vela que había en medio de la mesa.

—¿Qué haces? —preguntó.

—Buscar una marca de agua. Una marca de agua podría decirnos mucho: dónde se fabricó el papel, en qué parte de Francia. O en qué otro sitio, si sabes a qué me refiero.

Michel me miró.

—Sé a qué te refieres.

Por desgracia, no había ninguna marca de agua en el papel.

—Lo único que puedo deducir es que es papel cebolla barato. Así que el compositor de la cadencia ya conoce los temas y transfiere las notas de esta forma comprimida. Quiere que tu padre tenga esta cadencia. Es todo lo que sabemos.

—No, sabemos algo más. Mi padre renunció por completo a tocar y empezó a estudiar leyes. El mundo de la música se acabó para él. No me puedo creer que no tenga nada que ver con Léon. Porque una cosa está clara: mi padre guardó la cadencia como si fuese lo más preciado de su vida. Pero ¿por qué la guardaría si no iba a tocarla nunca, por qué encerrarla bajo llave todos esos años en este armario... a no ser que prometiera tocarla solo en presencia de Léon? O a menos que la guardara por si aparecía otra persona que pudiera tocarla. ¡Alguien como tú, Elio!

Aquello me halagó, pero no quería que pareciera que había entendido su insinuación.

—¿Crees que quería devolvérsela a Léon o a un ser querido de Léon? ¿O simplemente no sabía qué hacer y le faltaba valor para deshacerse de ella, igual que tú guardas las raquetas de tenis de tu padre?

—Quizá lo más importante sea resolver quién era Léon.

Después de cenar, tecleé en su ordenador el nombre completo de Adrien y en cuestión de segundos vi los años en que había asistido al conservatorio. Hasta apareció su fotografía.

—Pulcro y acicalado —dije—, y guapísimo.

Busqué los nombres de los profesores antes, durante y después de aquellos años. Los archivos eran poco sistemáticos y estaban dispersos, pero en ninguno había nadie llamado Léon. Busqué apellidos que sonaran judíos, alemanes o eslavos, o alguien cuya inicial fuese la L. Tampoco nada. Busqué estudiantes que se llamasen Léon. Nada. O tenía otro nombre, o habían eliminado el suyo de los archivos del conservatorio, o no había estado nunca en el conservatorio.

—No hay ningún Léon —dije al fin.

—Así que aquí acaba nuestra investigación.

En ese momento estábamos sentados muy cerca el uno del otro en el sofá, la luz era tenue y tomábamos un calvados.

—Quizá tu padre estudiara con Alfred Cortot, pero dudo que Léon lo hiciera.

—¿Por qué?

—Cortot era antisemita y se volvió aún más antisemita durante la ocupación. Creo que hubo un violinista, a quien Cortot conocía bien, que tocó para el *Führer.* Qué tiempos terribles.

—¿Alguna otra idea sobre el asunto? —preguntó Michel.

—¿Por qué lo preguntas?

Negó suavemente con la cabeza.

—Por nada. Simplemente me encanta estar así contigo. Hablar de esta manera, de noche, en esta habitación, sentados en el sofá, pegados el uno al otro mientras tú trasteas con el ordenador y fuera es noviembre. Me encanta que te haya interesado tanto.

—A mí también me gusta, mucho.

—Y, sin embargo, no crees en el destino.

—Ya te dije que no pienso en esos términos.

—Cuando tengas mi edad y cada día se vuelva más evidente la escasez de las cosas que la vida te ofrece, quizá entonces empieces a darte cuenta de esos pequeños accidentes que acaban convirtiéndose en milagros y que pueden volver a definir nuestras vidas y les dan un brillo incandescente a cosas que, en un plano superior, son insignificantes. Pero esto no es insignificante.

—Esta noche es maravillosa.

—Sí, es maravillosa.

Pero en su voz había un tono de resignación nostálgica que rozaba la melancolía, como si yo fuese una bandeja que le estuvieran retirando antes de que él se hubiese llenado el plato. ¿Es eso lo que pasa cuando uno casi le dobla la edad al otro, que se empieza a perder al otro mucho antes de que haya empezado a mirar para otro lado?

Nos quedamos así sentados sin decir nada. Le di lo que creí que era un abrazo, pero lo que él me devolvió fue un abrazo real, triste, hambriento, lleno de desesperación sensual.

—¿Qué pasa? —pregunté, reacio a oír lo que ya sospechaba que sería su respuesta.

—Nada. Pero eso es lo que más me asusta, ya me entiendes, precisamente que no ocurra nada malo.

—Dame más calvados.

—Encantado.

Se levantó, se acercó al mueblecito que había detrás de uno de los altavoces y sacó otra botella.

—Mucha mejor calidad.

Él sabía que yo había cambiado de tema. Yo esperaba que algo disipara aquella sombra súbita que había caído entre nosotros, pero no pasó nada, y ni él ni yo intentamos disiparla, quizá porque ninguno estaba demasiado seguro de lo que acechaba detrás. Así que me ilustró sobre el calvados y su historia, y yo escuché y leí, en la etiqueta de la botella, el diminuto garabato a mano que explicaba la historia de la casa que lo producía. Entonces tuvo una ocurrencia genial, y usó una expresión que se había convertido en una muletilla para nosotros:

—Quiero hacerte feliz —sabía exactamente lo que quería decir—, así que sigue leyendo la etiqueta, no quiero que te distraigas. No quiero que mires siquiera.

Cogió la copa de calvados y tomó un sorbo. Luego lo sentí, sentí su boca, sentí el leve cosquilleo.

—Me encanta lo que estás haciendo —dije por fin mientras cerraba los ojos e intentaba soltar la botella en algún lado, hasta que decidí ponerla sobre la alfombra, al pie del sofá.

Me acordé de la asistenta.

—Se ha ido. ¿No has oído el coche?

Pasamos el domingo en casa. Como Michel recordaba, los domingos siempre parecía llover, y el bosque, al que habíamos planeado ir a dar un largo paseo, se volvía más oscuro y más lóbrego con cada hora que pasaba. A última hora de la mañana ensayé un par de horas mientras él revisaba unos papeles de la oficina. Pero era una actividad más que nada superficial, y al final los dos sentimos alivio cuando el otro sugirió discretamente que quizá estaría bien volver a París antes de que la carretera se llenara de parisinos que volvían tarde de su fin de semana.

Conforme nos acercábamos a la ciudad, hubo un momento un poco tenso en que quedó claro que tenía planeado dejarme primero en mi casa, ya fuera porque no quería que me sintiera presionado a ir directamente a la suya o porque sospechara que yo tendría otros planes antes del concierto de la tarde. Pensé que él necesitaba estar un rato solo. Al fin y al cabo, volver a París los domingos era como una tradición, llevaba años haciéndolo y a lo mejor no quería que nada cambiase. Cuando aparcó en doble fila delante de la entrada de mi edificio, no apagó el motor. Se suponía que debía salir y eso hice.

—Nos vemos en un rato —dije, y él asintió con su gesto callado y melancólico.

Y entonces simplemente me armé de valor:

—No necesito ir a casa. No quiero irme a casa.

—Vuelve a entrar —dijo él—. Te adoro, Elio, te adoro.

Fuimos directos a su casa. Hicimos el amor e incluso dormitamos un poco; luego fuimos corriendo al concierto, donde repetimos el entreacto con sidra y terminamos con una cena de tres platos durante la que no me soltó la mano.

—Mañana es lunes —me dijo—. El lunes de la semana pasada fue una agonía.

—¿Por qué? —pregunté, aunque sabía la respuesta.

—Porque temía haberte perdido, y ¿por qué razón? Porque tenía miedo de que dijeras que no y estaba intentando no parecer un depravado —se me quedó mirando un rato—. ¿Tienes que irte a tu casa esta noche?

—¿Quieres que me vaya?

—Finjamos que nos hemos conocido hoy y que en vez de alejarte con tu bicicleta dices: «Quiero dormir contigo, Michel». ¿Lo dirías?

—Estuve a punto de decirlo. Pero ¡no! ¡Usted, señor, tenía que irse!

El lunes por la mañana decidí coger un taxi y me fui directo a casa a cambiarme. La casa me resultó un poco extraña, como si llevara semanas o meses sin pasar por ella. La última vez que había estado allí por la mañana había sido el sábado cuando subí corriendo, cogí algo de ropa y bajé deprisa hasta el coche donde me esperaba él.

Por la tarde, después de dar clase, me fui directamente a la secretaría del conservatorio a averiguar lo que pudiese sobre Léon.

Cuando me encontré aquella noche con Michel en nuestro restaurante habitual, le conté que el rastro había desaparecido. No quedaba huella de Léon por ninguna parte. Se quedó más decepcionado de lo que esperaba, por eso se me ocurrió otra idea el martes. Probé en otras dos escuelas de música y busqué en sus archivos anuales. De nuevo, nada.

Se nos había ocurrido que lo más probable era que Léon hubiese estudiado en el extranjero, o que, como muchos judíos acomodados de principios del siglo xx, hubiera estudiado con un tutor particular.

Pasaron dos días más. Me había quedado sin pistas.

El viernes, sin embargo, descubrí la identidad de Léon en los documentos del *lycée* donde habían estado matriculados Michel y su padre, y donde la secretaria buscó en los archivos en mi presencia después de que le asegurase que era sobrino de Michel. Aquel día, en el coche de camino al campo, no pude contenerme y le di la noticia.

—Hasta he podido conseguir su antigua dirección. El apellido familiar es Deschamps. El único problema es que Deschamps no es precisamente un apellido judío.

—Podría ser un apellido adquirido o cambiado. Piensa en Feldmann, Feldenstein, Feldenblum o Feld.

—Podría ser. Pero hay muchos Léon Deschamps en Internet, suponiendo que estén todos vivos o sigan viviendo en Francia. La búsqueda podría llevar meses.

Parecía perplejo. A mí me resultaba extraño que él mismo no hubiese imaginado la conexión con el colegio. Al final, le pregunté por qué seguía insistiendo en saber quién era Léon después de tantos años.

—Podría enterarme de cosas sobre mi padre que nunca he sabido. También tengo curiosidad por saber cuándo y cómo desapareció Léon.

—Pero ¿por qué?

—No sé por qué. Quizá sea una manera de llegar a mi padre, de saber qué le llevó a dejar de hacer lo que más amaba y de entender su amistad o su amor por Léon, si es que aquello era amor y amistad. Es lo único que mi padre no mencionó nunca y, sin embargo, para cuando yo tenía dieciocho años, podría haberse sincerado conmigo tranquilamente. O quizá yo no fuese distinto de mi propio hijo e intentara poner distancia entre nosotros. Tal vez sea mi manera de expiar el no haber dedicado tiempo a conocer al hombre que había dejado de tocar música. Pero ¿cuántos de nosotros dedicamos tiempo a saber quiénes son nuestros padres en realidad? ¿A cuántas capas de profundidad están quienes creíamos conocer solo porque los queríamos?

—En cualquier caso —dije, interrumpiéndolo—, he encontrado a Léon en la foto anual de la clase. Mira, echa un vistazo —saqué la foto que había fotocopiado aquel mismo día en la secretaría del colegio—. Es muy guapo. Y parece muy católico, muy conservador.

—Es verdad. Muy guapo —dijo Michel.

—¿Estás pensando lo mismo que yo? —pregunté.

—Por supuesto que estoy pensando lo mismo que tú. Es lo que hemos estado pensando desde el principio, ¿no?

Cuando llegamos, lo primero que hizo después de dejar la bolsa y saludar a la cocinera fue dirigirse al salón, abrir un cajoncito de una mesa pequeña que había junto a la cristalera y sacar un sobre.

—Mira esto —dijo.

Era una fotografía ampliada de la vieja clase, sacada un año o dos antes de la que yo había fotocopiado. Michel señaló a Adrien con el meñique; parecía más joven en aquella foto. Los dos buscamos a Léon.

—¿Lo encuentras? —preguntó.

Negué con la cabeza, pero allí estaba, de pie junto a Adrien. El parecido entre la cara que aparecía en mi foto y la de la foto anterior de la clase era asombroso.

—¡Así que lo sabías desde el principio! —dije.

Él asintió, sonriendo divertido con aire culpable.

—Sabía de la foto, pero necesitaba que otra persona lo confirmara.

Me quedé pensando en ello un momento.

—¿Por eso me trajiste aquí la semana pasada?

—Estaba seguro de que me lo ibas a preguntar. La respuesta es no. Había otra razón y sin duda la has adivinado. Quería darte la partitura. Al dártela a ti y a nadie más, estoy cumpliendo la última voluntad de mi padre. Lo único que te pido es que la toques en un concierto.

Se hizo un silencio denso entre nosotros. Quería protestar y decir lo que se dice cuando te hacen un regalo caro: *No puedo aceptarlo,* o lo que es lo mismo: *No soy digno de tu regalo,* pero sabía que le ofendería.

—Creo que nuestro descubrimiento es demasiado limpio, demasiado fácil —dije—. En parte, no me fío. No nos apresuremos a sacar conclusiones.

—¿Por qué no?

—Porque no puedo pensar en una sola razón por la que un joven acomodado católico del Lycée J. cuyos padres seguramente estarían suscritos a Action Française quisiera tocar el Kol Nidre.

—Entonces, ¿qué quieres decir?

—Que puede que nuestro Léon no sea Léon Deschamps.

En mi intento de no dejar piedra sin remover, me pasé la semana siguiente entera buscando pistas.

Encontré más callejones sin salida y otro comienzo falso, pero después, aquel sábado por la tarde en la casa de campo, de pronto lo entendí.

—Algo me seguía carcomiendo por dentro. Primero que tu padre siguiera yendo a los conciertos de los domingos en Sainte U. ¿Podría estar la iglesia ligada a Léon de algún modo misterioso? Quizá la iglesia misma tenía algo que ver con el Florian Quartet.

Yo sabía que el Florian llevaba años tocando en la misma iglesia, y tú mismo me dijiste que tu padre patrocinaba los conciertos, así que los busqué en Internet y terminé descubriendo que, como sospechaba, no había habido una o dos, sino tres encarnaciones del Florian. El grupo empezó a mediados de la segunda década del siglo xx no como cuarteto, sino como trío de violín, violonchelo y contrabajo. Y ahora viene la parte que demuestra que soy un verdadero genio. El pianista del trío no era Léon Deschamps, como creíamos los dos, sino alguien que llevaba en el trío diez años, que tocaba el piano y también el violín. Se llamaba Ariel Waldstein. Así que busqué a Ariel Waldstein y efectivamente era un pianista judío que no solo murió en los campos, sino que fue apaleado hasta morir allí porque tenía un violín Amati y se negaba a separarse de él. Tenía sesenta y dos años.

—Pero Ariel no es Léon —dijo Michel.

—Esta mañana resolví el rompecabezas; cómo, no tengo ni idea. En hebreo, Ariel significa «león de Dios»; resumiendo, Léon. Muchos judíos tienen un nombre judío y otro latino. En los años veinte, el violinista figura como Ariel; a principios de los treinta se convierte en Léon, probablemente por el antisemitismo. La manera más fácil de averiguarlo es preguntar en Yad Vashem, en Jerusalén.

Sentí que tenía que añadir algo más, como si toda aquella investigación e indagación sobre la vida de Ariel Waldstein estuviese sacando a la luz también un tema que podía parecer completamente incidental pero que yo sabía que tenía alguna relación subliminal, aunque solo fuera porque implicaba el paso del tiempo y el redescubrimiento de una persona amada. Casi intuía adónde podría llevar aquello, y era reacio a sondear más por temor a que las ideas de Michel ya estuvieran predispuestas en ese sentido. Él no sacó el tema, yo tampoco, pero estaba seguro de que se le había pasado por la cabeza.

Aquel domingo por la mañana nos duchamos juntos y después salimos a dar un paseo corto; usamos la puerta trasera, que no había visto antes. Todos en el pueblo parecían conocer a *monsieur* Michel, y por el camino los saludos volaban de un lado a otro. Me llevó a una cafetería en la esquina de una calle que no parecía recomendable, pero en cuanto entramos me sentí inmediatamente abrigado y protegido. Estaba llena de gente que había aparcado el coche o la furgoneta para tomarse algo caliente antes de volver a la carretera. Pedimos dos tazas de café y dos *croissants*. A nuestro lado había sentadas tres chicas de veintimuchos quejándose lisa y llanamente de los hombres de sus vidas. Me gustó que Michel, que estaba escuchando disimuladamente, sonriera y luego me guiñara un ojo.

—Los hombres son horribles —le dijo a una de las chicas.

—Horribles. No entiendo cómo os podéis mirar en el espejo por la mañana.

—No es fácil, pero lo intentamos —dijo Michel.

Hubo risas. El camarero, que lo había oído, dijo que las mujeres eran mejores que los hombres y que su mujer era la persona más perfecta del mundo.

—¿Por qué? —preguntó una de las chicas, que hacía el amago de encender un cigarrillo una y otra vez y luego lo postergaba.

—¿Que por qué? Porque me hizo una persona mejor. Y permitidme que os diga que solo una santa podría conseguirlo.

—Entonces es una santa.

—No exageremos. Quién quiere una santa en la cama.

Todos nos reímos.

Después del café, Michel estiró las piernas del todo por debajo de la mesa y pareció estar majestuosamente satisfecho del desayuno.

—¿Otro? —preguntó.

Asentí. Michel pidió otros dos cafés. No hablamos.

—Tres semanas —dijo por fin, quizá para romper el silencio.

Repetí sus palabras. Luego, de forma inesperada, alargó la mano y me agarró la mía. La puse en la suya, sintiéndome un poco raro porque el sitio estaba lleno de gente de pie en la barra. Se debió de dar cuenta de mi inquietud y me soltó.

—Esta tarde tocarán Beethoven otra vez —dijo, como si estuviera intentando convencerme para que fuera.

—Creí que teníamos una cita.

—Bueno, no quería confiarme —dijo él.

—¡Para!

—No puedo evitarlo.

—Pero ¿por qué?

—Porque el adolescente sigue vivo en mí, y a veces dice unas cuantas palabras, se escabulle y se esconde. Porque le da miedo preguntar, porque piensa que te reirás de que haya preguntado, porque hasta confiarse es difícil. Soy tímido, estoy asustado y soy viejo.

—No pienses eso. Hoy casi hemos resuelto un misterio. Lo que tenemos que hacer es preguntarle al violonchelista esta noche si se acuerda de Ariel. Quizá no, pero de todas formas le preguntaremos.

—¿Me devolverá eso a mi padre?

—No, pero podría hacerlo feliz, lo que te hará feliz a ti.

Sopesó un momento mis palabras, luego negó con la cabeza como había hecho antes, resignado y tranquilo, dando a entender que lo comprendía. Después, como si se hubiese saltado todos los temas sobreentendidos que había entre nosotros:

—¿Me puedes prometer que tocarás la cadencia un día de estos?

—La tocaré al final de la primavera que viene, cuando vaya de gira a Estados Unidos, y en otoño cuando vuelva a París. Lo prometo —lo vi dudar y me di cuenta de por qué. Era el momento de decírselo—. En Estados Unidos planeo visitar a alguien a quien hace años que no veo.

Sopesó el asunto.

—Entonces, ¿vas a viajar solo?

Asentí.

De nuevo vi que sopesaba mis palabras.

—¿El del bulo matrimonial? —terminó preguntando.

Asentí. Me encantaba que supiera entenderme tan bien, aunque me daba miedo lo que estaba entendiendo.

—Estar contigo me recuerda a él —dije—. Si lo veo, lo primero que quiero hacer es hablarle de ti.

—¿Y qué le dirás, que me quedo corto comparado con un nivel tan alto?

—No, porque tú y él establecéis el nivel. Ahora que lo pienso, solo habéis existido vosotros dos. Todos los demás han sido pasajeros. Me has dado días que justifican los años que he pasado sin él.

Lo miré, y aquella vez fui yo quien alargó la mano para agarrarle la suya.

—¿Paseamos? —dije.

—Paseemos.

Nos levantamos y sugirió que volviéramos atravesando el bosque para llegar hasta el lago.

—Lo que creo que deberíamos hacer es averiguar quién era Ariel Waldstein. Quizá haya alguien que sepa más de él.

—Quizá. Pero tenía sesenta y dos años cuando murió, por lo que cualquier familiar vivo tendría una edad muy, muy avanzada.

—Entonces, Ariel seguramente le doblaba la edad a tu padre en aquella época.

Me miró de repente y sonrió.

—¡Eres una víbora!

—Me pregunto qué habría entre ellos. Quizá eso es lo que alimenta nuestra búsqueda.

—¿Te refieres a nosotros?

—Quizá. Si la iglesia tiene los archivos, lo sabremos. Hasta podríamos intentar encontrar la dirección de Ariel en un listín telefónico antiguo. Y si diéramos con el edificio, deberíamos encargar una *Stolpersteine,* una piedra de la memoria, con su nombre.

—Pero ¿y si no hay descendientes, y si su dinastía terminó con él? ¿Qué pasará si no queda rastro de él y no podemos saber nada más?

—Entonces habremos hecho una buena obra. La *Stolpersteine* será en recuerdo de todos los que murieron sin poder siquiera transmitir una palabra de advertencia o de amor o incluso su nombre antes de la cámara de gas; salvo una partitura con una oración hebrea. ¿Murió alguien de tu familia en el Holocausto?

—Ya sabes de mis tíos abuelos. Creo que mi bisabuela también murió en Auschwitz, pero no estoy seguro. Te mueres y nadie habla de ti, y antes de que te percates, nadie pregunta, nadie cuenta, nadie sabe siquiera o quiere saber. Te has extinguido, no has vivido nunca, nunca has amado. El tiempo no proyecta sombras y la memoria no tira cenizas.

Pensé en Ariel. La partitura era su carta de amor a un joven pianista, su misiva secreta. *Tócala por mí. Di el Kadish por mí. ¿Te acuerdas de la melodía? Está escondida ahí, debajo de Beethoven, al lado de Mozart, encuéntrame.* Quién sabe en qué condiciones espantosas e impensables escribió Léon el judío su cadencia para decir *Estoy pensando en ti; te quiero, toca.*

Y pensé en el viejo Ariel el judío que visitaba la casa de Adrien aunque sabía que no era bienvenido, en Ariel buscando refugio pero siendo echado o, peor todavía, denunciado, ya fuera por el padre o la madre o los sirvientes, probablemente con la bendición de los padres. Pensé en Ariel intentando escapar a Portugal o a Inglaterra o, peor, arrestado por la Milicia Francesa en una de aquellas redadas terroríficas en las que judíos jóvenes y viejos eran arrancados de sus casas en mitad de la noche y metidos a la fuerza en camiones repletos de gente. Luego en Ariel acorralado en alguna parte, Ariel en los vagones de ganado y siendo apaleado hasta la muerte por no querer separarse de su violín, que ahora probablemente se encuentre en una casa alemana, con una familia que quizá no sepa siquiera que el instrumento le fue despojado a su dueño después de perecer en un campo de concentración. ¿El padre de Michel estaría expiando el hecho de no haber ayudado a Ariel a salvarse? *Como no pude darte refugio ni a ti ni a tus seres queridos, no volveré a tocar nunca.* O: *Después de lo que te han hecho, la música ha muerto para mí.* Me parecía escuchar al hombre mayor implorando: *Pero tienes que tocar. Por el amor que me tienes, no dejes de tocar nunca, toca esto.*

Y una vez más pensé en mi vida. ¿Me enviaría alguien algún día una cadencia y me diría: *Yo me he ido, pero, por favor, encuéntrame, toca para mí?*

—¿Cómo se llama la oración judía?

—Kol Nidre.

—¿Se recita para los muertos?

—No, esa oración se llama Kadish Yatom.

—¿Te la sabes?

—Todos los chicos judíos la aprenden. Nos enseñan a recitarla para la muerte de los seres queridos antes de que sepamos qué es la muerte. La ironía es que el Kadish es la única oración que no puedes usar para ti mismo.

—¿Por qué?

—Porque no la puedes recitar y estar muerto al mismo tiempo.

—Cómo sois.

Nos reímos. Luego me quedé pensando.

—¿Sabes que todo el asunto Léon-Ariel podría ser solo una ficción?

—Sí, pero es nuestra. Sé exactamente lo que haremos esta tarde. Volveremos a la ciudad, yo seré como mi padre y tú serás el joven que yo fui en aquellos años, o serás mi hijo a quien nunca veo, y nos sentaremos juntos y escucharemos al Florian Quartet, quizá como hizo mi padre cuando tenía tu edad y Léon la mía. La vida no es tan original al fin y al cabo, ¿sabes? Tiene formas misteriosas de recordarnos que, incluso sin un Dios, hay un destello de brillantez retrospectiva en la forma en que el destino juega sus cartas. No reparte cincuenta y dos cartas; reparte, digamos, cuatro o cinco y resulta que son las mismas con las que jugaron nuestros padres, abuelos y bisabuelos. Las cartas están desgastadas y dobladas. La variedad de secuencias es limitada: en un momento dado las cartas se repetirán, rara vez en el mismo orden, pero siempre siguiendo un esquema que nos parece increíblemente familiar. A veces, la última carta ni siquiera la juega aquel cuya vida ha terminado. El destino no siempre respeta lo que creemos que es el final de la vida. Les repartirá tu última carta a los que vienen después. Por eso creo que todas las vidas están condenadas a quedarse sin terminar. Esta es la verdad deplorable con la que vivimos todos. Llegamos al final y no hemos terminado con la vida para nada, ni de lejos. Hay proyectos que acabamos de empezar, asuntos sin resolver y flecos por todas partes. Vivir significa morir atragantado de arrepentimiento. Como dice el poeta: *Le temps d'apprendre à vivre il est déjà trop tard.* Cuando aprendemos a vivir, ya es demasiado tarde. Y, sin embargo, debe de haber cierta alegría en saber que cada uno de nosotros está en situación de completar la vida de otros, de cerrar el libro mayor que dejaron abierto y jugar sus últimas cartas por ellos. ¿Qué puede ser más gratificante que saber que dependerá siempre de otro que nuestra vida se complete y se remate? Alguien a quien quisimos y que nos quiere lo bastante. En mi caso, me gustaría pensar que serás tú, aunque ya no estemos juntos. Es como saber ya quién me cerrará los ojos. Quiero que seas tú, Elio.

Por un momento, y mientras escuchaba a Michel hablar, se me ocurrió que había una sola persona en el planeta de la que yo quería que me cerrase los ojos. Y él, esperaba yo, sin haberme dicho una palabra durante años, cruzaría el globo para ponerme la palma de la mano sobre los ojos, como yo pondría la mía en los suyos.

—Entonces —dijo Michel—, nos reuniremos con el miembro más viejo del cuarteto, al que tenías ganas de escuchar hace tres semanas, y le preguntaremos si se acuerda. Pero antes de eso, en el descanso, le compraremos sidra caliente a la vieja monja decrépita, quizá podamos fingir que no nos conocemos, prometamos encontrarnos tras el concierto sabiendo que después iremos a tomar un aperitivo.

—Dios, ¿te he contado cuánto deseaba que me abrazaras y me pidieras que fuera contigo aquella noche? Estuve a punto de decirte algo, pero luego me contuve.

—Quizá no estuviera escrito aquella noche —dijo sonriendo.

—Quizá no.

Me miró mientras me liaba la bufanda al cuello.

—¿Tienes frío? —preguntó.

—Un poco —dije.

Me di cuenta de que estaba preocupado por mí, pero no quería que se le notara.

—¿Quieres ir mejor a casa?

Negué con la cabeza.

—Me entra frío cuando me pongo nervioso.

—¿Por qué estás nervioso?

—No quiero que esto se acabe.

—¿Por qué se iba a acabar?

—Por nada.

—Eres la carta con la que casi me engañan en esta vida. Esta noche hará tres semanas, y habría sido tan fácil que no hubiese ocurrido... Necesito... —pero entonces se detuvo.

—¿Necesitas?

—Necesito otra semana, otro mes, otra estación, otra vida quiero decir. Dame el invierno. Cuando llegue la primavera, saldrás volando de gira. Bajo todas las capas que hemos desvelado hoy, sé que hay una persona para ti, y no creo ser yo.

No dije nada. Él sonrió con melancolía.

—El del bulo matrimonial quizá —me rehuyó un momento y oí cómo se le endurecía la voz—: Lo único que quiero en esta vida es que encuentres la felicidad. Lo demás...

No pudo terminar la frase. Negó con la cabeza para dar a entender que lo demás no importaba.

Ninguno tenía nada que añadir. Lo abracé y me abrazó, y seguíamos abrazados cuando distinguió una bandada de gansos sobrevolándonos.

—¡Mira! —dijo.

No lo liberé de mi abrazo.

—Noviembre —dije.

—Sí. Ni invierno ni otoño. Siempre me ha gustado noviembre en el paisaje de Corot.

Capricho

Erica y Paul.

Nunca se habían visto, pero los dos salieron juntos del mismo ascensor. Ella llevaba tacones, él náuticos. Mientras subían a mi piso, descubrieron que se dirigían al mismo apartamento y que incluso tenían a alguien en común, un tal Clive de quien yo no sabía nada de nada. Me pareció raro cómo se las habían arreglado para llegar hasta Clive, pero por qué me iba a parecer raro nada una noche que ya prometía ser rara, desde el momento en que las dos personas que deseaba ver desesperadamente en mi fiesta de despedida habían llegado, de hecho, juntas. Él venía con su novio considerablemente mayor, ella con su marido, pero todavía no me podía creer que, después de meses de querer acercarme a ellos dos, por fin los tuviera a ambos bajo mi techo en mis últimos días en la ciudad. Había otros muchos presentes, pero a quién le importaban los demás invitados: la pareja de él, el marido de ella, el profesor de yoga, la amiga que Micol no dejaba de decir que tenía que conocer, la pareja de la que me había hecho amigo el otoño anterior en una conferencia sobre expatriados judíos del Tercer Reich, el peculiar acupunturista del 10H, el lógico loco de mi departamento de la universidad junto a su mujer la vegana chiflada y el agradable doctor Chaudhuri del Mount Sinai, encantado de haber reinventado aquella noche el concepto mismo de la comida para picar para adaptarse a los invitados. En un momento dado, descorchamos el *prosecco* y todo el mundo brindó por nuestro regreso a New Hampshire. Los discursos resonaban en el apartamento ya vacío y unos cuantos estudiantes de posgrado brindaron y me homenajearon con afecto y humor, mientras otros invitados iban y venían.

Pero los dos que importaban se quedaron. Incluso hubo un momento, mientras la gente se paseaba por el apartamento vacío, en que ella salió al balcón y yo la seguí, luego él me siguió y los dos se apoyaron en la barandilla con las copas en la mano, hablando del tal Clive, ella a mi izquierda, él a mi derecha, mientras yo dejaba mi vaso en el suelo y les rodeaba la cintura con los brazos, amistoso, casual, totalmente correcto. Luego aparté los brazos y me apoyé en la balaustrada; hombro con hombro, contemplamos la puesta de sol los tres juntos.

Ninguno se apartó de mí. Los dos estaban apoyados en mí. Me había llevado meses traerlos hasta aquí. Aquel era nuestro momento de tranquilidad en la terraza con vistas al Hudson en aquella tarde de mediados de noviembre, inusitadamente cálida.

En la universidad, el departamento de él estaba en la misma planta que el mío, pero no teníamos trato académico el uno con el otro. Por su aspecto, había asumido que sería un estudiante de posgrado que estaba terminando su tesis, un joven investigador o un profesor adjunto que habrían contratado hacía poco. Compartíamos escalera y planta, a veces nos cruzábamos en las reuniones del claustro y solíamos encontrarnos en el Starbucks que estaba a dos manzanas bajando por Broadway, por lo general a última hora de la tarde, antes de que empezaran los seminarios para graduados. También nos habíamos visto unas cuantas veces en el bufé que había enfrente, y luego no podíamos evitar sonreírnos cuando nos topábamos el uno con el otro después de comer, cepillándonos los dientes en el mismo baño. Se convirtió en una fuente permanente de sonrisas que nos encontrásemos camino del baño de caballeros con la pasta de dientes ya puesta en el cepillo. Parecía que ninguno de los dos se llevaba la pasta de dientes al baño. Un día me miró y preguntó:

—¿Aquafresh?

—Sí —dije—. ¿Cómo lo sabes?

—Por las rayas —contestó.

—¿Qué marca usas tú? —pregunté para aprovechar la oportunidad.

—Tom's of Maine.

Debería haberlo sabido. Su estilo, definitivamente, era Tom's of Maine. Seguro que usaba el desodorante Tom's, el jabón Tom's y otros productos alternativos de los que se encuentran en los herbolarios. A veces, tras observar cómo se enjuagaba la pasta de dientes, me daban ganas de saber cómo sabía en su boca el hinojo después de la ensalada.

No nos hacíamos la corte, pero entre nosotros parecía cernirse algo implícito. Nuestro frágil puente flotante se erigía sobre tímidos comentarios amables de media tarde y se desmantelaba de forma apresurada a la mañana siguiente con apenas un saludo cuando por casualidad subíamos por la misma escalera. Yo quería algo, y sospecho que él también, pero no estaba tan seguro como para hablar o hacer avanzar las cosas. Durante uno de nuestros breves encuentros, aproveché la oportunidad para decirle que estaba terminando mi año sabático y no tardaría en volver a New Hampshire. Dijo que sentía oírlo, había querido asistir a mi seminario sobre los presocráticos.

—Pero el tiempo —dijo—. ¡El tiempo! —y sumó a su sonrisa torpe de disculpa un suspiro discreto.

Así que me había buscado y sabía lo de mi seminario sobre los presocráticos. Aquello era halagador. Él tenía que entregar su libro sobre el pianista ruso Samuil Feinberg. Yo no había oído hablar de Feinberg, y sentí que se me escapaba una dimensión de él que ojalá hubiera tenido tiempo de conocer mejor.

—Si estás libre y quieres venir a una pequeña fiesta de despedida en nuestro apartamento casi vacío, no quedan más que cuatro sillas —dije—, serás más que bienvenido. ¿Vendrás?

—Por supuesto —dijo.

Su respuesta fue tan inmediata que estuve tentado de no creerle.

Luego estaba Erica. Asistíamos a la misma clase de yoga, y a veces ella iba inusualmente temprano, a las seis de la mañana, como yo; a veces los dos aparecíamos a última hora, a las seis de la tarde. Algunos días íbamos hasta dos veces, a las seis de la mañana y a las seis de la tarde, casi como si nos hubiésemos estado buscando pero no esperásemos encontrarnos dos veces el mismo día. A ella le gustaba su rincón, y yo siempre me ponía a un palmo de distancia. Hasta cuando no estaba, me gustaba extender mi esterilla en el suelo a un metro y medio de la pared. Al principio porque me gustaba nuestro lugar acostumbrado, después encontré maneras sutiles de guardarle el sitio. Pero ninguno de los dos era un habitual, por eso tardamos siglos en intercambiar aunque fuese un rápido saludo. A veces, cuando ya estaba tumbado con los ojos cerrados, de pronto oía una esterilla cayendo al lado de la mía. Sin mirar, sabía de quién era. Había aprendido a reconocer su rumor sigiloso, tímido, cuando se acercaba a nuestro rincón con los pies descalzos, y la manera en que se aclaraba la garganta después de recostarse. No disimulaba su sorpresa y su agrado por verme allí. Yo era más circunspecto, fingía tener que mirar dos veces para reconocerla y ponía cara de *Ah, eres tú*. No quería parecer obvio ni ansioso por ir más allá de la habitual charla sobre yoga cuando nos veíamos fuera de la sala con los zapatos quitados, esperando a que el grupo anterior saliera de clase. Había algo siempre educado aunque un poco irónico cuando hablábamos de nuestro mediocre desempeño en clase o nos quejábamos de lo malo que era el profesor sustituto o suspirábamos al desearnos buen fin de semana después de oír el pronóstico de tormenta. Los dos sabíamos que nada de aquello iba a ninguna parte, pero me gustaban sus pies esbeltos y esos hombros suaves en los que relucía el bronceado veraniego, que parecía resistirse a dejar que se desvaneciera el aroma a crema solar del último fin de semana. Sobre todo me gustaba su frente, que no era plana sino redondeada y que insinuaba pensamientos que yo no podía poner en palabras pero quería conocer, porque se entreveía claramente en sus rasgos alguna ocurrencia irónica adicional cada vez que dejaba traslucir una sonrisa. Llevaba ropa ajustada y las pantorrillas esbeltas al aire, así que, si daba rienda suelta a mi imaginación, no me costaba figurarme sus piernas levantadas noventa grados en la postura *viparita karani,* con los talones apoyados contra mi pecho, los dedos de los pies en mis hombros y mis manos ahuecadas alrededor de sus tobillos mientras me arrodillaba frente a ella. Luego, si ella doblaba las piernas y poco a poco me rodeaba la cintura con las rodillas, lo único que necesitaría sería escucharla respirar y emitir un gemido para saber que lo que deseaba era algo más que compañerismo de yoga.

—Estaba pensando en invitar al profesor de yoga a una velada de despedida —dije—. ¿Os gustaría venir a tu marido y a ti?

—Sería genial —dijo ella.

Así que allí estaban ambos. Hacía calor para ser noviembre, los ventanales estaban abiertos de par en par y las ráfagas de brisa del río cruzaban la habitación, mientras las velas parpadeaban en los alféizares y todos sentíamos que estábamos en una película pasando una encantadora tarde de sábado en la que no puede ocurrir nada malo. Yo me dedicaba a presentar a la gente y a hacer preguntas sagaces, para que mi conversación no sonara a los eternos tópicos de anfitrión cuando me parecía que la charla decaía. *¿Qué te ha parecido la escena final de la película? ¿Qué piensas de cómo han envejecido esos actores? ¿Te gustó esa película tanto como la anterior del director? A mí me encantan las películas que terminan de pronto con una canción, ¿y a ti?*

Era mi fiesta de despedida, pero seguía siendo el anfitrión, así que me aseguré de que el *prosecco* siguiera corriendo y que todo el mundo estuviese relajado. Por la forma en que los dos se apoyaban en la pared y charlaban, y me unía a ellos de cuando en cuando, podía decirse que éramos una banda aparte. Si todo el mundo se hubiese ido, no nos habríamos dado cuenta y habríamos seguido hablando de este o aquel libro, tal película o tal obra de teatro, los temas fluían uno tras otro sin ninguna desavenencia.

Ellos también hacían preguntas; sobre mí, entre ellos, y una o dos veces se dirigieron a quienes se nos acercaban desde la cocina para meterlos en la conversación. Nos echábamos a reír, y yo les apretaba las manos y sabía que a los dos les gustaba que lo hiciera, y reaccionaban dándome un suave apretón que no era ni laxo ni mera reciprocidad cortés. En cierto momento, primero él y luego ella me acariciaron la espalda, con delicadeza, casi como si les gustara el tacto de mi jersey y quisieran volver a sentirlo. Estaba siendo una tarde increíble; bebíamos, los móviles no habían sonado ni una vez y el postre del doctor Chaudhuri no tardaría en salir. Se suponía que la fiesta terminaría a las ocho y media, pero era mucho más tarde y nadie parecía querer irse.

A veces miraba de reojo a Micol como queriendo decir: *¿Todo bien por ahí?,* a lo que ella respondía con un gesto de asentimiento que significaba: *Sí, ¿todo bien por ahí? Bastante bien,* respondía yo. Éramos un equipo perfecto, y ser un equipo nos había mantenido juntos. Por eso, creo, siempre habíamos sabido que haríamos una buena pareja. El trabajo en equipo, sí. Y a veces la pasión.

Entonces hizo un gesto inquisitivo con la cabeza, refiriéndose a los dos jóvenes invitados que no había visto nunca: *¿Qué pasa con esos dos? Luego te cuento,* le contesté por gestos. Puso mala cara y pareció recelosa. Yo conocía aquella mirada de aguafiestas que quería decir: *Estás tramando algo.*

Mis dos compañeros tenían sentido del humor y se reían bastante, a veces a mi costa porque no estaba al día en cosas que al parecer sabía todo el mundo, pero los dejaba divertirse.

En un momento dado, Erica interrumpió la conversación y susurró:

—No mires ahora, pero la amiga de tu mujer no nos quita ojo.

—Está interesada en trabajar en la universidad, por eso la estoy evitando.

—¿No te interesa? —preguntó él, con una pizca de ironía en la voz.

—¿O no te convence? —intervino ella.

—No me impresiona —contesté; lo que quería decir era que no me atraía.

—Pero es guapa —dijo Erica.

Negué con la cabeza y sonreí burlón.

—¡Calla! Sabe que estamos hablando de ella.

Los tres miramos para otro lado, avergonzados.

—Además, se llama Kirin —añadí.

—Kirin no, Karen —dijo él.

—Yo he oído Kirin.

—En realidad, yo también he oído Kirin —dijo mi compañera de yoga—. Es porque habla inglés michigano.

—Querrás decir michiganés.

—A mí me suena a *michiflada*.

Nos echamos a reír. No nos podíamos controlar.

—Nos están mirando —dijo él.

Mientras seguíamos intentando sofocar la risa, mi pensamiento iba más deprisa que yo. Quería que estuvieran presentes en mi vida. Sin importar las condiciones. Los quería ahora, con su novio, su marido, con quien fuera, con sus recién nacidos o sus hijos adoptados si los tenían. Les dejaría ir y venir como quisieran con tal de que estuvieran en mi vida rutinaria y siempre aburrida de New Hampshire.

¿Y si Erica y Paul terminaban gustándose el uno al otro de una manera inesperada que quizá no fuese tan inesperada, después de todo?

Eso podría hasta proporcionarme un placer indirecto. La libido acepta todas las divisas, y los placeres indirectos tienen un tipo de cambio en negro que se considera lo bastante fiable para pasar por real. Nadie ha terminado en la bancarrota por tomar prestado el placer de otro. Nos vamos a la bancarrota solo cuando no deseamos a nadie.

—¿Creéis que esa mujer podría hacer feliz a alguien? —pregunté, refiriéndome a la amiga de mi mujer, sin saber exactamente por qué hacía la pregunta.

—¿A un hombre como tú? —dijo él de inmediato, como si estuviera listo para disparar un dardo rápido, mientras que la sonrisa de ella, ladina aunque tácita, siguiendo a la de él, me indicó que podría haber entendido el significado ulterior de mi pregunta.

Los dos parecían estar de acuerdo en que yo no era fácil de complacer.

—Si supierais lo sencillas que son las cosas que quiero.

—¿Como qué? —preguntó ella, casi con demasiada brusquedad, como si estuviese ansiosa por pillarme yéndome por las ramas o diciendo mentirijillas.

—Puedo nombrar dos.

—Nómbralas, entonces... —dijo ella, desafiándome y poniéndome en un apuro, sin darse cuenta de que había hablado muy deprisa y de que mi respuesta, que era evidente que tenía en la punta de la lengua, no era la que ella se esperaba en absoluto.

Al darse cuenta de que yo dudaba, él dijo:

—Quizá no quiere responder.

—Quizá sí quiero —contesté.

A Erica volvió a temblarle en los labios una sonrisa atribulada.

—Quizá no.

Así que ahora lo sabe, tiene que saberlo. Me daba cuenta de que estaba poniéndola nerviosa. Pero aquel, lo sabía por experiencia, era el momento en que se hace la pregunta atrevida o no hace falta que se pregunte, porque la respuesta solo puede ser sí. Pero ella estaba nerviosa.

—La mayoría de nuestros deseos son imaginarios, ¿no es verdad? —dije, intentando una vez más suavizar lo que acababa de decir para dejarle a ella una salida, en caso de que estuviese buscando una y no pudiera encontrarla—. Y algunos de nuestros deseos más preciados terminan significando más para nosotros cuando no se llevan a cabo que cuando se prueban, ¿no os parece?

—No creo haber esperado el tiempo suficiente como para saber lo que es retrasar el deseo —Paul se echó a reír.

—Yo sí —dijo ella.

Yo los miraba y ellos me miraban a mí. Me gustaban los momentos incómodos como aquel. A veces, lo único que necesitaba era ralentizarlos y no precipitarme a cortarlos de raíz. Pero la tensión iba en aumento y ella se apresuró a decir algo, lo que fuera, cosa que también me indicó que sí había intuido lo que yo no estaba diciendo.

—Estoy segura de que tiene que haber alguien que te haya hecho daño alguna vez o te haya dejado cicatriz.

—Lo hubo —contesté—. Hay gente que nos hunde y nos daña —me quedé pensando un rato—. En mi caso, soy yo quien echó todo por tierra, pero también el que nunca se recobró.

—¿Y ella?

Dudé un momento.

—Él —corregí.

—¿Dónde?

—Italia.

—Italia, claro. Allí hacen las cosas de manera diferente.

Qué inteligente es esta chica, pensé.

Erica y Paul.

Así que sí, se llevaron bien. Los dejé hablando y me acerqué a otros invitados, hasta bromeé un poco con la amiga de Micol, quien, a pesar de su marca de nacimiento, no carecía de belleza y de un sentido vivaz de la ironía, lo que indicaba que estaba dotada para la crítica y que tenía talento.

Por un instante, volví con el pensamiento a los fines de semana del último curso académico, cuando venían los amigos de la universidad a nuestra habitual cena informal de los domingos. Cenábamos el tradicional pastel de pollo, *quiches* —compradas y listas para calentar— y mi famosa ensalada de col con todo tipo de ingredientes dentro. Siempre había alguien que traía quesos y alguien que traía postres. Y había mucho vino y buen pan. Hablábamos de trirremes griegos, del fuego griego, de los símiles homéricos y de las figuras retóricas griegas en los autores modernos. Perdería todo eso, al igual que los pequeños rituales de Nueva York, adquiridos sin darme cuenta, y descubriría que los echaba de menos cuando estuviera en otra parte. Perdería a mis colegas y a mis nuevos amigos, por no hablar de ellos dos, sobre todo ahora que sabíamos cómo tenernos al corriente fuera del yoga y de la universidad.

Miré a mi alrededor y vi el lugar tan vacío como cuando Micol y yo nos habíamos mudado el agosto anterior. Una mesa, cuatro sillas, unas pocas tumbonas vapuleadas por el clima, un aparador, estanterías vacías, un sofá hundido, una cama, armarios con infinidad de perchas colgando como pájaros disecados con las alas extendidas, y aquel magnífico piano sombrío que ni Micol ni yo habíamos tocado siquiera una vez y en el que se apilaban los carteles que prometimos que nos llevaríamos de vuelta a New Hampshire, aunque sabíamos que no lo haríamos. Todo lo demás ya estaba embalado y despachado. La universidad había ampliado nuestra estancia hasta mediados de noviembre, que era cuando se esperaba que llegase el siguiente inquilino, también del Departamento de Lenguas Clásicas. Maynard y yo habíamos hecho juntos el posgrado y ya le había escrito una nota de bienvenida. «La secadora tarda muchísimo y no te puedes fiar del wifi.» Nunca le había tenido envidia. Ahora me cambiaría por él sin pensarlo.

Al final, y como yo había predicho, los dos empezaron a hablar otra vez de Clive el periodista, de cuyo apellido no se acordaba ninguno de los dos. Paul llevaba una camisa de lino de manga corta blanquísima con el botón del pecho abierto. Cuando levantó el codo y se llevó la mano a la cabeza para recordar el apellido de Clive, pude verle la piel del brazo hasta arriba del todo, hasta la exigua mata de pelo de su axila. Seguramente se afeita ahí, pensé. Me encantaban sus muñecas relucientes, tan bronceadas. Me vi a mí mismo pasando el resto de la noche intentando pillarlo cuando se llevara la mano a la cabeza para intentar acordarse del apellido de alguien.

De vez en cuando lo sorprendía intercambiando miradas esquivas y apresuradas con su novio, que estaba al otro lado del salón. Conspiración y solidaridad; había algo adorable en la forma en que parecían estar pendientes el uno del otro.

Erica llevaba una blusa amplia color celeste. No podía verle bien el pecho porque su contorno era lo bastante sutil como para no ser provocativo, pero sabía que ella se daba cuenta cada vez que la miraba. Nunca la había visto sin ropa de yoga. Lo que me atraían eran sus cejas oscuras y los grandes ojos color avellana; no solo se te quedaban mirando, te interrogaban y luego se demoraban, como esperando una respuesta, mientras tu mirada muda y vacía era incapaz de contestar. Pero tampoco es que preguntasen algo exactamente, más bien te sondeaban con familiaridad, como si te reconocieran e intentaran saber de qué, y el aire burlón era su manera de decir que no la estabas ayudando a recordar, porque se daba cuenta de que te acordabas pero estabas fingiendo que no. Había, y lo había notado demasiadas veces, algo implícito cada vez que sus ojos se desviaban para mirarme y que casi me había hecho romper el silencio entre nosotros una vez, cuando la vi esperando en la cola de un cine. Estaba hablando con su marido cuando de pronto se giró y me miró, y por un breve instante ninguno de los dos dejamos de mirarnos hasta que nos reconocimos, nos echamos atrás y simplemente nos saludamos con una silenciosa inclinación de cabeza, como diciendo: *¿De yoga, verdad? Sí, de yoga.* Luego, apartamos la mirada.

Mientras, Micol y el profesor de yoga decidieron salir a la terraza a fumar un cigarrillo. Él la estaba haciendo reír. Me gustaba escucharla reír; casi nunca se ríe, casi nunca nos reímos. Le pedí un cigarrillo a otro de los invitados y me uní a ellos.

—Hemos empaquetado todos los ceniceros —explicaba mi mujer, sujetando un vaso de plástico medio vacío, en cuyo borde le daba golpecitos al cigarrillo para que cayesen las cenizas.

—Ninguna fuerza de voluntad —dijo el profesor de yoga refiriéndose a sí mismo.

—Yo tampoco —respondió ella, mientras se reían los dos y él alcanzaba el vaso para dejar caer la ceniza de su cigarrillo.

Charlamos un rato más, hasta que pasó algo completamente inesperado.

Alguien había abierto el piano y estaba tocando lo que reconocí de inmediato como una obra atribuida a

Bach. Cuando volví a entrar en la sala, la gente se había amontonado alrededor del piano para escuchar a quien debería haber adivinado pero no quise adivinar que era Paul tocando. Por un momento, y quizá porque no me lo esperaba, me quedé en el sitio, embelesado. Ya habíamos mandado a casa las alfombras y el sonido era mucho más claro, más intenso, y reverberaba en el apartamento desocupado, casi como si estuviera tocando en una gran basílica totalmente vacía. ¿Por qué no se me había ocurrido que le tentaría aquella reliquia de piano o que tocaría una obra que hacía muchos años que no oía?

Siguió unos minutos más, yo solo deseaba acercarme por detrás y sostenerle la cabeza, besarlo en la nuca descubierta y pedirle que por favor, por favor, la tocase otra vez.

Nadie parecía conocer la obra, y cuando Paul terminó se hizo un silencio respetuoso en la habitación. Su novio terminó abriéndose paso a través de la gente y le puso una mano en el hombro con mucha gentileza, probablemente para pedirle que dejase de tocar, pero de pronto Paul rompió a tocar una pieza de Schnittke que hizo reír a todo el mundo. Nadie conocía aquella pieza tampoco, pero todos se rieron cuando empezó a interpretar inmediatamente después una versión digna de un loco de *Bohemian Rhapsody.*

A mitad de su interpretación, decidí sentarme en un cubrerradiador metálico bajo el alféizar y Erica vino a sentarse a mi lado, en silencio, como un gato que busca acurrucarse en un rincón de la repisa de la chimenea sin desordenar los objetos de porcelana. Se volvió buscando a su marido y, al hacerlo, me apoyó el codo derecho en el hombro. Él estaba en la otra punta de la habitación, sosteniendo una copa de vino con las dos manos con aire incómodo. Ella le sonrió. Él inclinó la cabeza. Pensé en ellos. Después, se volvió a mirar al pianista pero no me retiró el codo del hombro. Sabía lo que estaba haciendo. Atrevida, aunque indecisa. No podía concentrarme en otra cosa. Admiré esa indolencia del cuerpo que emana de la confianza para encontrar buena compañía en todas partes. Me recordó a mí mismo cuando era más joven, cuando también yo asumía que a los demás no solo no les molestaría que me acercara a tocarlos, sino que estarían deseándolo. Mi gratitud por su despreocupada confianza me empujó a buscarle la mano que tenía más cerca del hombro; se la apreté leve y momentáneamente para agradecerle su amistad, sabiendo que cuando le agarrase la mano, ella desplazaría el codo. No pareció importarle, pero no tardó en retirarlo. Micol, que había estado en la cocina, se había acercado al radiador y me había puesto la mano en el otro hombro. Qué diferente era del codo de Erica.

El novio de Paul le dijo que era hora de dejar de tocar, tenían que irse pronto.

—Una vez que empieza a tocar, no para, y luego tengo que ser yo el pesado que interrumpe la fiesta.

En ese momento me levanté y me acerqué a Paul, que seguía en el piano, le rodeé con el brazo y dije que había reconocido el «Arioso» de Bach y que no tenía ni idea de que iba a tocarlo.

—Yo tampoco lo sabía —dijo él, desarmándome con su propia sorpresa, franca y confiada al mismo tiempo. Le complació que hubiese reconocido el *Capriccio* de Bach—. Bach compuso esta pieza «sobre la partida de un querido hermano», y tú te vas, así que tiene sentido. Si quieres, la puedo volver a tocar para ti.

Qué hombre adorable, pensé.

—Es porque te vas —repitió, y todo el mundo lo oyó, y el tono de humanidad pura de su voz me arrancó algo de dentro que no podía demostrar o expresar delante de tantos invitados.

Así que volvió a tocar el «Arioso». Y lo estaba tocando para mí y todo el mundo podía ver que lo estaba tocando para mí, y lo que me rompió el corazón es que sabía, como él debía de saber, que lo que es tan espantoso de las despedidas y las partidas es la casi certeza de que nunca nos volveremos a ver. Lo que él no sabía y no podía haber sabido era que ese mismo «Arioso» fue lo que oí tocar para mí unos veinte años antes, cuando, también entonces, era yo el que se iba.

¿Estás escuchándolo tocar?, le pregunté a la única persona ausente, aunque nunca ausente para mí.

Lo escucho.

Y sabes, sabes que llevo intentando mantenerme a flote todos estos años.

Lo sé. Pero yo también.

Qué bonita música solías tocar para mí.

Quería.

Así que no te has olvidado.

Por supuesto que no.

Y mientras Paul tocaba y yo contemplaba su rostro y no podía liberarme de sus ojos que me miraban fijamente con una gracia y una ternura tan sin reservas que las sentía en mis entrañas, sabía que se estaba pronunciando una fórmula arcana y cautivadora sobre lo que había sido mi vida y podía seguir siendo o podía no llegar a ser nunca, y que la elección recaía en el teclado mismo y en mí.

Paul concluyó el «Arioso» de Bach, e inmediatamente después explicó que había decidido tocar un preludio coral siguiendo la transcripción de Samuil Feinberg.

—Menos de cinco minutos, lo prometo —dijo dirigiéndose a su pareja—. Pero este minúsculo preludio coral —dijo, dejando de tocar antes de retomarlo— te puede cambiar la vida. Creo que me cambia la mía cada vez que lo toco.

¿Me estaba hablando a mí?

¿Cómo era posible que supiera de mi vida?

Por otro lado, debía de saber, y yo quería que supiera. Cómo podía la música cambiar mi vida significó algo irreductiblemente claro en cuanto me dijo aquellas palabras y, sin embargo, ya sentía que las palabras me eludirían en cuestión de segundos, como si su significado estuviese atado a la música permanentemente, a una noche en el Upper West Side en que un muchacho me daba a conocer una obra musical que no había escuchado nunca y ahora deseaba no haber dejado de escuchar nunca. ¿Era que la noche otoñal se había vuelto más luminosa con Bach, o era la pérdida de aquel apartamento vacío y lleno de gente que me había terminado gustando más por el consuelo de la música? ¿O era la música solo una premonición de eso que llamamos vida, una vida más palpable, más real —o menos real—, porque había música y el encantamiento estaba atrapado entre sus pliegues? ¿O había sido su cara sin más, su cara cuando me había mirado desde el taburete y había dicho: «Si quieres, la puedo volver a tocar para ti»?

A lo mejor era esto lo que él había querido decir: si la música no te cambia, querido amigo, deberías por lo menos acordarte de algo profundamente tuyo a lo que es probable que le hayas perdido la pista, pero que en realidad nunca desapareció y sigue respondiendo cuando lo convocan las notas adecuadas, como un espíritu al que se despierta dulcemente de un sueño prolongado, con el toque apropiado de los dedos y el silencio apropiado entre las notas. «La puedo volver a tocar para ti.» Alguien me había dicho unas palabras parecidas dos décadas antes: «Este es Bach transcrito por mí».

Mientras miraba a Erica sentada a mi lado en el cubrerradiador y a Paul en el piano, también quise que sus vidas cambiaran debido a aquella noche, a la música, a mí. O quizá solo quería que con ellos volviera algo de mi pasado, porque era el pasado, o algo parecido al pasado, como el recuerdo, o quizá no solo el recuerdo, sino niveles y capas más profundos, como la marca de agua invisible de la vida que todavía no veía.

Luego, otra vez, me llegó su voz. *Soy yo, ¿verdad? Es a mí a quien buscas, la música me convoca a mí esta noche.*

Los miré a los dos y me di cuenta de que no tenían ni idea. Yo mismo no tenía ni idea. Ya veía cómo el puente que había entre nosotros tres estaba destinado a seguir siendo frágil y se desmantelaría con mucha facilidad, se iría a la deriva corriente abajo después de aquella noche, y toda la amistad y la alegría fomentadas por el *prosecco,* la música y la comida para picar del doctor Chaudhuri se esfumarían. Las cosas podrían retroceder hasta el punto en que estaban antes de que hablásemos de pastas de dientes o nos riésemos del mal profesor de yoga, cuyo aliento, por cierto, era sumamente nauseabundo, ¿no?, había dicho ella una vez en cuanto estuvimos fuera de la clase.

En ese momento, mientras Paul tocaba, pensé en nuestra casa de New Hampshire y en lo distante y triste que parecía todo allí, mientras miraba afuera y me enfrentaba al paisaje nocturno sobre el Hudson y pensaba en los muebles que tendríamos que destapar cuando llegásemos a casa, en limpiar el polvo y airear y en todas aquellas cenas rápidas de entre semana sentados uno frente al otro, solos ahora que los chicos estaban en la universidad. Estábamos unidos, aunque también distanciados; el fuego temerario, el placer, la risa loca, la carrera al Arrigo's Night Bar, donde pedíamos patatas fritas y dos martinis..., qué rápido se habían desvanecido con los años. Había creído que el matrimonio nos acercaría y yo pasaría página. Había creído que vivir sin los chicos en Nueva York nos volvería a acercar, pero sentía más cerca la música, el Hudson, a ellos dos, de quienes no sabía nada y de quienes no me podían importar menos sus vidas, sus Clives, sus parejas o sus maridos. En cambio, mientras el preludio coral llenaba el cuarto y sonaba un poco más fuerte, se me fue la cabeza a otra parte, como siempre me pasa cuando he bebido un poco y oigo un piano atravesando el océano y los mares y los años, hasta un viejo Steinway tocado por alguien que, como un espíritu atraído esta noche por Bach, hubiera flotado hasta este salón árido para recordarme: *Seguimos siendo los mismos, no nos hemos separado.* Así me hablaba en momentos como ese, con una languidez burlona modulándole los rasgos: *Seguimos siendo los mismos, no nos hemos separado.* Casi lo había dicho cinco años antes, cuando había venido a verme a New Hampshire.

Intento recordarle que no tiene motivos para perdonarme.

Pero él se ríe, pícaro, rechaza mis protestas y, sin enfadarse, sonríe, se quita la camiseta, se sienta a horcajadas en mi regazo con su bañador, sus muslos sujetando los míos y sus brazos apretándome fuerte la cintura mientras intento concentrarme en la música y en la mujer que tengo a mi lado y él levanta la cara hacia mí como si fuera a besarme los labios y murmura: *Idiota, hacen falta dos de ellos para hacer un yo. Puedo ser hombre y mujer, o ambos, porque tú has sido ambos para mí. Encuéntrame, Oliver. Encuéntrame.*

Me había visitado muchas veces antes, aunque no así, no como esta noche.

Di algo, por favor, dime algo más, quiero decirle. Podría, si me lo permito, entusiasmarlo con palabras comedidas y acercarme con paso tímido. He bebido lo bastante esta noche como para creer que nada le gustaría más que saber de mí. La idea me encandila y la música me encandila y el muchacho del piano me encandila. Quiero romper nuestro silencio.

Siempre has hablado tú primero. Dime algo. Son casi las tres de la madrugada donde tú estás. ¿Qué haces? ¿Estás solo?

Una palabra tuya y todo el mundo queda reducido a meros sustitutos, incluido yo, mi vida, mi trabajo, mi casa, mis amigos, mi mujer, mis hijos, el fuego griego y los trirremes griegos y esta pequeña historia de amor con el señor Paul y la señora Erica, todo se convierte en una pantalla, hasta la vida misma se convierte en una distracción.

Lo único que existe eres tú.

No pienso más que en ti.

¿Estás pensando en mí esta noche? ¿Te he despertado?

No responde.

—Me parece que deberías hablar con mi amiga Karen —dijo Micol. Hago una broma a costa de Karen—. También creo que ya has bebido bastante —dijo con brusquedad.

—Pues yo creo que voy a beber un poco más —dije, girándome para hablar con el matrimonio especialista en expatriados judíos del Tercer Reich, y, sin saber por qué, empecé a reírme. ¿Qué estaban haciendo aquellos dos en mi futura excasa?

Con otra copa de *prosecco,* me acerqué a la amiga de Micol y hablé con ella, pero después, al ver a los estudiosos de los judíos expatriados del Tercer Reich, me eché a reír otra vez.

Era obvio que había bebido demasiado.

Me puse a pensar otra vez en mi mujer y en mis hijos, que estaban lejos, en la universidad. En casa, todos los días, ella se sentará a terminar su libro. Dice que me dejará leerlo después, cuando volvamos a nuestra pequeña ciudad universitaria y llevemos botas de nieve durante todo el curso, demos clase con botas de nieve, vayamos al cine con botas de nieve, a cenar, a las reuniones del claustro, a los cuartos de baño, a la cama con botas de nieve, y todo lo de esta noche pertenezca a otra época. Erica será cosa del pasado, Paul estará enterrado en el pasado, y yo no seré más que una sombra aferrada a esta misma pared, sin soltarme todavía, como una mosca luchando contra la corriente que se la llevará volando. ¿Se acordarán?

Paul me preguntó por qué me reía.

—Debe de ser de felicidad —dije—. O demasiado *prosecco.*

—A mí me pasa igual.

Nos reímos los tres.

Recordé que después del «Arioso» y del preludio coral, después de los brindis interminables y de todo el *prosecco,* había habido un momento incómodo, cuando ayudé a Erica a buscar su rebeca en el cuarto de invitados. Dos de los invitados ya se habían ido, los otros se habían congregado en el vestíbulo, esperando. Estábamos solos en la habitación y le dije lo contento que estaba de que hubiese venido. Podría haber dejado que el silencio entre nosotros durase un poco más. Me di cuenta de que estaba incómoda, pero sabía que no le habrían importado unos segundos más de aquello. Sin embargo, decidí no forzar las cosas y le di un beso de despedida en el cuello expuesto en vez de en la mejilla. Sonrió, como yo sonreía. Mi sonrisa era de disculpa, la suya de contención.

Cuando llegó la hora de despedirme de Paul, hice el amago de estrecharle la mano, pero él me abrazó antes de que se la tocara. Me gustaron sus omóplatos cuando nos abrazamos. Luego me besó en las dos mejillas. Su novio me besó también de la misma manera.

Yo estaba contento, emocionado y destrozado. Me quedé en la puerta y los vi andar a los cuatro por el pasillo. No los volvería a ver.

¿Qué quería de ellos? ¿Que se gustaran el uno al otro para así poder sentarme, beber más *prosecco* y decidir luego si unirme o no a la fiesta? ¿O me habían gustado los dos y no podía decidir a cuál deseaba más? ¿O no deseaba a ninguno pero necesitaba creer que sí, porque de otra manera habría tenido que fijarme en mi vida y encontrar cráteres enormes y vacíos por todas partes que se remontaban a aquel amor hundido y dañado del que les había hablado antes aquella noche?

Micol y su amiga Karen estaban limpiando la cocina. Les dije que dejaran los platos. Karen me recordó sin rodeos que quería volver a hablar conmigo.

—¿Pronto, quizá? —preguntó.

—En cuanto vuelva a la ciudad —dije; mentí.

Micol la acompañó hasta el ascensor y después volvió; pretendía ayudarme a ordenar un poco antes de acostarse. Le dije que no se molestara.

—Bonita fiesta —dijo.

—Muy bonita.

—¿Y quiénes eran esos dos?

—Unos chavales.

Me dedicó una sonrisa cómplice.

—Me voy a la cama. ¿Vienes?

Le dije que tenía que recoger, pero que me acostaría pronto.

Me tomé mi tiempo para meter algunos platos de plástico en dos bolsas que habían sobrado de la mudanza, y cuando estaba a punto de apagar las luces del salón, encontré un paquete de cigarrillos en la mesa rinconera, cerca del único cenicero que quedaba en el apartamento; seguramente eran de Karen. Saqué uno del paquete, lo encendí, apagué todas las luces, puse el cenicero a mi lado en el viejo sofá que ya no era nuestro, levanté los pies y los coloqué sobre una de las cuatro sillas que se quedarían con sus nuevos dueños y empecé a pensar en el «Arioso» como recordaba haberlo oído tanto tiempo atrás. Luego, en el salón medio a oscuras, miré hacia fuera y vi la luna llena. Dios mío, qué bonita era. Y cuanto más la miraba, más quería hablar con ella.

No te he cambiado la vida, ¿verdad?, dice el viejo Johann Sebastian.

Me temo que no.

¿Y por qué no?

La música no da respuesta a las preguntas que no sé plantear. No me dice lo que quiero. Me recuerda que todavía puedo estar enamorado, aunque ya no estoy seguro de saber qué significa eso, estar enamorado. Pienso en gente todo el tiempo, sin embargo le he hecho daño a más de la que me hubiese gustado. Ni siquiera puedo decir qué siento, aunque sigo sintiendo algo, incluso si no es más que una sensación de ausencia y pérdida, o de fracaso, insensibilidad o total desconocimiento. Hubo un tiempo en que estaba seguro de mí mismo, creía que sabía cosas, que me conocía a mí mismo, y a la gente le gustaba que me acercara a tocarlos cuando irrumpía en sus vidas y ni siquiera preguntaba o dudaba que fuese a ser bienvenido. La música me recuerda lo que debería haber sido mi vida. Pero no me cambia.

Quizá —dice el genio— *la música no nos cambia tanto ni el gran arte nos cambia. Lo que hace es recordarnos con quién, a pesar de todas nuestras quejas o negaciones, hemos sabido siempre que estábamos y estamos destinados a quedarnos. Nos recuerda los hitos que hemos enterrado y escondido y luego perdido, la gente y las cosas que nos importaban a pesar de nuestras mentiras, a pesar de los años. La música no es más que el sonido de nuestro arrepentimiento dentro de una cadencia que despierta la ilusión de placer y esperanza. Es el recordatorio más seguro de que estamos aquí durante poco tiempo y hemos descuidado o traicionado nuestra vida o, peor todavía, hemos fracasado al vivirla. La música es la vida no vivida. Has vivido una vida equivocada, amigo mío, y has dejado casi inservible la vida que te fue dada para que la vivieras.*

¿Qué quiero? ¿Sabes la respuesta, Herr Bach? ¿Existen en realidad la vida verdadera y la vida equivocada?

Soy un artista, amigo mío, no doy respuestas. Los artistas solo conocen las preguntas. Y, además, ya sabes la respuesta.

En un mundo mejor, ella estaría sentada a mi lado en el sofá, a la izquierda, y él estaría a mi derecha, a dos centímetros del cenicero. Ella se quita los zapatos de una patada y pone los pies junto a los míos en la mesa de centro.

Mis pies, dice por fin, sintiendo que todos los estamos mirando. *Son feos, ¿verdad?*

No son feos para nada, digo.

Les tengo las manos agarradas. Libero una, pero solo para dejarla reposar sobre la frente de él. Mientras

244

ella se me recuesta en el hombro, él se vuelve hacia mí y me besa en la boca. Es un beso largo, profundo. A ninguno de los dos nos importa que ella esté mirando. Quiero que nos mire. El chico besa bien. Ella no dice nada al principio, luego dice que quiere que la bese a ella también. Él sonríe y, casi trepando por encima de mí, la besa en la boca. Después ella dice que le gusta cómo besa.

Estoy de acuerdo, digo yo.

Pero huele a tabaco.

Es culpa mía, digo.

¿No te ha gustado el olor?, pregunta él.

Sí, me ha gustado, contesta ella.

La beso. Ella no se queja de que yo huela a tabaco. Pienso en el hinojo. Quiero que ella saboree el hinojo en él, de su boca a la de ella y a la mía, y de vuelta a la de él.

Más tarde, me fui a dormir pensando en los tres desnudos en la cama. Nos abrazamos, pero al final los dos se hacen un ovillo contra mí, cada uno con un muslo sobre el mío. Qué fácil podría haber sido y qué natural, como si los dos hubiesen venido a cenar con algo más en mente. Por qué tantas intrigas y tanta planificación y tanta ansiedad cuando, horas antes, colocaba las botellas en cubos de hielo. Me encantaba pensar en el sudor de él y ella mezclados con el mío. Sin embargo, termino concentrándome en sus tendones de Aquiles. Los de ella cuando se quitó los zapatos y puso los pies en la mesa de centro, los de él cuando entró al principio de la velada y vi que llevaba náuticos sin calcetines. No tenía ni idea de lo finos, suaves y delicados que eran sus pies. Él también se había quitado los zapatos antes de poner ambos pies en la mesa, con un tobillo fino y bronceado encima del otro.

Mira los míos, dijo moviendo los dedos de un pie.

Nos reímos.

Pies de muchacho, dijo ella.

Lo sé, contestó él.

Volvió a acercarse a mí, me puso la rodilla en el muslo y me besó.

No recuerdo qué soñé aquella noche, pero sé que, durante las veces incontables e intermitentes en que desperté sofocado, los amé a los dos, no sé si juntos o por separado, porque había algo tan completamente real en su presencia sin trabas entre mis brazos que cuando me desperté en mitad de la noche agarrado a mi mujer sentí, como ya me había imaginado antes aquella noche, que no sería disparatado empezar a preparar el desayuno para cuatro en una cocina que me traía recuerdos de una casa en Italia.

Pensé en Micol. No había lugar para ella en aquello. Italia era un capítulo del que nunca hablábamos. Pero ella lo sabía. Sabía que un día... Lo sabía sin más y, probablemente, mejor que yo. Una vez quise hablarle de mis antiguos amigos y de su casa junto al mar, de mi habitación en ella y de la señora de la casa, quien años antes había sido como una madre para mí pero que ahora tenía demencia senil y apenas recordaba su propio nombre, y de su marido, que antes de morir vivió en esa misma casa con otra mujer que sigue viviendo allí con un niño de siete años que me muero por conocer.

Necesito volver, Micol.

¿Por qué?

Porque mi vida se detuvo allí. Porque en realidad nunca me fui. Porque lo que queda de mí aquí ha sido como la cola cortada de una lagartija agitándose y dando latigazos, mientras que el cuerpo ha quedado atrás, al otro lado del Atlántico, en aquella maravillosa casa junto al mar. Llevo lejos demasiado tiempo.

¿Me vas a dejar?
Creo que sí.
¿Y a los niños también?
Siempre seré su padre.
¿Y cuándo va a ser eso?
No lo sé. Pronto.
No puedo decir que me sorprenda.
Ya lo sé.

Aquella misma noche, después de que se fueran los invitados y Micol se hubiese acostado, apagué la luz de la entrada y, cuando estaba a punto de cerrar los ventanales de la terraza, recordé que tenía que apagar las velas. Volví a salir, puse las dos manos en la barandilla junto a la que había estado antes con Erica y Paul y me quedé mirando el río. Me gustaban las luces al otro lado del Hudson, me gustaba la brisa fresca, me gustaba Manhattan en aquella época del año, me gustaba la vista del puente George Washington, sabía que la echaría de menos cuando volviera a New Hampshire, pero en aquel momento, aquella noche, me seguía recordando a Montecarlo, cuando sus luces brillantes llegan hasta Italia por la noche. Pronto haría frío en el Upper West Side y llegarían los días de lluvia, pero el cielo siempre terminaba por despejarse y la gente seguiría paseando por la calle de noche cuando hiciera frío en esta ciudad que nunca duerme.

Arrastré las tumbonas a su sitio, levanté una copa de vino medio vacía del suelo y vi otra que habían usado como cenicero y estaba llena de colillas. ¿Cuánta gente había fumado fuera? El profesor de yoga, Karen, la misma Micol, la pareja casada que había conocido en la conferencia sobre expatriados judíos del Tercer Reich, los veganos, ¿quién más?

Entonces, mientras admiraba la vista y observaba dos remolcadores que se deslizaban despacio a contracorriente, pensé que un día, cincuenta años después, otra persona saldría seguramente a aquella misma terraza y admiraría desde allí aquella misma vista, albergaría pensamientos parecidos, pero no sería yo. Sería un adolescente o un octogenario, o tendría la misma edad que yo tenía ahora y seguiría añorando, como yo, un viejo y único amor, intentaría no pensar en algún alma desconocida que, justo igual que yo esa noche de cincuenta años antes, hubiera deseado a su amado e intentado, igual que yo había intentado y no conseguido después de todos aquellos años, no dedicarle ni un pensamiento.

El pasado, el futuro, qué máscaras son.

Y qué máscaras eran aquellos dos, Erica y Paul.

Todo era una máscara y la vida misma era una distracción.

Lo que importaba ahora estaba por vivir.

Miré la luna y quise preguntarle por mi vida, pero su respuesta llegó mucho antes de que yo pudiera formular la pregunta.

Durante veinte años has vivido la vida de un muerto. Todo el mundo lo sabe. Hasta tu mujer y tus hijos y la amiga de tu mujer y la pareja que conociste en la conferencia sobre judíos expatriados del Tercer Reich te lo ven en la cara. Erica y Paul lo saben, y esos académicos que estudian el fuego griego y los trirremes griegos, hasta los mismos presocráticos que llevan muertos dos mil años se dan cuenta. El único que no lo sabe eres tú. Pero ahora hasta tú lo sabes.

Has sido desleal.

¿A qué, a quién?

A ti mismo.

Me acordé de que unos días antes, mientras compraba cajas y cinta de embalar, había visto a un conocido al otro lado de la calle. Lo saludé con la mano, pero él no respondió al saludo y siguió andando, aunque yo sabía que me había visto. Quizá estaba molesto conmigo. Pero ¿molesto por qué? Unos minutos después vi a alguien del departamento que iba camino de una librería. Nos cruzamos a la altura de un puesto de fruta en la acera y, aunque él también miró en mi dirección, no me devolvió la sonrisa. Un poco más tarde, vi a una vecina de mi edificio por la calle; por lo general, intercambiamos comentarios en el ascensor, pero no me dijo nada ni correspondió a mi inclinación de cabeza cuando la reconocí. De repente, se me ocurrió que la única explicación era que me había muerto y que así era la muerte: ver a la gente pero que la gente no te viera a ti o, peor todavía, estar atrapado siendo quien eras en el momento en que moriste —mientras comprabas cajas de embalar— y no convertirte nunca en la persona que podrías haber sido y sabías que eras en realidad y nunca corregir el error que desvió tu vida de su rumbo y quedar atrapado para siempre haciendo la última estupidez que estuvieras haciendo, comprar cajas y cinta de embalar. Tenía cuarenta y cuatro años. Ya me había muerto y, sin embargo, era demasiado joven, demasiado joven para morirme.

Cuando cerré las ventanas, volví a pensar en el «Arioso» de Bach y empecé a tararearlo mentalmente. En momentos como este, cuando estamos solos y tenemos la cabeza completamente en otra parte, enfrentándose a la eternidad y lista para hacer balance de esta cosa llamada vida y de todo lo que hemos hecho, medio hecho o dejado sin hacer, ¿cuál sería mi respuesta a las preguntas de las que el viejo Bach dijo que ya conocía la respuesta?

Una persona, un nombre. Él lo sabe, pensé. Ahora mismo, él lo sabe, todavía lo sabe.

Encuéntrame, dice.

Te encontraré, Oliver, te encontraré, digo. ¿O se ha olvidado?

Pero se acuerda de lo que acabo de hacer. Me mira, no dice nada, me doy cuenta de que se ha emocionado.

Y de pronto, con el «Arioso» todavía en la mente y otra copa más y uno de los cigarrillos de Karen, quise que tocase ese «Arioso» para mí, seguido del preludio coral, que no había tocado nunca antes, y que lo tocase para mí, solo para mí. Y cuanto más pensaba en él tocando, más brotaban las lágrimas de mis ojos, y daba igual que quien siguiera hablando fuese el alcohol o mi corazón, porque lo único que quería era escucharlo en ese momento, tocando el «Arioso» en el Steinway de sus padres en una tarde lluviosa de verano en su casa junto al mar, y sentarme cerca del piano con una copa en la mano y estar con él y nunca más tan completamente solo como había estado durante tantísimos años, solo entre extraños que no sabían nada de él o de mí. Le pediría que tocase el «Arioso» y que al tocarlo me recordara esta misma noche, cuando soplé las velas en la terraza, apagué las luces del salón, encendí un cigarrillo y por una vez en mi vida supe dónde quería estar y lo que tenía que hacer.

Pasaría igual que la primera vez o la segunda o la tercera. Me inventaría un motivo que fuese lo bastante creíble para los demás y para mí mismo, cogería un avión, alquilaría un coche o contrataría a alguien que me llevase hasta allí, conduciría por las viejas carreteras conocidas que seguramente habrían cambiado con los años, o quizá no tanto, y que todavía se acordarían de mí como yo me acordaba de ellas, y antes de que me diera cuenta ahí estaría: el viejo paseo de pinos, el sonido familiar de la gravilla crujiendo bajo los neumáticos mientras el coche frena hasta pararse y, después, la casa. Miro, creo que no hay nadie, no saben que vengo, aunque he escrito que llegaba, pero, por supuesto, ahí está, esperando. Le he dicho que no me esperase levantado.

Por supuesto que te esperaré levantado, responde, y en ese *por supuesto* todos nuestros años vuelven corriendo, porque hay un rastro de ironía silenciada, que era su forma de sincerarse cuando estábamos juntos, y significaba: *Sabes que siempre te esperaré levantado, aunque llegues a las cuatro de la madrugada. Todos estos años te he esperado levantado, ¿crees que no voy a esperar levantado unas cuantas horas más?*

Esperar levantado es lo que he hecho toda nuestra vida, esperar levantado me permite estar aquí recordando la música de Bach sonando en mi lado del mundo y dejar que mi pensamiento te busque, porque lo único que quiero es pensar en ti, y a veces no sé quién es el que está pensando, si tú o yo.

Estoy aquí, dice.

¿Te he despertado?

Sí.

¿Te molesta?

No.

¿Estás solo?

¿Importa? Pero sí.

Dice que ha cambiado. No ha cambiado.

Todavía corro.

Yo también.

Y bebo un poco más.

Ídem.

Pero duermo mal.

Ídem.

Ansiedad, un poco de depresión.

Ídem, ídem.

Vas a volver, ¿verdad?

¿Cómo lo has sabido?

Lo sé, Elio.

¿Cuándo?, pregunta Elio.

Dentro de un par de semanas.

Quiero que vuelvas.

¿De verdad?

Sí.

No subiré por el sendero bordeado de árboles como había planeado, el avión aterrizará en Niza.

Te recogeré con el coche, entonces. Será a última hora de la mañana.

Te acuerdas.

Me acuerdo.

Y quiero ver al niño.

¿Te he dicho su nombre alguna vez? Mi padre le puso tu nombre. Oliver. Nunca se olvidó de ti.

Hará calor y no habrá sombra. Pero olerá a romero por todas partes y reconoceré el arrullo de las palomas, detrás de la casa habrá un campo de espliego y girasoles con sus grandes cabezas aturdidas levantadas al sol. La piscina, el campanario al que apodamos *para-morirse*, el monumento a los soldados muertos en el Piave, la pista de tenis, la cancela desvencijada que conduce a la playa pedregosa, la roca afilada por la tarde, el chirrido interminable de las cigarras, tú y yo, tu cuerpo y el mío.

Si me pregunta cuánto tiempo me voy a quedar, le diré la verdad.

Si me pregunta dónde pienso dormir, le diré la verdad. Si me pregunta.

Pero no lo preguntará. No tendrá que preguntarlo. Lo sabe.

Da capo

—¿Por qué Alejandría? —preguntó Oliver cuando nos detuvimos en el paseo marítimo a contemplar la puesta de sol por detrás del espigón en nuestra primera noche allí.

El olor a pescado, sal y agua estancada de helechos a lo largo de la orilla era abrumador, pero seguimos allí, en aquel tramo del paseo marítimo, frente a la casa de nuestros anfitriones griegos alejandrinos, mirando fijamente el lugar donde todo el mundo decía que una vez se alzó el faro. La familia de nuestros anfitriones llevaba viviendo allí ocho generaciones. El faro, insistían, no podía haber estado en ningún otro sitio salvo donde se alza el fuerte de Qaitbey. Aunque nadie lo sabe con seguridad. Mientras, el sol moribundo nos daba en los ojos y su color manchaba la distancia con brochazos gruesos que no eran rosa ni naranja apagado sino mandarina fuerte, chillón. Ninguno de los dos habíamos visto antes el cielo de aquel color.

¿Por qué Alejandría? podía significar muchas cosas, desde *¿Por qué este lugar tal y como está ahora es tan importante para la historia de Occidente?* hasta algo tan enigmático como *¿Por qué hemos elegido venir aquí?* Quería contestar: *Porque todo lo que ha significado algo para alguno de nosotros —Éfeso, Atenas, Siracusa— probablemente ha terminado aquí.* Pensaba en los griegos, en Alejandro y en su amante Hefestión, en la Biblioteca y en Hipatia y, por último, en Cavafis, el poeta

griego moderno. Aunque también sabía por qué preguntaba él.

Habíamos salido de Italia para hacer un recorrido por el Mediterráneo de tres semanas. Nuestro barco paraba dos noches en Alejandría, y estábamos disfrutando de los últimos días antes de volver a casa. Habíamos querido estar los dos solos. Demasiada gente en casa. Mi madre, que se había venido a vivir con nosotros y no podía usar ya las escaleras, vivía ahora en una habitación de la planta baja no lo bastante apartada de nosotros. Luego estaba su cuidadora. Después, Miranda, que se quedaba en mi antiguo dormitorio cuando no estaba viajando. Y, finalmente, el pequeño Ollie, cuyo dormitorio, al lado del de Miranda, había pertenecido antes a mi abuelo. Nosotros compartíamos el antiguo dormitorio de mis padres. Estoy seguro de que de noche se oía perfectamente hasta si alguien tosía.

Tampoco había sido tan fácil en Italia como esperábamos al principio. Sabíamos que las cosas serían distintas, pero no podíamos entender muy bien cómo el deseo de precipitarnos de cabeza en lo que habíamos tenido años antes podía suscitar nuestra reticencia a estar juntos en la cama. Estábamos en la misma casa donde había empezado todo, pero ¿éramos los mismos? Él intentó echarle la culpa al desfase horario y yo lo dejé, mientras me daba la espalda y yo apagaba la luz antes de quitarme la ropa. Confundí el miedo a decepcionarme con el miedo mucho más preocupante a decepcionarle. Sabía que él estaba pensando lo mismo que yo cuando por fin se dio la vuelta y dijo:

—Elio, hace muchos años que no le hago el amor a un hombre —y añadió, riéndose—: Quizá he olvidado cómo se hace.

Esperábamos que el deseo desbaratara nuestra timidez, pero la sensación de incomodidad no se iba.

En un momento determinado, al sentir la tensión entre nosotros en medio de la oscuridad, llegué a sugerir que quizá hablar podría disipar lo que nos refrenaba.

—¿Estoy siendo distante sin darme cuenta? —pregunté.

—No, distante para nada.

—¿Estoy siendo complicado?

—¿Complicado? No.

—Entonces, ¿qué es?

—El tiempo —respondió.

Como siempre, fue lo único que dijo.

—¿Necesitas tiempo? —pregunté, casi listo para alejarme de él en la cama.

—No —contestó.

Tardé un rato en entender que lo que quería decir era que había pasado demasiado tiempo.

—Abrázame —terminé diciéndole.

—¿Y veremos qué pasa? —bromeó inmediatamente, con una inflexión irónica en cada palabra.

Me di cuenta de que estaba nervioso.

—Sí, y veremos qué pasa —repetí.

Me acordé de la tarde en que había ido a visitarlo a su clase cinco años antes y me había tocado la mejilla con la palma de la mano. Me habría acostado con él enseguida si me lo hubiese pedido. ¿Por qué no lo había hecho?

—Porque te habrías reído de mí. Porque podrías haber dicho que no. Porque no estaba seguro de que me hubieses perdonado.

No hicimos el amor aquella noche, pero quedarme dormido entre sus brazos, escucharlo respirar, reconocer el aroma de su aliento después de tantos años y saber que por fin estaba en la cama con mi Oliver sin que ninguno de los dos se apartara cuando dejamos de abrazarnos fue exactamente lo que me hizo darme cuenta de que, a pesar de las dos décadas transcurridas, no éramos ni un día más viejos que los dos jóvenes que habíamos sido tanto tiempo atrás bajo aquel mismo techo. Por la mañana, me miró. No quería que fuese el silencio lo que salvara la distancia. Quería que hablase él, pero no iba a hablar.

—¿Es porque es por la mañana..., o es por mí? —pregunté por fin—. Porque ahora mismo la mía es real.

—Lo mismo digo —dijo.

Y fui yo, no él, quien se acordó de cómo le gustaba empezar.

—Solo he hecho esto contigo —dijo, confirmando lo que los dos sabíamos que iba a pasar entre nosotros—. Pero aun así estoy nervioso —añadió.

—Nunca me he dado cuenta de que lo estuvieras.

—Lo sé.

—Tengo que contarte una cosa, además —empecé a decir, porque quería que lo supiera.

—¿Qué?

—He reservado todo esto para ti.

—¿Y si nunca volvíamos a estar juntos?

—Eso no iba a pasar —después, no me pude contener—: Sabes lo que me gusta.

—Lo sé.

—Así que no te has olvidado.

Sonrió. No, no se había olvidado.

Al amanecer, después del sexo, fuimos a nadar como habíamos hecho años antes.

Cuando volvimos, en la casa seguían durmiendo.

—Haré café.

—Me encantaría tomar café —dijo.

—A Miranda le gusta al estilo napolitano. Llevamos preparando el café así años.

—Bien —fue su despedida mientras se dirigía a la ducha.

Después de preparar la cafetera, puse a hervir agua para los huevos. Coloqué dos manteles individuales, uno en el lado más largo de la mesa de la cocina, el otro en la cabecera. Luego metí cuatro rebanadas de pan en la tostadora, pero no la encendí. Cuando volvió, le dije que vigilase el café, pero que no vaciase la cafetera cuando el café estuviese listo. Me encantaba su pelo peinado pero todavía húmedo. Me había olvidado de su aspecto por la mañana. Ni dos horas antes no estábamos muy seguros de si volveríamos a hacer el amor. Dejé de preparar el desayuno y lo miré. Él sabía lo que yo estaba pensando y sonrió. Sí, la tensión que nos había asustado había quedado atrás y, como para confirmarlo, antes de salir de la cocina para ir a la ducha le di un beso largo en el cuello.

—Hacía tanto que no me besaban así —dijo.

—El tiempo —dije, usando sus palabras para tomarle el pelo.

Después de ducharme y volver a la cocina, para mi sorpresa me encontré a Oliver y a Oliver sentados uno al lado del otro en el lado largo de la mesa. Eché seis huevos en el agua hirviendo para los tres. Mientras hablaban de una película que habíamos visto la noche anterior en la televisión, quedó claro que el pequeño Ollie le había tomado cariño a Oliver enseguida.

Unté mantequilla en las tostadas calientes para todo el mundo y observé cómo Oliver cortaba la parte superior de la cáscara del huevo para el pequeño Ollie y luego la del suyo.

—¿Sabes quién me enseñó a hacer esto? —preguntó.

—¿Quién? —preguntó el niño.

—Tu hermano. Todas las mañanas me cortaba la cáscara del huevo, porque yo no sabía hacerlo. Esto no te lo enseñan en Estados Unidos. Años después, les he quitado yo la cáscara a mis dos hijos.

—¿Tienes hijos?

—Sí, tengo hijos.

—¿Cómo se llaman?

Se lo dijo.

—¿Y sabes por quién te pusieron tu nombre? —preguntó Oliver.

—Sí.

—¿Por quién?

—Por ti.

En cuanto oí aquellas últimas palabras, se me hizo un nudo en la garganta. Aquello recalcaba muchas cosas que no habíamos dicho o no habíamos tenido tiempo de decir o para las que no habíamos encontrado palabras y, sin embargo, allí estaba, como un acorde final que resuelve una melodía inacabada. Había pasado tanto tiempo, tantos años, y quién sabía cuántos habían terminado por ser los años desperdiciados que, sin nosotros saberlo, nos habían convertido en mejores personas. Con razón estaba emocionado. El niño era nuestro niño, y parecía tan rotundamente profetizado que de pronto lo comprendí todo, porque había un motivo para el nombre del niño, porque Oliver había sido siempre mi sangre y siempre había vivido en aquella casa, había estado en aquella casa toda nuestra vida. Ya estaba allí antes de llegar a nosotros, antes de mi nacimiento, antes de que, generaciones atrás, colocaran la primera piedra, y nuestros años entre entonces y ahora no eran más que un desliz en aquel largo itinerario llamado tiempo. Tanto tiempo, tantos años y todas las vidas que habíamos probado y dejado atrás podrían perfectamente no haber pasado, aunque sí pasaron; el tiempo, como había dicho él antes de que nos abrazásemos y nos fuésemos a dormir muy tarde aquella noche, el tiempo es siempre el precio que pagamos por la vida no vivida.

Y mientras le servía café y revoloteaba por detrás de él, se me ocurrió que no debería haberme duchado después del sexo de aquella mañana, que quería todos sus rastros sobre mí, porque ni siquiera habíamos hablado todavía de lo que habíamos hecho al amanecer y quería oírle repetir lo que me había dicho mientras hacíamos el amor. Quería hablarle de nuestra noche, de cómo estaba seguro de que ninguno de los dos había dormido tan profundamente como aseguraba. Sin conversación, nuestra noche podría desaparecer fácilmente. No sé qué se apoderó de mí, pero después de servirle el café bajé la voz y casi le besé el lóbulo de la oreja.

—No volverás nunca —susurré—. Dime que no te irás.

Tranquilo, me agarró el brazo y tiró de mí hasta que estuve sentado en la cabecera de la mesa.

—No me iré. Deja de pensar eso.

Quería que me hablara de lo que había pasado hacía veinte años, lo bueno, lo malo, lo muy bueno y lo terrible. Habría tiempo para decir aquellas cosas. Quería ponerlo al día, que lo supiera todo, igual que quería saberlo todo sobre él. Quería decirle cómo, al ver el blanco de sus brazos en su primer día entre nosotros, lo único que había querido era que me estrechara entre ellos y sentirlos en mi cintura desnuda. Le había dicho algo de eso mientras estábamos tumbados en la cama horas antes.

—Habías estado en una excavación arqueológica en Sicilia y tenías los brazos muy bronceados, lo noté por primera vez en el comedor; pero la parte inferior de los brazos estaba muy blanca y veteada de venas como el mármol, parecía tan delicada... Quería besarte cada brazo y lamerte cada brazo.

—¿Ya entonces?

—Ya entonces. ¿Me abrazarás ahora?

—¿Y veremos qué pasa? —había preguntado, y estuvo bien que nos hubiésemos abrazado y no hubiésemos hecho nada más aquella noche.

Debió de leerme el pensamiento mientras desayunábamos, porque me rodeó el hombro con el brazo, me atrajo hacia él y, dirigiéndose al niño, dijo:

—Tu hermano es una persona maravillosa.

El niño nos miró.

—¿Tú crees?

—¿Tú no?

—Sí.

El niño sonrió. Sabía, como Oliver y yo sabíamos, que la ironía era el idioma de la casa. Y luego, sin previo aviso, el niño preguntó:

—¿Tú también eres bueno?

Hasta Oliver se emocionó y se quedó sin aliento.

El niño era nuestro niño. Los dos lo sabíamos. Y mi padre, que ya no vivía, lo había sabido siempre.

—¿Te puedes creer que el antiguo faro estuviera aquí, que estemos a apenas diez minutos a pie de él?

Nos quedábamos en Alejandría otra noche, luego iríamos a Nápoles, un regalo para nosotros mismos o, como Miranda lo llamaba, nuestra luna de miel, antes de que Oliver empezara a dar clases en La Sapienza, en Roma. Pero mientras contemplábamos el sol y veíamos a las familias, los amigos y la gente caminando por el paseo marítimo, quise preguntarle si se acordaba de cuando nos habíamos sentado en una piedra una noche y habíamos mirado el mar unos días antes de que él tuviese que volver a Nueva York. Sí, se acordaba, dijo, por supuesto que se acordaba. Le pregunté si se acordaba de las noches que habíamos pasado en Roma explorando la ciudad hasta el amanecer. Sí, también se acordaba de aquello. Iba a decir que aquel viaje me había cambiado la vida, no solo porque habíamos pasado tiempo juntos en total libertad, sino porque Roma me había permitido saborear la vida de artista que anhelaba y que aún no sabía que estaba destinado a vivir. Nos emborrachamos mucho, pero apenas dormimos aquella primera noche en Roma. Y conocimos a poetas, artistas, editores, actores, pero entonces él me interrumpió.

—No vamos a alimentarnos del pasado, ¿verdad? —preguntó con su laconismo habitual, y supe que me había adentrado en un territorio no muy prometedor. No podría haber tenido más razón—. He tenido que romper con muchas ataduras y quemar puentes que sé que pagaré muy caro, pero no quiero mirar atrás. He tenido a Micol, tú has tenido a Michel, igual que quise a un Elio joven y tú a mi yo más joven. Nos han hecho quienes somos. No hagamos como que no existieron nunca, pero no quiero mirar atrás.

Aquel mismo día, un poco antes habíamos estado en la casa de Cavafis, en la antigua *rue* Lepsius, que después pasó a llamarse *rue* Sharm el Sheikh y ahora se conoce como *rue* C. P. Cavafis. Nos reímos ante los cambios de nombre de la calle, y por cómo la ciudad, tan inexorablemente ambivalente desde los albores de su fundación trescientos y pico años antes de Cristo, no era capaz ni de decidirse sobre cómo llamar a sus propias calles.

—Aquí todo viene por capas —dije.

Oliver no contestó.

Lo que me sorprendió en cuanto entramos en el apartamento sofocante que una vez fuera hogar del gran poeta fue escuchar a Oliver recitarle de un tirón un saludo en perfecto griego al encargado. ¿Cómo y cuándo había aprendido griego moderno? ¿Cuántas otras cosas no sabía de su vida y cuántas no sabía él de la mía? Había hecho un curso intensivo, dijo, pero lo que de verdad le ayudó fue el año sabático que había pasado en Grecia con su mujer y sus hijos. Los niños aprendieron el idioma enseguida, mientras que su mujer se quedaba en casa leyendo a los hermanos Durrell en la terraza soleada y aprendiendo retazos de griego de la asistenta, que no hablaba inglés.

La casa de Cavafis, que era ahora un museo improvisado, se veía anodina y poco interesante a pesar de las ventanas abiertas. El vecindario mismo era anodino. La luz se hacía escasa al entrar y, a excepción de los ruidos dispersos que subían de la calle, un silencio mortal se asentaba con pesadez sobre el mobiliario sobrante y viejo que parecía haber salido de algún almacén abandonado. Aun así, el apartamento me recordaba uno de mis poemas favoritos de Cavafis, en el que una franja de luz vespertina cae sobre la cama en la que el poeta, en su juventud, solía dormir con su amante. Cuando vuelve a visitar el lugar años después, todos los muebles han desaparecido, la cama ha desaparecido y el apartamento se ha convertido en una oficina. Pero el rayo de sol que antes se extendía sobre la cama no lo ha abandonado y sigue para siempre en su recuerdo. Su amante le había dicho que volvería en una semana, pero nunca regresó. Sentí la pena del poeta. Uno rara vez se recupera. Lawrence Durrell tradujo libremente el poema al inglés.

Qué bien conozco este cuarto,
este y el contiguo están ahora alquilados
para oficinas comerciales. Toda la casa se convirtió

en despachos de corredores, de comerciantes
y sociedades.
¡Ah, qué familiar me es este cuarto!
Aquí, junto a la puerta, estaba el canapé,
y delante de él, una alfombra turca;
al lado, la estantería, con dos jarrones amarillos.
A la derecha, no, enfrente, un armario de espejo.
En medio, la mesa donde escribía,
y los tres sillones de mimbre.
Junto a la ventana se hallaba la cama
en que tantas veces nos amamos.
Aún estarán por algún sitio esos viejos muebles.
Junto a la ventana estaba la cama;
solo hasta la mitad la bajaba el sol del mediodía.
... Una tarde, a las cuatro, nos separamos
por solo una semana... Pobre de mí,
aquella semana se hizo perpetua.*

A los dos nos decepcionó la selección de retratos
baratos alineados en la pared de un Cavafis con aspecto triste. Para conmemorar la visita, compramos un
libro de poemas en griego. Cuando nos sentamos uno
al lado del otro en la vieja pastelería con vistas a la bahía,
Oliver empezó a leerme en voz alta uno de los poemas,
primero en griego y luego en su propia traducción
apresurada. No podía acordarme de haber leído aquel
poema antes. Iba sobre una colonia griega en Italia que
los griegos llamaban Posidonia, y que luego los luca-
nos llamaron Paistos y los romanos Paestum. A lo largo
de los siglos, y muchas generaciones después de haberse instalado allí, aquellos griegos terminaron perdiendo
el recuerdo de su patrimonio griego y adquirieron las

* *Poesía completa* de C. P. Cavafis, trad. del griego de Pedro Bádenas de la
Peña, Madrid, Alianza, 1991.

costumbres italianas, salvo un día al año en que, en el aniversario ritual, los posidonios celebraban una fiesta griega con música griega y ritos griegos para recordar, lo mejor que sabían, las costumbres olvidadas y el idioma de sus antepasados, dándose cuenta, para su profunda aflicción, de que habían perdido su magnífico patrimonio griego y de que no eran mejores que los bárbaros a los que los griegos acostumbraban a despreciar. Al atardecer de ese día, acunarían contra el pecho las migajas residuales de su identidad griega, para verla desvanecerse al amanecer del día siguiente.

Entonces, mientras comíamos pasteles, a Oliver se le ocurrió que, igual que los posidonios, los pocos griegos alejandrinos que quedaban hoy —nuestros anfitriones, el encargado del museo, el camarero viejísimo de la pastelería, el hombre que nos había vendido un periódico en inglés aquella mañana— habían adquirido nuevas costumbres, nuevos hábitos, y hablaban un idioma que resabiaba obsolescencia comparado con el griego que se hablaba ahora en el continente.

Pero Oliver también dijo algo que nunca olvidaré: que cada 16 de noviembre, todos los años —mi cumpleaños—, aunque casado y padre de dos hijos, sacaba tiempo para recordar al posidonio que llevaba dentro y pensar en lo que habría sido su vida si hubiésemos estado juntos.

—Temía estar empezando a olvidarme de tu cara, de tu voz, hasta de tu olor —dijo.

Con el paso de los años encontró su propio lugar ritual no lejos de su despacho con vistas al lago, donde ese día se tomaba unos instantes para pensar en su vida no vivida, en su vida conmigo. La vigilia, como la habría llamado mi padre, nunca duraba bastante y no trastocaba nada. Pero últimamente, siguió, y quizá porque aquel año estaba en un lugar distinto, sentía que la situación se había revertido, que era un posidonio durante todo el año salvo un día, y que el encanto de los días pasados nunca le había abandonado, que no había olvidado nada ni quería olvidarlo y que, incluso si no podía escribir o llamarme para ver si yo tampoco me había olvidado de nada, sabía que si ninguno de los dos buscaba al otro era solo porque nunca nos habíamos separado y porque, a pesar de quiénes habíamos sido, de con quiénes habíamos estado y de lo que fuera que se interpusiese en nuestro camino, lo único que necesitaba cuando llegase el momento adecuado era simplemente venir y encontrarme.

—Y lo has hecho.

—Y lo he hecho —dijo él.

—Me gustaría que mi padre estuviese vivo.

Oliver me miró, se quedó un rato en silencio y luego dijo:

—A mí también, a mí también.

Este libro se terminó
de imprimir en
Móstoles, Madrid,
en el mes de
diciembre de 2023

«Para viajar lejos no hay mejor nave que un libro».

Emily Dickinson

Gracias por tu lectura de este libro.

En **penguinlibros.club** encontrarás las mejores
recomendaciones de lectura.

Únete a nuestra comunidad y viaja con nosotros.

penguinlibros.club